LE FAUCHEUR D'OMBRES

DU MÊME AUTEUR

Romans

Le Chien du Seigneur (Plon, 1952 ; De Borée, 2005)
Les Mauvais Pauvres (Plon, 1954)
Les Convoités (Gallimard, 1955)
L'Immeuble Taub (Gallimard, 1956 ; Bartillat, 2001)
Le Fils de Tiberio Pulci (R. Laffont, 1959), ou *La Combinazione* (Julliard, 1988)
La Foi et la Montagne (R. Laffont, 1962)
Le Péché d'écarlate (R. Laffont, 1966)
La Garance (Julliard, 1968 ; AEDIS, 2000)
Une pomme oubliée (Julliard, 1969)
Le Point de suspension (Gallimard, 1969)
Un front de marbre (Julliard, 1970), ou *Les Mains au dos* (De Borée, 2004)
Un temps pour lancer des pierres (Julliard, 1974)
Le Tilleul du soir (Julliard, 1975)
Le Tour du doigt (Julliard, 1977)
Le Pays oublié (Hachette, 1982 ; De Borée, 2003)
La Noël aux prunes (Julliard, 1983)
Les Bons Dieux (Julliard, 1984)
A*vec flûte obligée* (Julliard, 1986)
La Dame aux ronces (Presses de la Cité, 1989)
Juste avant l'aube (Presses de la Cité, 1990)
Un parrain de cendre (Presses de la Cité, 1991)
Le Jardin de Mercure (Presses de la Cité, 1992)
L'Impossible Pendu de Toulouse (Fleuve Noir, 1992)
Gens d'Auvergne (Omnibus, 1992)
Y a pas d'bon Dieu (Presses de la Cité, 1993)
La Soupe à la fourchette (Presses de la Cité, 1994)
Suite auvergnate (Omnibus, 1995)
La Maîtresse au piquet (Presses de la Cité, 1996)
Le Saintier (Presses de la Cité, 1997)
Le Grillon vert (Presses de la Cité, 1998)
La Fille aux orages (Presses de la Cité, 1999)

(suite en fin d'ouvrage)

Jean Anglade

LE FAUCHEUR D'OMBRES

Roman

Terres de France

PRESSES DE LA CITÉ

Production Jeannine Balland

ISBN 978-2-258-04646-7

Presses de la Cité un département **place des éditeurs**

place des éditeurs

De tous les êtres de la création, l'homme est le seul qui puisse regarder le ciel sans effort. Et ceux qui le regardent le plus souvent de tous les hommes, ce sont les paysans.

François Raynal
Marie des Solitudes

1925

Depuis longtemps, Maurice Poudevigne n'employait plus de mouchoir, il se torchait le nez de ses doigts. Ce jour-là, il se frotta donc les yeux avec le dos de la main pour mieux discerner ce qu'il voyait à cent pas de lui : le clocher octogone de Venteuges ; les maisons bâties de granit inusable, coiffées de tuiles rouges retenues par des pierres contre les violences de la burle, ce vent du nord qui, dans ses fureurs, fait reculer les locomotives. L'auberge-épicerie sans enseigne tenue par les sœurs Albaret, surnommées Pachettes ; mais on avait une idée de son commerce aux placards publicitaires collés aux vitres : *Chocolat Menier, Chicorée Leroux, Byrrh, Dubonnet.* Ces vieilles filles vendaient donc à boire et à manger. De toute leur vie, aucune n'avait trouvé un chien qui voulût d'elle ; on les disait « aussi laides que sept culs tournés l'un vers l'autre », ce qui n'est pas en effet un spectacle très artistique.

Il vit la fontaine-abreuvoir – la *bédouire* – où deux grandes fillettes remplissaient leurs cruches. La mode des robes et des cheveux courts n'avait pas encore atteint Venteuges ; mais les jupes, achetées longues à dix ans, raccourcissaient à mesure que grandissaient leurs porteuses ; de sorte que ces deux-là montraient bien leurs mollets. Et leurs chevilles dans des sabots à bâillement sous la bride de cuir. Sabots de parade, sabots de sabotier, non point ouvrage grossier comme les paysans avaient coutume d'en produire. Les cheveux de l'une tombaient en pluie dans son dos ; ceux de l'autre étaient tressés en une sorte de queue de vache pareille à celle que montrait la gamine du chocolat Menier. Elles regardèrent Poudevigne avec l'innocence de leurs quatorze ans, puis détournèrent les yeux, quasi effrayées de sa mine étrange. De cette barbe qui lui mangeait la figure jusqu'aux yeux ; de cette casquette à visière vernie ; de la musette énorme dans l'échine, de la vareuse bleu horizon, du pantalon de toile à rayures, des brodequins difformes.

Il revenait dans un pays de pierre. Les maisons étaient faites de pierres bises, scabreuses comme les sentiers, sous les dorures trompeuses des lichens ; liées entre elles par du granit pourri, un mélange d'argile et de sable qu'on appelait « roc-mort » ; leur sol était de pierre, larges dalles sur quoi les sabots sonnaient creux comme le xylophone ; quelquefois une partie de la toiture, au moins celle des églises ; et une autre de l'ameublement. Des croix de pierre se dressaient aux carrefours. Trois formaient un calvaire au-dessus de Venteuges. Des bornes éclatées jalonnaient les routes pour indiquer leur tracé, l'hiver, quand elles disparaissaient sous les congères. Devant les portes, des vieux aux visages de pierre méditaient. La pierre était partout, jusque dans les lentilles des sœurs Pachettes. Et les fromages devenaient si durs avec le temps qu'on devait parfois les ouvrir au marteau et au coin, comme le rocher.

A présent, il reconnaissait chaque pierre de Venteuges. La mairie-école, qu'il avait fréquentée cinq ans, de 1888 à 1893, bien partagée en deux zones, l'une pour les filles, l'autre pour les garçons. Le chéneau qui, côté pile, descendait de l'étage, évacuant les eaux d'évier de l'institutrice ; les enfants l'appelaient « le trou de la dame ». La croix de fer audessus de la toiture, souvenir de l'ancien couvent qui avait jadis occupé cette maison, devenue au moment de la laïcisation objet de conflit entre les partisans de l'Eglise et ceux de la neutralité. Entre les Blancs et les Rouges, comme on disait alors. Ces derniers voulaient la remplacer par une girouette sans opinion. En fin de compte, les Blancs, plus nombreux, avaient voté son maintien, la croix l'avait emporté sur la girouette, ce qui ne causait de tort à personne. Il reconnut l'atelier de Blancard, à la fois forgeron, maréchal, arracheur de dents et châtreur de porcs. Les deux autres cafés. La vicairie.

Il dépassa la croix de mission gardée par deux lionceaux de granit ; marcha vers l'église, gravit les cinq degrés, poussa la porte. L'ombre y était si épaisse que, d'abord, il ne put rien distinguer. Puis ses yeux s'habituèrent. Une odeur d'encens la parfumait, on avait dû enterrer récemment. Il revit la courbe des voûtes, que soutenaient des ogives. Il reconnut bientôt tous les détails, la chaire, le mobilier, les ornements, la corde de la cloche à laquelle il s'était si souvent suspendu avec ses copains, Lafont, Delrieu ou Pigouli. Le catafalque qui honorait les obsèques de première classe. La tirelire des offrandes, surmontée d'un petit ange en bois qui faisait une courbette de remerciement chaque fois qu'on y introduisait une pièce de monnaie. Il manquait d'ailleurs de discernement et remerciait aussi bien pour une rondelle de fer ou un bouton de culotte. Les bancs frustes, sans dossier. Les quatre vitraux représentant les évangélistes ; mais saint Marc avait perdu sa tête, emportée par le caillou d'un antéchrist ou par un grêlon ; elle avait été remplacée, en attendant mieux, par une vitre transparente. A droite de l'autel, l'archange saint Michel triomphant du dragon. Et derrière, la fresque du Dieu pantocrator, c'est-à-dire tout-puissant, avec ses trois couronnes superposées et son regard louche. Car le pauvre cher homme était affecté de strabisme divergent, un œil tourné vers Jérusalem, un autre vers Venteuges en Margeride. Maladresse du portraitiste ? Ou intention malicieuse ?

Le confessionnal. Cette armoire lui rappela un péché d'impureté qu'il avait commis à douze ans, l'année du certif. En plein milieu de l'église, Pigouli lui avait refilé une image qu'il devait au chocolat Menier. Chaque tablette offrait en prime une reproduction des trésors de nos musées. C'est ainsi que *La Liberté guidant le peuple* était tombée entre ses mains. Elle représentait une femme à la poitrine dénudée brandissant sur une barricade un drapeau tricolore. Le péché consistait à regarder avec plaisir cette dévergondée qui montrait ce qu'elle aurait dû couvrir. Or, au moment où Maurice Poudevigne se trouvait plongé dans cette contemplation, le curé Touche-Bœuf avait surgi soudain. Le jeune pénitent avait eu le réflexe de glisser l'image derrière le confessionnal. Quelques jours plus tard, il était revenu pour la reprendre. Vainement, il avait glissé la main entre l'armoire et le mur ; elle avait disparu. Les souris d'église, qui n'ont pas grand-chose à se mettre sous la dent, avaient grignoté la Liberté aux seins nus.

Il marcha vers la veilleuse de l'autel, s'agenouilla sur le tapis rouge, comme autrefois quand il présentait les burettes. Il se signa d'abord, se demanda pour qui il devait prier. Jamais il ne priait pour lui-même, mon Dieu, guérissez-moi... mon Dieu, permettez que je... mon Dieu, faites que je sois... Se disant que Dieu savait mieux que lui-même ce qui lui était bon. Il n'avait même pas prié pour son retour en France qui risquait de lui valoir la relégation en Algérie ou à Cayenne. Il ne priait jamais que pour d'autres. C'est ce qu'il fit, songeant à ses parents, à ses frère et sœur, mon Dieu, faites que je les retrouve en bonne santé. Ensuite, comme toujours, à Erika, mon Dieu, faites qu'elle soit heureuse. Une fois de plus, il constata qu'il ne bégayait pas dans sa tête.

Quand ce fut terminé, il se signa de nouveau, se releva. Il allait ressortir lorsqu'il remarqua, scellé au mur à droite de la porte, un grand panneau de planches :

PAX
La paroisse de Venteuges
à ses morts glorieux

Suivait une liste de soixante-six noms disposés par ordre alphabétique, depuis Allemand Georges jusqu'à Valentin Roger. Il les déchiffra lentement, s'attardant sur chacun, lui rendant un visage, une voix, un destin, car il les connaissait tous.

Allemand Georges. A-t-on idée de s'appeler Allemand, mort pour la France !

Armilhon Claude. Le fils de son ancien instituteur. Mais c'est au père que Maurice songea d'abord, dont il revit la barbe noire et la taille immense.

« Le soldat français, enseignait ce maître, doit combattre jusqu'à la mort et ne jamais se rendre à l'ennemi. »

Il leur apprenait l'amour de la patrie et de l'Alsace-Lorraine, le maniement d'arme avec des fusils de bois, le goût du sacrifice suprême. Son fils Claude avait bien retenu et pratiqué ses leçons. Tandis que lui, Maurice Poudevigne...

Bouchut Charles. Le deuxième de la classe, le plus sage après Claude Armilhon. Il voulait devenir prêtre, missionnaire, aller répandre le catéchisme en Afrique, en Asie. Il avait commencé au séminaire du Puy des études interrompues par la guerre, sans doute. Il avait dû monter tout droit au paradis.

Blancard Louis. Le fils du forgeron, qui ne voulait pas continuer le métier de son père, rêvait de partir pour Saint-Etienne ou pour Lyon, d'y faire le garçon de café ou de restaurant, un métier qui fatigue moins que la forge et rapporte beaucoup plus. Son père l'avait placé en apprentissage à l'Hôtel de France de Saugues. On racontait cette bonne blague, probablement inventée. Lorsque le forgeron s'était présenté, le propriétaire, monsieur Anglade, avait répondu :

— Je veux bien prendre votre gamin. Comme plongeur.

A quoi le vieux Blancard aurait répondu :

— Plongeur ? C'est bien dommage. Il ne sait pas nager.

On l'avait accepté quand même. Lorsqu'il revenait de Saugues, il racontait comment il faut enregistrer dans sa tête, le dimanche, la file des consommations : un mêlé-cass, une verte, une jaune, un quinquina, une blanche, un champoreau, une Vercingétorix. Car ce jour-là, la clientèle était faite de gens compliqués, de Saugains à cols durs, à cravates, à chapeaux melons, qui ne se contentaient pas de la chopine ou de la pinte des paysans. Il montrait comment on aligne sur le bras gauche quatre assiettes pour servir quatre clients d'affilée, on l'aurait pris pour un jongleur.

Chazel Jean-Baptiste et *Chazel Louis*. Deux cousins de Meyronne. Ils avaient dû laisser deux veuves et plusieurs orphelins.

Maurice parcourut ainsi la liste des morts glorieux, les passant tous en examen dans sa mémoire, jeunes ou vieux, bruns ou roux, grands ou petits, mariés ou célibataires : *Coston Etienne... Fontanier Louis... Méronenc Emile...*

Toujours descendant, il atteignit la lettre P ; *Pic Fernand... Pigouli Isidore.* Il relut deux fois ce nom. Aucun doute : il s'agissait bien de son voisin de Combret, qui se pendait avec lui à la corde de la cloche, qui lui avait refilé *La Liberté guidant le peuple*, qui avait un rire si spécial qu'on eût dit le cri d'un paon. Lui aussi tombé pour cette France dont il se foutait bien. Au mois de mars 1916, ils s'étaient par hasard rencontrés dans le train de Clermont à Langeac, permissionnaires tous les deux. Pigouli lui avait chuchoté cette confidence :

— Je n'y retourne pas. J'en ai marre.

— Ça s'appelle déserter.

— Je déserte.

— Si les gendarmes t'attrapent, tu seras envoyé aux meilleurs endroits.

— Ils ne m'attraperont pas.

En fait, ils l'avaient bel et bien attrapé. Plus de Pigouli. Envolé, Pigouli comme la Liberté aux seins nus.

Poudevigne Maurice.

Il crut un moment avoir la berlue : il figurait au milieu de la liste des morts glorieux ! D'autres Poudevigne existaient dans la commune : son frère Antonin, son cousin Thomas. Si leurs noms ne se trouvaient pas inscrits en lettres d'or, c'est qu'ils étaient revenus de cette saloperie de guerre. Il s'en réjouit dans son cœur. Puis, raisonnant dans sa tête, il se dit qu'il ne devait pas s'étonner de se voir sur le panneau, puisqu'il rentrait dans ses foyers presque sept ans après l'armistice.

Faudra que je fasse corriger.

Il descendit jusqu'à *Valentin Roger*. Surpris de voir le nom de celui-là, parce que c'était un garçon mal fabriqué, deux fois exempté au conseil de révision. Au troisième, cependant, on l'avait trouvé assez bon pour faire un mort. Ces soixante-six noms formaient une jolie guirlande pour Venteuges, une petite commune de la Haute-Loire. De la Haute-Bique, comme disaient pour se moquer les voisins auvergnats. Mais l'Auvergne commençait à deux pas, au bois de Pourcheresse, naguère infesté de loups, de sabotiers et de voleurs. Ce qui permettait aux habitants de la Margeride en Gévaudan de répliquer :

D'Auvergne ne vient
Ni bon vin, ni bon vent,
Ni bonnes gens.

Querelles de voisinage. Le 92e RI où Maurice avait fait ses classes était principalement composé d'Auvergnats, paysans comme lui en général. Il ne les avait trouvés ni pires ni meilleurs que les Lozériens, les Aveyronnais ou les Biquets. Il ne faut pas toujours croire aux chansons.

Il reprit son sac près du bénitier et sortit de l'église. En l'honneur des morts glorieux, une stèle avait été dressée sur la terrasse, elle confirmait les soixante-six noms. Il passa devant le cimetière. Plusieurs personnes le saluèrent en patois à la manière gévaudanaise, que déterminait la pente du chemin :

— Alors, vous descendez ?

— Oh bien oui, tenez. Et vous, vous montez ?

— Je monte un peu.

Il répondait comme s'il avait quitté hier la paroisse. Avec satisfaction, il s'apercevait qu'il n'avait rien oublié du parler local. Naturellement, quand on se rencontrait en chemin plat, les formules changeaient :

— Alors donc, vous venez par ici ?

— J'y viens un peu, voyez-vous.

— Tenez-vous bien à votre aise.

— Faites-en de même.

Mais personne ne le reconnaissait. Derrière lui, il sentait les visages se retourner, faisait un effort pour ne pas leur rendre ce retournement. Il prit le chemin de Combret, hérissé de pierres rondes qu'un coup de pied ne dérangeait point, têtues, comme des crânes égratignés sortant de terre. Dans les parcours boueux, on avait intérêt à marcher sur elles. A jouer à chat perché. De chaque côté, des vaches d'un blond fumé, de race Aubrac, relevaient les cornes à son passage et le regardaient aussi avec surprise. Un âne se mit à braire, Maurice souleva sa casquette pour un salut fraternel.

Un chien le prit en chasse, vint lui aboyer aux mollets. Lors de ses vagabondages, Maurice avait appris que, dans un cas pareil, la meilleure attitude était de ne pas sourciller, de ne pas dévier d'une ligne.

— Il aboie, mais il ne mord pas, dit la vachère.

En fait, Poudevigne avait été mordu plusieurs fois, par des chiens allemands, suisses, hollandais. Ses bandes molletières l'avaient protégé. Il les portait toujours sous son pantalon à rayures.

Les tertres, que doraient les genêts en fleur, encensaient par leur odeur de réglisse. La chape bleue du ciel couvrait toute la Margeride jusqu'au mont Mouchet. Maurice arrivait au meilleur moment de l'année. Chaque pas le rapprochait de Combret. Après neuf ans d'absence depuis sa permission de 1916.

Il atteignit la première ferme, à main droite, celle des Lonjon, qui avaient un fils idiot, Lucien. Tout de suite après, celle des Nurit. La troisième appartenait aux Poudevigne. Il s'arrêta pour bien la regarder, à quelque distance. Le corps de logis, dont le linteau montrait deux cœurs croisés, souvenir d'un ancien mariage. L'étable, la grange, la soue, la fontaine. Au milieu, la cour immense avec le monument historique traditionnel dans toutes les bories d'Auvergne, du Gévaudan, du Velay : le tas de fumier, sur lequel grattaient une douzaine de poules. Il perçut un cognement sourd et répété – tchique, tchonque, tchique, tchonque –, le piston d'une baratte. Des hirondelles tournoyaient en poussant des cris de souris, plongeaient vers la porte béante de l'étable, disparaissaient à l'intérieur. Un chat roux dormait sur le bassoir d'une fenêtre. A l'étage, des draps, des couvertures prenaient l'air. Une fois encore, il admira la taille parfaite des pierres d'angle et pensa : « Ceux qui les ont posées n'ont plus mal aux dents. » Songeant à ces morts inconnus auxquels les vivants devaient leur maison et leur pain, il se dit que lui aussi devrait faire quelque chose pour les vivants à venir.

Il revit les traits de son grand-père, Germain Poudevigne, né sous l'empereur Napoléon, mort à quatre-vingt-cinq ans sous la République, et qui portait d'énormes favoris en souvenir du roi Louis-Philippe. Il racontait comment, après 1815, les hommes avaient allumé sur la place de Combret – où ne coulait pas encore la fontaine publique – un feu de joie pareil à ceux de la Saint-Jean pour fêter la chute de l'Ogre. Plus tard, ayant tiré un mauvais numéro, Germain servit néanmoins sept ans sous les drapeaux et s'en alla conquérir l'Algérie. Au cours d'une permission de deux mois, il avait épousé une fille de Recoules, Thérèse Astruc, à laquelle il tint ce raisonnement :

— L'armée offre là-bas à ses combattants des terres gratuites. Jusqu'à vingt hectares, c'est-à-dire cinquante cartonnées. On les appelle des concessions. Si j'en prends une, nous pourrons élever des moutons, cultiver le blé, nous construire une belle ferme. Qu'en dites-vous ?

— A qui appartiennent ces terres ?

— A personne.

— Ce n'est pas possible. Toutes les terres appartiennent à quelqu'un.

— Peut-être qu'elles appartenaient à des gens. Nous les avons conquises. Maintenant, elles sont à nous. Toute l'Algérie est à nous.

Le mot « conquérir » n'existe pas dans le langage de Combret. Il dut le traduire, l'adapter tant bien que mal du français : *« Las abzem conquistadas. »*

— Qu'est-ce que ça veut dire ?

— On les a prises par les armes. Une armée, c'est fait pour ça, pour conquérir. Napoléon avait conquis quasiment toute l'Europe. Mais ensuite, il l'a perdue.

Thérèse Astruc demeura consternée : Germain, son mari, voulait donc lui faire accepter des terres « conquises », enlevées de force, c'est-à-dire volées ?

— Oh ! volées, volées ! protesta-t-il mollement.

— Si je vous mets un pistolet sur la tempe pour prendre votre bourse, cela s'appelle conquérir ou bien voler ?

— En échange, aux gens de là-bas, on donnera quelque chose.

— Par exemple ?

— Je ne sais pas. Faut y être pour savoir. Pour comprendre. Beaucoup de mes camarades ont bien pris ces hectares.

La discussion s'arrêta là et ne repartit jamais. Au lieu de ces vastes espaces lointains, le grand-père conquistador se contenta de quelques lopins et de ces pauvres bâtiments de Combret qu'il mit sa vie entière à payer. La borie était revenue à Jean Poudevigne par droit d'aînesse, à charge pour lui d'indemniser ses frère et sœur. La conquête de l'Algérie aurait pu rapporter à la famille ceinture dorée. Elle ne lui rapporta, par la vertu de grand-mère Thérèse, que bonne renommée.

Maurice revoyait encore son visage rond, lisse comme une pomme, épargné par les rides ; ses cheveux dissimulés sous un large ruban de moire dont les bouts retombaient sur la nuque. Elle avait donné la vie à treize enfants, dont cinq enlevés au berceau par les anges. Elle les avait nourris de son lait, habillés, soignés ; sans rien en expliquer, elle leur avait appris le *Notre Père*, le *Je vous salue*, le *Je crois en Dieu*, à grand effort, car elle employait mal le français. De sorte que Jean comprenait... *a souffert sous le pont de Pilate... d'où il viendra pour juger les rubans et les morts*... L'important était de marmonner ces mots étranges qui devaient gagner la protection du ciel. Même si on les prononçait en pensant à autre chose, aux choux, aux raves, à la queue du chat.

Un jour qu'ils gardaient ensemble, elle et lui, les vaches au pré communal, Maurice fut mordu par une vipère. Thérèse avait appliqué tout de suite la bouche à sa blessure, sucé puis craché le sang et le venin. Après quoi, bien que toute petite, prenant le drôlet sur son échine comme un chiffonnier son sac de peilles, elle l'avait rapporté à la borie. Déjà, la jambe enflait, prenait la couleur d'une peau de reptile. Par bonheur, cette sorte d'accident était prévue dans les coutumes. De l'armoire, on avait sorti la

« pierre de serpent », un galet gros comme un œuf dont la surface bigarrée présentait, en effet, une ressemblance surprenante avec celle de la vipère. On l'avait jetée dans une casserolée de lait de chèvre qu'on avait fait bouillir. Huit jours durant, Maurice avait bu de ce lait. La guérison avait suivi.

Toujours rien de vivant ne sortait de la ferme excepté le tchique-tchonque de la baratte, le faible glouglou de la fontaine, les cris des hirondelles, le zonzon des mouches sur le fumier. Il marcha dix pas de plus, traversa la rue tapissée de bouses, fut devant le portail. Le tchique-tchonque s'arrêta : on l'avait vu. Il souleva l'anneau de fer qui joignait les deux battants, poussa celui de droite. Une femme parut derrière le *clédou* – la demi-barrière qui empêchait les chiens d'entrer dans la maison – les poings sur les hanches. Il reconnut tout de suite sa mère Emilie, mais s'arrêta au milieu de la cour afin de ne pas l'effrayer. Comme elle avait vieilli ! Comme ses joues s'étaient creusées ! Elle aurait pu, comme on disait, embrasser une chèvre entre les cornes.

— Je n'ai besoin de rien ! cria-t-elle. De rien du tout !

Elle le prenait pour un colporteur ou un *peillereau.* Il resta immobile, lui laissant le temps de le remettre.

— Rien à vendre non plus, si vous cherchez des peilles.

Il enleva sa casquette pour qu'elle le vît mieux.

— Oh ! pauvre mère ! Ne me reconnaissez-vous pas ?

Non, en vérité, elle ne le reconnaissait point, avec ce sac sur l'épaule. A quarante-cinq ans, il en paraissait soixante.

— Je suis Maurice Poudevigne, votre fils !

Elle n'en crut d'abord ni ses yeux ni ses oreilles. Même sa voix avait changé, plus grave, plus mûre à présent. Il fit trois pas vers elle, laissa tomber son sac, ouvrit les bras. Elle se jeta contre lui en sanglotant. Sa tête lui arrivait au menton. Comme elle était devenue petite ! Elle gémissait, promenait ses mains sur lui, s'assurait qu'il était bien une personne épaisse, palpable, et non point un rêve comme elle en avait tant eu. Il baisait ses cheveux blancs, ce chignon qui avait l'air d'une boule de neige, ses joues mouillées de larmes.

— Ne pleurez plus, pauvre mère. Me voici revenu.

— Je vous croyais mort !

— Je suis bien vivant.

— Mais pourquoi... pourquoi avez-vous tant attendu ? Votre frère Antonin est revenu depuis six ans !

— Je vous expliquerai. J'en ai long à vous dire. Vous ne m'attendiez plus ?

— *Oùrioum pa yebù bouz espérà*[1], *lèou bouz espéravo toudzour.*

La jolie expression patoise ! Il ne put se retenir de la traduire en français :

— Je vous espérais toujours.

— Répétez, s'il vous plaît, demanda-t-elle dans la même langue.

— Je vous espérais toujours. Je vous attendais toujours.

— Mais... vous ne bégayez plus !

1. Nous n'aurions pas dû vous espérer.

— Quasiment plus. Avec l'âge, ça m'a un peu passé... Et puis, si je bégayais, c'était la faute de la béate. Elle y a travaillé assez longtemps !

Emilie courut vers le champ qui se trouvait à l'opposé de la ferme, à peu de distance de Combret. Un moment après, toute la famille – Jean le père, Emilie la mère, Valentine la sœur, Antonin le frère, sa femme Odile, ses enfants – se trouvait rassemblée autour de la table et d'une bouteille de vin bouché qui attendait depuis 1914.

— Sacré farceur ! dit le vieux. Celle-là, je me demandais bien si je la déboucherais un jour !

Les trois femmes essuyèrent leurs larmes, et burent aussi un peu de vin.

1885-1888

La béate. Une sainte femme.

Marie Rampal aurait pu devenir religieuse pour de bon. Apprendre le latin, le chant grégorien, passer sa vie à glorifier Dieu, à le prier, à écosser des haricots, à trier des lentilles. A l'abri de la faim, du froid, du chaud, des maternités, de tous les désordres. Clarisse, carmélite ou bénédictine. Elle avait préféré demeurer dans le siècle, se faire béate, participer pleinement à la vie de ses frères et sœurs en Jésus-Christ. Prononcer dans son cœur les vœux de chasteté, de pauvreté, de charité, sans nulle cérémonie. Ne devoir obéissance qu'à Dieu et à Ses Commandements.

C'était une fille de haute taille, sans beauté ni laideur, sans âge non plus. Qu'elle eût trente, quarante ou cinquante ans, personne ne s'en souciait. Toujours vêtue d'une robe sombre d'où dépassaient ses longs pieds dans des galoches, les cheveux dissimulés sous un large bandeau blanc et une coiffe noire, elle pouvait être aisément prise pour une religieuse ; mais elle n'acceptait que des enfants d'être appelée « ma sœur » :

— Dites Marie Rampal tout simplement.

Au centre de Combret, à quatre pas de la fontaine-abreuvoir, sa petite maison faite de pierres bien ajustées, surmontée de sa croix et de sa cloche, comprenait un rez-de-chaussée et un étage. Elle tirait la corde trois fois par jour pour rassembler ses ouailles grandes ou petites. La cloche produisait un drelin-drelin joyeux qu'on entendait de Venteuges. Venait qui voulait. Les deux premières sonneries – à huit heures du matin et à une heure de l'après-dînée – appelaient les enfants. La troisième, à sept heures du soir, les femmes jeunes ou vieilles. Celles-ci, au cours des longues soirées d'hiver, venaient apprendre, ou, si elles savaient déjà, pratiquer ensemble la couture et l'art de *denteller*. Economisant ainsi sur le chauffage et l'éclairage.

Elles arrivaient à la nuit close. La béate les accueillait sur le pas de sa porte. Un bon feu brûlait dans la cheminée, qui encensait toute la maison. Marie Rampal ne manquait ni de bois ni de nourriture, les paysans l'approvisionnaient aussi en pain, en œufs, en lait, en pommes de terre. Elle vendait sa propre dentelle aux leveuses du Puy, ce qui lui fournissait quelques sous. Chaque *denteleuse* apportait son « carreau » et la chaufferette qu'elle fourrait sous ses longues jupes. Au centre de la table rayonnait le *carilh*, la lampe à huile. Ces dames s'installaient tout autour, assises sur les bancs. Avant de commencer l'ouvrage, on récitait les indispensables prières. Alors, les mains se mettaient en mouvement. Et les langues aussi. La béate écoutait plus qu'elle ne parlait ; mais elle tirait souvent les conclusions. Après la fugue d'un vieil homme qu'on avait ensuite retrouvé mort sur le plateau :

« Si sa fille avait fait son devoir, cela ne serait pas arrivé. »

Après l'accident d'un gamin tombé dans le feu et gravement brûlé :

« Il y a encore des mères qui ne savent pas que la première pensée d'un enfant est de se détruire. Par le feu, par l'eau bouillante, par l'eau de Javel, par les couteaux. C'est pourquoi il ne faut pas les quitter des yeux une seconde. »

Hors les prières, elle s'exprimait comme les autres en patois, truffant son langage d'expressions de tendre pitié, *petchaïre, petchaïrou, petchaïroune, petchaïrouneyte*...

Les denteleuses travaillaient « à la boule ». La lampe était plantée entre quatre globes d'eau, les boules, ou *delhis*. Pas d'une eau quelconque : de la plus pure, celle qui tombait du ciel, afin qu'aucun dépôt ne ternît la transparence du verre. Ces quatre carafettes concentraient sur les ouvrages, à la façon de loupes, la faible lumière du carilh. Par un moyen analogue, employant les rayons du soleil, un savant grec des temps anciens avait réussi astucieusement à incendier les bateaux ennemis qui venaient assiéger sa ville. Il suffisait donc aux femmes de se placer au bon endroit pour recevoir le faisceau des rayons blancs, courts et durs avec des reflets d'arc-en-ciel. De temps en temps, la béate se levait, allait tourner la bûche de la cheminée qui sifflait, crépitait, postillonnait.

Chacune avait fabriqué elle-même son métier à dentelle, le « carreau », à moins qu'elle ne l'eût hérité de sa mère. La charpente en était formée d'un fond carré sur lequel étaient fixées trois planchettes verticales, une pour l'arrière, deux pour les côtés. Entre celles-ci, le logement du cylindre. Ensuite, avec de la charpie ou du coton à pansement, on bourre les vides en ménageant au-dessus une pente douce dans tous les sens, sauf au dos, qui reste vertical. On enveloppe le tout d'une toile cirée portant des motifs aussi jolis que possible. Le tambour, long d'une ou deux largeurs de main selon qu'il est destiné à une petite fille ou à une grande personne – si bien qu'il existe des bébés carreaux, des enfants carreaux, des carreaux adultes –, doit tourner sans effort. Le carreau semble alors terminé. En fait, il ne l'est pas. La denteleuse le pare, le bichonne, le couvre de paillettes brillantes, de fleurettes, de breloquettes, de lamelles d'écaille ou de corne. Elle coud sur le devant une image de saint François Régis, patron des dentellières.

L'année 1640, le parlement de Toulouse avait interdit la fabrication des dentelles parce que trop de filles s'y employaient et que les seigneurs manquaient de servantes. Ce fut la ruine des pauvres denteleuses. Mais le père Régis se rendit à Toulouse, plaida leur cause, obtint la révocation de cet édit ridicule. Voilà pourquoi elles l'ont choisi pour patron. Parce qu'il mourut aussi en odeur de sainteté après avoir converti au catholicisme maints protestants du Vivarais.

Au cylindre était fixé le carton, le modèle à reproduire, criblé de petits trous dans lesquels il fallait enfoncer les épingles, avec leurs têtes de verre rouge, bleu, violet, blanc, qui retiendraient chaque point. A elles pendaient les fuseaux au bout d'un fil, telle une compagnie de petites marionnettes. Les femmes plaçaient le carreau sur leurs genoux. Commençait alors le ballet des fuseaux. L'ouvrière en manœuvrait du bout des doigts quatre en même temps, deux de la main gauche, deux de la droite. Ils étaient en buis, en prunier, en cerisier, en os. Ils se croisaient, sautillaient, s'entrechoquaient, avec une rapidité ébouriffante. Leur joyeux cliquetis emplissait la pièce de la béate. A mesure que la dentelle se tissait, on voyait avancer les épingles et reculer le cylindre. Bientôt, elle débordait du carreau et trouvait à l'arrière une cachette où elle serait enroulée jusqu'à son terme.

A la différence du fuseau de la quenouille, qui commence sa besogne tout maigre, puis se charge de fil et devient bedonnant, ceux de la dentellière commençaient bedonnants et se dépouillaient peu à peu. Quand ils étaient vides, chacun ressemblait à la reine du jeu d'échecs ; mais une reine nue en son milieu, dépourvue de toute moulure, réduite à son axe guère plus gros qu'une paille. Il fallait alors les regarnir. Marie Rampal prêtait son rouet qui faisait passer, grâce à une roue à manivelle et à sa rotation endiablée, le fil du dévidoir aux fuseaux.

Ces femmes pratiquaient, selon les cartons et les commandes, un certain nombre de points nommés d'après leurs ressemblances : coquille, petit poisson, raisin pointu, tête de mort, patte de loup, cœur de flamme, soleil, étoile... Ou bien d'après une prière, sans qu'on vît clairement le lien : pater, ave, évangelette. Ou encore d'après la paroisse qui les avait inventés : vorey, allègre, saint-paulien, brides de Langeac, fay à dent de rat... Les cartons, eux, venaient tous du Puy. Dessinés par des artistes pour des « fabricants » qui ne fabriquaient rien du tout, mais faisaient fabriquer. Certains avaient plusieurs centaines de dentellières à leur service, pauvres paysannes qui, sans eux, n'auraient jamais vu une seule pièce blanche ni de face ni de profil.

Entre elles et eux intervenait la « leveuse ». Une femme grosse et rouge, la langue si bien pendue qu'elle aurait été capable, comme on disait par ici, de faire téter un veau de sept ans. Elle battait la campagne avec son roussin et son cabriolet rempli de pelotes et de cartons. Elle achetait la dentelle en sous et à l'aune d'un mètre vingt, comme si les anciennes mesures existaient toujours ; mais les clientes du fabricant ponot devaient les payer en francs et au mètre.

On parlait beaucoup des prix et des injustices dans la maison de la béate, autour des globes lumineux qui prenaient l'aspect de récipients de chimistes. L'ombre, réfugiée contre les murs, y dessinait des figures grossies et mouvantes. On parlait aussi des travaux et des saisons, des naissances et des décès. On se répétait les grandes nouvelles rapportées des foires et des marchés, avec beaucoup de retard et souvent déformées :

— En Afrique, nos soldats font de nouveau la guerre. Cette fois, contre le Bardo[1].

— C'est qui, le Bardo ?

— Quelqu'un qui fait bien peur.

— Pauvres de nous ! Pauvres de nos garçons qui ont tiré les mauvais numéros !

1. Allusion probable à la soumission de la Tunisie au protectorat français, consacrée par le traité du Bardo de 1881.

— Paraît qu'on va construire un train depuis Langeac jusqu'à Saugues. Avec plein de ponts et de tunnels. Ça donnera du travail à nos hommes. En ce moment, les pauvres ne sont pas riches.

— On a eu bien tort de faire mourir Badinguet. On n'aurait pas dû le guillotiner. De son temps, le sucre coûtait moins cher.

— Baste ! On peut se passer de sucre. Mais qu'est-ce que vous racontez ? On ne l'a pas guillotiné, Badinguet. Vous confondez avec Louis XVI. Badinguet, il est mort dans son lit.

— N'empêche que mon père l'a toujours regretté.

Badinguet n'avait pas complètement disparu. Il figurait toujours, avec sa barbichette de chèvre, sur les pièces de bronze et d'argent. Ainsi, le caquet de ces dames allait bon train. Elles racontaient aussi pour la millième fois la bête du Gévaudan, cet horrible loup qui était peut-être un tigre, ou un dragon : il crachait le feu par les naseaux et les oreilles. Il dévorait le monde ; il avait fallu le tuer douze fois avant qu'il consentît à mourir. La dernière à quelques heures de marche de Combret, grâce au fusil de Jean Chastel.

— Mon grand-père me l'a raconté. Il le tenait de son grand-père, natif du même endroit. Ces Chastel n'étaient pas très estimés, on les appelait des Masques, c'est-à-dire des sorciers. Ils avaient signé un contrat avec la Bête, elle obéissait à leurs ordres, au doigt et à l'œil. Mais elle s'était ensuite écartée et mise à manger des femmes et des fillettes. Entre elle et les Chastel, il y eut une brouille. Un jour qu'il tenait à la main son fusil, Jean Chastel la vit à quelque distance, assise sur son derrière, qui semblait se moquer de lui. Ayant fondu lui-même trois balles de plomb, il les avait fait bénir par son curé. Ce jour-là, il prit le temps de réciter un *Je vous salue*. La bête le regardait toujours. Lorsqu'il épaula et tira, elle tomba raide morte.

C'était à Auvers, au pied du mont Mouchet, où tant de sang plus tard devait couler[1].

La terrible histoire faisait frissonner. Mais on se trouvait bien dans la maison de la béate, sous la protection de son clocheton et de sa croix.

Quand le carilh donnait des signes d'épuisement, Marie Rampal dirigeait les dernières oraisons. Non pas un anonyme *Je vous salue*, c'eût été trop personnel, trop égoïste ; mais des prières orientées :

— Prions pour la belle-mère de Jeanne Cubizolles qui est bien malade... Pour la fille d'Ernestine Chazel, qui est à Clermont et qui s'ennuie tant... Pour les voyageurs qui marchent dans les neiges... Pour tous les mourants... Prions pour les païens qui ne connaissent pas Jésus-Christ...

Depuis longtemps, les petites filles s'étaient endormies sur leurs carreaux. Chaque mère recouvrait la sienne d'un capuchon et tout le monde rentrait chez soi.

Certaines soirées, au lieu de raconter des histoires folles, les denteleuses s'excitaient à chanter. La plus savante en chansons était Joséphine Granouillet, dite la *Bardjacande*, la Bavarde, car elle avait le fil de la langue bien coupé. Sa voix était pourtant frêle, chevrotante, passant soudainement du profond au pointu. Mais elle

1. En 1944, durant les combats de la Résistance.

se vantait de connaître trois cents chansons, tant patoises que françaises : *Dessus Paris y a-t-un grand bois... Mme Arnaud dans son château... La belle, faites-moi-z-un bouquet... Jeunesse trop coquette, écoutez la leçon...* Sa préférée était celle de *L'Amant bossu* :

Maman, j'ai-z-un amant
Sûrement
Qui vient me voir souvent.
Il a rien que des bosses,
Par-derrière, par-devant,
Cet amant,
Il perd aussi ses chausses.
Oh ! quel désagrément !

Il a la jambe tordue,
Ce bossu,
Le bout du nez pointu,
La bouche sans pareille,
Que jamais je n'ai vue
Ni connue,
Fendue jusqu'aux oreilles,
Et les cheveux tondus.

Ses yeux sont pas d'accord,
C'est joli !
L'un regarde le nord
Et l'autre le midi.
On dirait un cheval
Quand il rit.
S'il découvre les dents,
Il fait fuir les souris.

N'aie point souci, ma fille,
De cela,
Puisqu'il est plein d'argent
Et qu'il roule carrosse.
L'argent n'a point de bosse,
Tu verras.
Le chapeau couvrira
Tous ces désagréments.

Puisque vous le trouvez
Si cossu,
Maman, je le prendrai.
Les cloches ont sonné.
Nous voilà mariés
Dans le dû.
Et z'avons engendré
Douze petits bossus.

Bien qu'elles la connussent par cœur, les dentellières ne se lassaient pas d'entendre la chanson. Elles en riaient aux larmes chaque fois, comme si c'eût été une invention récente. Puis elles s'essuyaient les yeux, redevenaient sérieuses. Joséphine concluait :

« Vous vous souviendrez de moi quand je serai morte. Vous direz : "La Bardjacande, elle ne se contentait pas de *bardjaquer*. C'était aussi une fameuse *cantarelle* !" »

Pendant la saison chaude, toujours sous la présidence de la béate, le travail des denteleuses se menait dehors, à l'ombre d'un tilleul. Les jeunes mères apportaient le moïse de leur nouveau-né qu'elles balançaient doucement du pied tandis que leurs doigts faisaient danser les fuseaux. Si l'enfant refusait de s'endormir, on lui fredonnait la vieille et douce musiquette :

Souon, souon, bènhe, bènhe, bènhe,
Souon, souon, bènhe ker l'ifon...
L'ifon se bouol adurmi,
Ma blu souon bouol pa benhi[1]...

A force d'être appelé, le sommeil finissait par venir quand même, les pleurs du petit se tarissaient. Les caquets pouvaient alors repartir, pourvu que ce ne fût pas trop fort.

Combret ne possédant pas d'église, la béate se sentait un peu investie de fonctions sacerdotales. Ainsi, pendant le mois de Marie, elle faisait réciter le chapelet, les litanies, organisait la procession de ses paroissiennes, qui s'entouraient alors la tête d'un ruban bleu :

O Vierge très belle !
O Mère fidèle !
O Fille de Dieu !...

Son étage était réservé aux enfants les plus jeunes, qui trouvaient bien long le chemin de Venteuges où une école publique s'était établie à côté du couvent des dames. Maurice Poudevigne fréquenta trois années son enseignement. Ils accouraient au son de la cloche. Quand ils montaient

1. Sommeil, sommeil, viens, viens, viens, / Sommeil, sommeil, viens prendre l'enfant... / L'enfant veut s'endormir, / Mais le sommeil ne veut pas venir...

l'escalier de bois, tous ces sabots produisaient un fameux tapage. La pièce unique avait trois fonctions : salle de classe autour de la table commune, les filles d'un côté, les garçons de l'autre ; cuisine, avec son poêle sur lequel Marie faisait cuire son fricot ; chambre à coucher, par le lit-placard du fond, que fermait un rideau rouge. Elle gardait ses élèves trois heures le matin et trois l'après-midi. Son école ne disposait ni de cour ni de cabinets. Pendant la récréation – qui pouvait durer, selon les circonstances, dix minutes ou une demi-heure – les enfants s'ébattaient dans le village et ses alentours ; ils avaient pour commodités les tas de fumier et les étables. Le jeudi sans classe n'existait point comme dans les écoles publiques ; prévu par les lois scolaires pour permettre aux élèves qui le désiraient de recevoir un enseignement religieux, il était superflu chez la béate, qui les gavait de religion chaque jour. En revanche, il lui arrivait de donner congé à tout moment de la semaine. C'est qu'on avait besoin d'elle pour soigner un malade, pour laver et habiller un mort. On venait la chercher, elle accourait, à la disposition de tout le monde.

Son premier enseignement était celui de la langue. Si le patois avait cours au rez-de-chaussée, à l'étage le français régnait seul. Les petits paysans entraient ébaubis dans ce parler étranger. Mais au bout de quelques semaines, ils le comprenaient et savaient se faire comprendre, même s'ils confondaient encore un peu la *chareyra*[1] et la charrue, *batalhà*[2] et batailler,

1. Chemin.
2. Discourir.

la *clotsa*[1] et la cloche. Il y a de faux amis parmi les mots comme il y en a parmi les hommes. Dès que possible venaient les prières, les cantiques, le catéchisme. La lecture, l'écriture, le calcul paraissaient quand on avait le temps.

Le jeune Poudevigne d'abord ne se distingua pas des autres. Seulement, peut-être, plus timide. La moindre observation lui faisait monter les larmes aux yeux : Marie les voyait déborder comme deux sources intermittentes. Elles descendaient ensuite, silencieuses, sillonnaient les joues brunes, atteignaient le menton convulsif. Et cela sans un soupir, sans un sanglot.

Elle s'aperçut qu'il faisait le signe de croix avec la main gauche.

— Il ne faut pas. La gauche est la main du malheur, la main des mauvaises choses. (C'est pourquoi non plus il ne faut pas se lever du pied gauche.) La main droite, au contraire, est celle du bonheur. Celle de la bénédiction.

Elle lui apprit à se signer de la bonne main, ce qui fut assez facile, même si quelquefois il s'embrouillait. En revanche, elle eut les plus grandes peines du monde à le faire écrire sur son ardoise avec la main qui bénit. Ses voisins, d'ailleurs, le dénonçaient quand son crayon blanc passait du mauvais côté :

— Ma sœur ! Maurice écrit de la main gauche !

Elle rectifiait les choses, ses yeux à lui se remplissaient d'eau.

---

1. Poule pondeuse.

Il apprit à lire assez rapidement ; mais l'écriture ne suivait pas. Les lettres qu'il traçait de la droite étaient informes. Ce combat dura trois années.

Tous les psychiatres le diront : obliger un enfant gaucher à écrire de la main droite peut l'amener au bégaiement. C'est ce qui lui arriva. Avant de commencer son mauvais apprentissage de l'écriture, sa langue lui obéissait bien. Elle était même capable de réciter d'un souffle ces chapelets de mots que les enfants construisent pour s'exercer la parlote, même s'ils ne veulent rien dire :

Doune, menounre, randoune,
Trifaou !
Rasse, petasse, menasse,
Cacaou !

Voici donc que peu à peu lui vint ce balbutiement, cette boiterie de langage si drôle à entendre chaque fois qu'il devait employer le français :

— J… J… J…

— Eh bien quoi ? demandait la béate.

— J… J… J…

— Il veut dire, traduisait un voisin, qu'il a oublié son ardoise.

— Tu as oublié ton ardoise ? Ce n'est pas grave. Essaye de le dire. J'ai oublié mon ardoise. Fais un effort.

— J'ai… ou… oublié… mon ardoise.

— Voilà. Bravo. On n'en parle plus.

Il évitait de parler. Elle évitait de l'interroger. Elle se rendit compte que la présence de ses camarades contribuait à le paralyser. Elle le gardait après la classe, demandait doucement :

— Est-ce que tu as peur de moi ?

— N... on.

— Tu ne dois pas avoir peur du tout. Même si quelquefois je prends la grosse voix pour gronder les bavards et les remuants. Nous sommes amis, n'est-ce pas ? (Il opinait de la tête, comme un cheval qui encense.) Dis-moi oui.

— Oui.

— Oui qui ?

— Oui, ma sœur.

— Maintenant que nous sommes seuls, nous allons faire ensemble des exercices. Répète après moi : Mon Dieu, je vous donne mon cœur...

— Mon Dieu, je vous donne mon cœur...

— Faites-moi la grâce de ne vivre que pour vous...

— Faites-moi la grâce...

— ... de ne vivre que pour vous.

— ... de ne vivre que pour vous.

— Et daignez me préserver de tout péché.

— Et daignez... me préserver... de tout péché.

— Encore une fois, sans t'arrêter au milieu : Et daignez me préserver de tout péché.

— Et daignez me préserver de tout péché.

Quand elle était contente de lui, elle l'embrassait trois fois : au nom du Père, du Fils, du Saint-Esprit.

Sitôt rentré chez lui, il reparlait le patois et ne bégayait plus. Son bégaiement était réservé à la langue française.

Naturellement, les enfants ne fréquentaient les leçons de la béate qu'à la mauvaise saison. Dès que pointaient les violettes dans les prés, ils étaient employés à garder les vaches, les porcs ou les oies. Marie Rampal se passait bien d'eux. Elle-même s'occupait à bêcher son jardin, à semer ses choux et ses poireaux, à planter ses pommes de terre, à filer sa quenouille, à cueillir la doucette des talus à la pointe du couteau. C'était pour elle une période de demi-vacances.

Elle servait aussi d'écrivain public. Cette spécialité lui donna beaucoup d'ouvrage pendant la guerre. A partir de 1919, les soldats survivants revinrent, entiers ou éclopés. Exemple, Antonin Poudevigne qui, par un miracle du ciel, reparut sans autre dommage que les oreilles gelées et raccourcies. Ce ne fut pas le cas de son frère Maurice. Pendant des années, aucune nouvelle. Les parents ne reçurent pas non plus l'avis de son décès. La guerre avait été comme un char de foin, lui comme une aiguille. Au début de 1920, Emilie se rendit chez la béate :

— Je voudrais envoyer une belle lettre, comme vous savez les faire, pour savoir ce qu'est devenu mon fils Maurice.

— A qui donc ?

— C'est à vous de me le dire.

Marie Rampal se pétrit le menton. Elle finit par décider :

— Il faut écrire au ministre de la Guerre, directement.

— Vous avez son nom, son adresse ?

— Inutile. La poste saura bien le trouver.

Elles s'entretinrent toutes deux sur les points à préciser. Il en résulta la missive suivante :

Monsieur le Ministre de la Guerre,

Je m'appelle Emilie Poudevigne, résidant à Combret, commune de Venteuges, canton de Saugues (Haute-

Loire). Je vous écris la présente pour savoir, s'il vous plaît, quelque chose de mon fils Maurice Poudevigne, classe 1900, mobilisé au 92e RI de Clermont-Ferrand, dont je ne sais rien depuis le mois de mars 1916. Je vous serais bien reconnaissante si vous pouviez me donner de ses nouvelles.

Je suis, Monsieur le Ministre de la Guerre, votre respectueuse servante, Emilie Poudevigne.

Le pli fut confié au facteur Roussillon qui demanda vingt-cinq centimes – cinq sous – pour l'affranchissement. Emilie prit une pièce blanche de dix sous qui dormait depuis longtemps dans son porte-monnaie.

— Gardez deux sous pour vous, dit-elle, pensant que par la vertu de ce pourboire la lettre arriverait plus sûrement.

Roussillon devait lui rendre les trois sous restants. Or ce qu'il déposa dans sa main ressemblait à des pièces, mais n'en était point.

— Nous n'avons plus de sous en bronze, s'excusa-t-il. Le gouvernement en manque. Mais ce que je vous donne circule de la même façon et vaut pareil que les sous métalliques.

Il s'agissait de trois imitations. On voyait dans chacune un timbre de cinq centimes, reconnaissable à la semeuse verte qui sème contre le vent, prisonnière dans un sachet transparent, rond, de mêmes forme et diamètre que le sou de Badinguet. Au dos, une réclame vantait les mérites du Crédit Lyonnais.

— Soyez tranquille, insista le facteur. Si vous avez une autre lettre à envoyer, je vous prendrai en paiement ces timbres-monnaie pour leur valeur.

Dans l'attente d'une réponse du ministre, elle se rongea les sangs trois semaines. Enfin, Roussillon lui apporta une enveloppe blanche non timbrée : les ministres ne paient pas l'affranchissement. Signée non point du ministre en personne, mais de son représentant. Si bien écrite qu'on eût dit de la lettre imprimée. La béate lui en communiqua le sens :

Madame,

Après des recherches détaillées, je puis vous informer que le soldat Poudevigne Maurice, natif de Combret par Venteuges (Haute-Loire) appartenant au 92e RI de Clermont-Ferrand, matricule 118466 B, a été porté disparu le soir du 18 juin 1916 sur le champ de bataille de Verdun (Meuse).

J'ai le grand regret de ne pouvoir vous en dire davantage et je vous prie de croire, Madame, à mes sentiments très respectueux.

Pour le Ministre de la Guerre
Le Chef de Cabinet
Illisible

— Disparu, dit-elle, qu'est-ce que ça veut dire ?

Et la béate :

— Qu'on ne sait pas ce qu'il est devenu. S'il est mort ou vivant.

— Mais enfin, il ne s'est pas évaporé ! S'il a été tué, il a bien dû rester de lui quelque chose : son casque, ses souliers, sa plaque d'identité que j'ai vue en 1916.

— Je ne sais pas, je ne sais pas.

Antonin, le frère aîné, ne fut pas plus explicite. Il connaissait bien, lui, le sens de ce « disparu » ; mais il ne voulait pas réduire la mère au désespoir.

— Faut attendre, dit-il. Peut-être qu'un de ces jours il nous fera la surprise.

Emilie ne s'en tint pas là. En 1922, par la plume de la béate, elle écrivit ni plus ni moins qu'à monsieur le Président de la République. Après d'autres semaines d'impatience, elle reçut une réponse qui confirmait celle du ministre de la Guerre.

Les prières chez Marie Rampal ne dispensaient pas d'aller à Venteuges entendre la messe chaque dimanche. Occasion d'endosser les meilleurs habits, pour les femmes de sortir les rubans et les dentelles, pour les hommes de chausser leurs souliers à tige. Lavés, rasés, peignés, ils se mettaient en route au premier chant des cloches, car elles sonnaient trois fois : la première, une heure avant l'office ; la seconde, une demi-heure ; la troisième, cinq minutes. Ils rencontraient d'autres paroissiens en cours de route, avec qui ils s'entretenaient de veaux, de vaches, de cochons. Dans l'église, les hommes se tenaient à droite, les femmes à gauche, les enfants devant. Le curé Touche-Bœuf était gros, essoufflé ; on ne comprenait pas grand-chose à ce qu'il prêchait, que ce fût français ou patois. Une chaise se trouvait près de l'autel, côté Evangile, pourvue d'un épais coussin. Une fois ou deux, au cours de la cérémonie, il ne manquait pas de dire :

— Maintenant, mes très chers frères et sœurs, je vous engage à vous recueillir un moment en silence, pendant que je me repose de mon asthme.

Là-dessus, il se laissait choir sur le coussin. Certains comprenaient « de mon âme », et le plaignaient bien d'avoir l'âme si fatiguée. Pendant cette période de recueillement, les femmes pensaient à leurs ragoûts, les hommes à la chopine qu'ils iraient boire, messe dite, chez les Pachettes. Après quelques minutes, ayant repris haleine, l'abbé Touche-Bœuf achevait l'office interrompu. Marie Rampal et sa collègue de Venteuges dirigeaient les cantiques.

1888-1893

Monsieur Léonce Armilhon, l'instituteur de Venteuges, un Auvergnat grand teint, natif de Brioude, était dans la petite commune le correspondant de *L'Auvergnat de Paris*. Hebdomadaire fondé en 1882 par Louis Bonnet, un Aurillacois installé dans la capitale, destiné aux originaires du Massif central, qu'il limitait curieusement à sept départements, le sien et les six qui lui formaient couronne : Cantal, Aveyron, Corrèze, Lot, Lozère, Puy-de-Dôme et Haute-Bique. Cette feuille apportait à ses lecteurs expatriés des nouvelles de leur paroisse lointaine. On pouvait, en principe, la trouver et la lire gratuitement dans tout bistrot parisien tenu par un Massif-Centralien de bonne souche. Afin de recueillir des informations, monsieur Armilhon n'hésitait pas, le jeudi, à battre la campagne jusqu'au chef-lieu du canton et au-delà, ce qui lui permettait d'envoyer des articulets fort appréciés par les Saugains de Paris :

SAUGUES. Le chien du garde champêtre Jean Barrai, qui poursuivait un renard, s'est noyé en tombant dans la Seuge.

M. Amargier, meunier, voulant expérimenter un cheval de fer appelé bicyclette, est tombé dans un fossé avec sa machine et s'est brisé une jambe. On est sans nouvelles de la bicyclette.

ESPLANTAS. *La vue de Mme Veuve Bouyou s'améliore grâce à une paire de lunettes achetée à un marchand ambulant le jour du dernier marché aux veaux.*

VENTEUGES. *Dimanche dernier a eu lieu en notre église par M. le curé Touche-Bœuf le baptême du petit François, fils de M. Antoine Fouassier et de son épouse Eulalie.*

GRÈZES. *La famille Ombret-Laurent, du hameau de La Bastide, fait agrandir sa maison et refaire sa toiture.*

BERGOUGNOUX. *M. Pierre Bargue, maître scieur chez M. Ségéric, a gagné un petit cochon au concours de sciage.*

En rémunération de cette activité journalistique, le correspondant touchait le remboursement de ses frais de poste et de papier, et bénéficiait d'un abonnement gratuit.

Dans son premier numéro d'octobre 1888, *L'Auvergnat de Paris* publia cette information :

VENTEUGES. *La classe de M. Armilhon s'est enrichie de trois élèves nouveaux, les jeunes Chazel Louis, de Meyronne ; Pigouli Isidore et Poudevigne Maurice, tous deux de Combret.*

C'est la béate elle-même qui avait engagé les parents de Maurice à l'inscrire à l'école publique :

— Je n'ai plus rien à lui apprendre, ou pas grand-chose. Là-bas, on lui enseignera la division, la géométrie, les départements, l'histoire de France. Moi, je ne connais que l'histoire sainte. On le présentera au certificat d'études. Il deviendra savant.

Jean le père haussa les épaules :

— Savant ? Je veux pas en faire un notaire ni un avocat. Moi, je sais ni lire ni écrire. Et je m'en passe bien.

On se passait de beaucoup de choses chez les Poudevigne. Par exemple, de montre ou d'horloge : on voyait l'heure au soleil ; et si les nuages le cachaient, on savait qu'il était le moment de se lever aux chants des coqs ; qu'il était midi quand l'estomac criait famine. On se passait de volets aux fenêtres. De serrures et de verrous aux portes ; ou s'ils y étaient, on ne s'en servait guère, puisqu'il n'y avait rien à voler dans la maison et que les voleurs iraient plutôt voler ailleurs. Aussi fut-ce une énorme surprise, une terrible émotion lorsqu'on trouva l'aubergiste et sa femme de la baraque de Servant assassinés. Mais une auberge ne peut se passer d'argent, le malfaiteur était donc sûr de son affaire. On ne sut jamais qui avait fait le coup. Sans doute un voisin, une personne tenue pour honorable et que le crime n'avait guère enrichie. Pendant quelque temps, les Poudevigne avaient barricadé leurs portes avant d'aller faire téter les puces[1]. Ensuite, peu à peu, la précaution s'était oubliée.

On se passait de journaux, que d'ailleurs on n'aurait pas su lire. (Il suffisait d'une personne par village qui connût bien ses lettres, comme à Combret Marie Rampal.) Le facteur apportait les grandes et les petites nouvelles en même temps que le rare

1. Avant d'aller se coucher.

courrier. On manquait d'ailleurs de papier et d'enveloppes. Si par extraordinaire Roussillon te remettait un pli de la mairie ou du cadastre, tu conservais soigneusement son enveloppe, pour la retourner et la faire resservir.

On se passait de café, remplacé par de l'orge grillée. Dans tout le hameau, il n'y avait que trois brûleurs qui servaient aux dix-huit familles. Les Poudevigne empruntaient celui des Palheyre. C'était un cylindre de fer pourvu d'une manivelle, au-dessus d'un foyer à bois. On le remplissait d'orge crue, on tournait. Cela se faisait devant les portes et remplissait tout le paysage de parfum.

On se passait de chocolat et de cacao, remplacés par rien du tout. De vin, remplacé par l'eau de la fontaine. Ce qui expliquait que, lorsque le père allait à Saugues vendre un veau, il en revenait avec une pistache impossible à dire. Si le lendemain sa femme lui en faisait le reproche, il expliquait qu'une chopine de temps en temps lui « remontait le caraco ».

— Et moi, protestait-elle, qui donc me le remonte, le caraco ?

Pas de réponse.

La béate recommandait d'envoyer ses élèves compléter leurs études à l'école publique de Venteuges, bien qu'elle fût laïque. Privée de Dieu. D'ailleurs, monsieur Armilhon n'était pas un ennemi de la religion. Sa femme fréquentait la messe tous les dimanches. On disait même que jadis il avait commencé des études au séminaire, avant de dévier vers la laïcité. S'il avait renoncé à la soutane, c'était par amour du jupon. Il s'était marié avec une jeune maîtresse d'école et avait eu d'elle trois enfants. Sous le même toit, dans deux classes contiguës, ils enseignaient maintenant des effectifs très inégaux. La sienne comptait quarante-cinq garçons, celle de la Dame vingt-trois filles. C'est qu'une école tenue par des religieuses recevait les demoiselles les plus fortunées.

Le 1er octobre 1888, Emilie Poudevigne fit le tri de ses enfants. Sa fille Valentine, âgée de douze ans, connaissait les chiffres et l'alphabet. C'en était bien assez pour traire les vaches, tricoter les chausses, faire la dentelle. Elle serait plus utile à la maison qu'à perdre son temps chez la Dame. Les lois de Jules Ferry avaient bien institué l'obligation de l'enseignement primaire, mais celle-ci n'était guère respectée. Son fils Antonin fréquentait depuis trois ans la classe de monsieur Armilhon ; il n'était pas mauvais de l'y laisser jusqu'à l'examen du certificat, qu'elle appelait le *saintificat*, y voyant une certaine implication des lois divines. Le petit allait donc suivre la même carrière.

Elle prépara deux tranches de pain, deux morceaux de fromage et une *aigo belhido*, qui était mieux que de la simple eau bouillie, puisqu'elle contenait des légumes, du pain et quelques yeux de beurre. Elle en remplit un petit bidon de fer-blanc qui montrait encore une étiquette délavée : *Marmelade d'abricots*. Vestige d'un ancien et somptueux cadeau tombé dans une maison où les seuls fruits connus étaient les fraises du jardin, les mûres, les airelles, les framboises des bois. Les deux frères emportaient aussi leurs cartables : deux caissettes plates munies d'une courroie que le père avait confectionnées lui-même.

Maurice avait le cœur bien gros de quitter Combret pour la première fois de sa vie sans ses parents. Mais Antonin, son aîné, le traita de « grosse bête », ce qui lui remonta un peu le caraco. Mieux encore : son vieux copain Isidore Pigouli était aussi du voyage. Ils partirent donc à trois, dans leurs meilleurs sabots. Tonin allait devant, parce qu'il avait les jambes plus longues ; il portait à la main l'anse du bidon et sur l'échine la musette du casse-croûte. Les deux petits suivaient sans se presser, *bardjaquant* dans leur patois, s'arrêtant pour compter les pierres du chemin, pour sauter de l'une à l'autre, pour observer une fourmilière en cours de déménagement avec sa file montante et sa file descendante ; ou le bousier qui poussait une crotte de chèvre dont il se nourrirait pendant huit jours. De temps en temps, Tonin se retournait pour leur crier en français :

— Vous venez-t-y, deux fainiantasses ?

Un moment, ils hâtaient le pas. Puis la crainte d'arriver les reprenait, ils modéraient de nouveau leur allure.

Naturellement, ils ne suivirent pas le chemin charretier, qui faisait un long détour. Ils coupèrent par une coursière à travers le champ de Paul Caston qui tolérait par bonté d'âme le passage de tous ces sabots illicites ; mais de temps en temps, pour affirmer son droit de propriété, il le labourait, effaçant le raccourci. Il fallait de nouveau le tracer avec les pieds. Au fond de la pente coulait un petit affluent du Pontajou, ce qui les obligea de jouer à saute-ruisseau.

Ils voyaient déjà le clocher de Venteuges lorsqu'ils furent atteints par un mugissement. L'instituteur ne disposant pas d'une cloche comme les béates pour appeler son monde sonnait de l'olifant comme Roland à Roncevaux. Toute la campagne en résonnait.

— Ecoutez ! fit Tonin. Monsieur Armilhon nous appelle. Gare !

Tous trois pressèrent le pas. Ils arrivèrent quand même parmi les derniers. Le maître les attendait, debout sur le perron, avec sa taille immense et sa barbe noire, son cor à la main. Il les fit tous ranger sur deux files, et ils entrèrent au commandement, têtes nues. A droite du couloir, une petite pièce dallée servait de vestiaire. On y suspendait les coiffures, les capuchons, les musettes. L'instituteur fit l'appel dans l'ordre des cours et de l'alphabet :

— Cours moyen. Armilhon Claude... Arnaud Henri... Blancard Alphonse... Calmels Jean...

Et ainsi de suite. Chaque appelé prenait place dans une des longues tables percées de six encriers de plomb. Les veines du bois saillaient comme celles des vieillards sur le dos de leurs mains. Les bancs étaient dépourvus de dossier ; on s'appuyait au pupitre de derrière. Les élèves qui occupaient la rangée du fond devenaient bossus.

Restaient les trois nouveaux : Chazel Louis, Pigouli Isidore et Poudevigne Maurice. Le maître les interrogea l'un après l'autre :

— Nom ?... Prénom ?... Age ?... D'où viens-tu ?... Sais-tu lire un peu ?... Je vérifierai...

Quand vint le tour de Maurice, l'enfant vit devant lui cette espèce d'ogre, cette barbe noire, se dit en un instant : « Je suis foutu. »

— Quel est ton nom, jeune homme ?

Pas de réponse. « Il va me bouffer, c'est sûr. » Il mit les mains derrière son dos, pour sauver au moins ça.

— Je te demande comment tu t'appelles.

— Pou... Pou... Pou... Pou...

Eclat de rire général. Même les morveux du cours préparatoire se fendaient la pipe. Antonin, à qui personne ne demandait rien, se leva et, d'une voix forte, répondit à sa place :

— Il s'appelle Poudevigne Maurice. C'est mon frère.

Son intervention coupa les rires par le milieu. Monsieur Armilhon s'adressa dès lors à l'aîné :

— Sait-il lire et écrire ?

— Un peu.

— On verra ça. Je le mets provisoirement au cours élémentaire. Va t'asseoir près de Pigouli.

Ainsi, le 1er octobre 1888, commença pour Maurice la galère de l'école laïque. Elle devait durer cinq ans.

Il regarda autour de lui. Il vit les deux fenêtres qui donnaient sur la cour, à travers lesquelles on distinguait le passage des troupeaux, des chars, des tombereaux. Le poêle et son long tuyau entouré d'une grille, précaution inutile en ce début de l'automne puisqu'il n'était pas encore allumé. Le tableau noir où le maître avait inscrit la date du jour, en magnifique écriture. Les murs marqués des points cardinaux : *nord, sud, est, ouest.* Le placard plein d'objets mystérieux qui composaient le musée de la classe : pierres, coquillages, reptiles dans l'alcool, images du chocolat Menier, un carreau à dentelle en miniature, et même un chapeau de métal surmonté d'une pointe.

La journée débuta par une leçon de morale. Le maître sortit du placard-musée l'étrange chapeau émaillé, le posa sur son bureau.

— Qu'est-ce que c'est que ça ? demanda-t-il.

Déjà informés, plusieurs anciens levèrent le doigt. Bouchut fut désigné pour répondre :

— Un casque à pointe prussien.

— C'est-à-dire ? Explique pour tes camarades plus jeunes.

— Un casque porté par les soldats prussiens qui nous ont fait la guerre en 1870 et nous ont pris l'Alsace-Lorraine.

— Très bien. Sais-tu comment il est venu ici ?

— C'est votre père qui l'a rapporté d'un champ de bataille.

— Oui. Cela s'appelle un trophée. Mon père les a combattus à Borny dans le département de la Moselle. Nous leur avons tué beaucoup d'hommes et ils se sont enfuis. Mais ensuite ils sont revenus, plus nombreux que nous.

Après ce préambule, il lut une histoire bien triste écrite par un certain Alphonse Daudet. Blancard s'en montra tout fier parce qu'il s'appelait Alphonse également. Lorsqu'il fut au bout du récit, le maître en tira des leçons :

— Ce conte s'appelle *La Dernière Classe* ; mais aujourd'hui, pour vous, c'est la première. Elle sera suivie d'une seconde, d'une troisième *et cætera*. A présent, comprenez le chagrin de ces petits Alsaciens qui n'auront plus le droit de venir dans une classe française et devront suivre les cours d'un instituteur prussien qui leur parlera en langue allemande. Comprenez aussi le chagrin de leurs parents et grands-parents qui ont oublié d'apprendre comme il faut la langue française parce que le patois alsacien leur suffisait et qu'ils n'avaient pas l'occasion de voyager dans le reste de la France. Voilà pourquoi, mes enfants, je vous interdis de parler votre patois dans l'école. Même dans la cour de récréation. Parlez patois dans votre famille, si vous voulez, mais pas dans l'école de la République. Si d'ailleurs j'en prends un, ici, à dire *oï*[1] ou *béléou-bi*[2], je lui attacherai au cou une de ces médailles.

Il tira du musée des planchettes de bois blanc sur lesquelles étaient peints à l'encre violette ces deux mots : *MAUVAIS FRANÇAIS*. La conclusion de tout cela fut une belle phrase qu'il écrivit au tableau noir et que les grands recopièrent sur leur « cahier du jour » : *Je dois parler français à l'école parce que mon cœur est français*.

Un peu plus tard, l'instituteur se fit commerçant. Rien n'était gratuit dans la maison. Les parents des élèves devaient payer l'encre, la craie, les livres, les cahiers, les ardoises, les plumes. A la belle phrase succéda le tarif de chaque article, afin que les élèves en prissent bonne note. Aux trois nouveaux, il remit un papillon avec ces chiffres :

livre de lecture neuf	*22 sous*
d'occasion	*15 sous*
cahier neuf	*6 sous*
porte-plume et plume	*3 sous*
encre et craie	*1 sou*
Total	*32 sous ou 25 sous*

1. Oui.
2. Peut-être bien.

Les paysans continuaient de compter en sous, en écus, en pistoles, comme si le système métrique n'avait pas été inventé depuis un siècle. Il recommanda à chacun d'apporter dès le lendemain le montant des fournitures. Lui-même les achetait dans une boutique de Saugues. Elle vendait aussi des catéchismes, des cierges, des bénitiers. Les livres et les cahiers laïques arrivaient tout imprégnés de christianisme ; mais l'instituteur ne prenait pas la peine de les désinfecter. Chaque cahier comportait une couverture illustrée sur sa première face par un événement de notre Histoire : *Bayard et le connétable de Bourbon, Le général Bonaparte au pont d'Arcole, Mort du chevalier d'Assas.* Cela donnait sacrément l'envie de mourir sur un pont en maudissant les traîtres. La table de multiplication jusqu'à 12 couvrait la dernière face.

La suite de la matinée se déroula pacifiquement. Le maître se partageait en trois tiers, suivant qu'il s'adressait à tous ses élèves, ou seulement aux grands, ou seulement aux petits. Auprès de ces derniers, il se faisait remplacer quelquefois par un ancien qui les entraînait à la lecture et leur pinçait les fesses s'ils lisaient mal.

Soudain, monsieur Armilhon souffla dans son cor. Tout s'arrêta. Les mouches cessèrent de zonzonner. On ouvrit les fenêtres. C'était l'heure de la récréation.

— Pas de désordre ! On s'aligne derrière la porte ! En avant ! Un, deux ! Un, deux !

Dans la cour, les enfants purent s'éparpiller. Les uns se promenaient, d'autres couraient, d'autres sautaient pour voir, au-delà du mur qui séparait les deux cours, les filles de madame Armilhon, avec leurs collerettes de dentelle sur les épaules. D'autres encore jouaient aux billes, qu'ils appelaient des *gobilles*. Ils traçaient par terre avec un bout de bois un énorme serpent segmenté. Il fallait, partant de la queue, le remonter segment par segment, atteindre le trou qui marquait le centre de la tête. Mais chaque fois qu'on sortait, on devait repartir du commencement. On pouvait aussi expulser les gobilles des adversaires, à condition de ne pas sortir soi-même de la piste. Une variante, en somme, du jeu de l'oie, en moins accidenté. Cela les induisait à pousser des exclamations de dépit ou de triomphe. Et malgré eux, le patois revenait :

— *Saïque !... In ate cò !*[1]

Le maître, qui, du perron, surveillait ce tohu-bohu comme le coq sa volaille, se précipitait, accrochait au cou du fautif la médaille infamante : « *MAUVAIS FRANÇAIS* ». Il devait la garder jusqu'au soir.

Maurice savait déjà que le titre de Français implique les plus grandes qualités. Lorsque son père parlait d'un individu peu honnête, ou peu gracieux, ou peu donnant, il disait :

— Celui-là n'est guère français.

Aussi prenait-il bien garde d'éviter le patois dans l'enceinte de l'école. L'ennui était que ses pensées se présentaient à lui dans le langage gévaudanais ; qu'il devait les traduire dans le langage de Paris avant qu'elles ne lui sortent de la bouche. D'où son bégaiement. Pour l'aider dans cet exercice, sa mère lui disait parfois :

— Tourne-moi en français ce que je viens de dire.

1. Bigre !... Encore un coup !

Il ne trouvait pas toujours les mots appropriés. A l'école, chaque fois que le maître lui posait une question, les termes de la réponse lui venaient à l'esprit tout tordus. Parfois même, il demeurait le bec ouvert. Ce qui, immanquablement, soulevait le fou rire des autres. Moins patient que Marie Rampal, monsieur Armilhon en vint à ne plus l'interroger que très rarement, à quasi l'oublier sur son banc du fond.

Pour l'écriture, ce fut pis. Il n'était pas question de lui laisser prendre le porte-plume de la main gauche à cause d'un raisonnement non plus religieux, mais laïque : afin de distinguer la droite de la gauche, les instituteurs disent : « La droite, c'est celle qui écrit. » Si l'on permet à la gauche d'écrire, on risque de provoquer une subversion épouvantable, d'innombrables accidents de la route, la confusion des valeurs humaines traditionnelles. Très soucieux de ne pas engendrer de tels cataclysmes, monsieur Armilhon en vint à attacher la main gauche du jeune Poudevigne dans son dos. Ainsi fait-on avec la queue de la vache lorsqu'elle se balance un peu trop fort et met en danger le seau du lait. Au prix de grands efforts, Maurice apprit à écrire de la main droite. D'abord sur l'ardoise, ensuite sur le papier.

Hors ces tourments, la musique lui fournissait de belles revanches. Un dicton l'affirme : « Les boiteux pour danser, les bègues pour chanter. » Pendant ces cinq années de galère, il se fit remarquer par la justesse et le joli timbre de sa voix. Comble des combles : monsieur Armilhon chantait faux comme une casserole. Sa femme venait le remplacer pendant les leçons de musique, tandis que lui passait chez les filles pour enseigner le dessin. La permutation s'opérait le samedi après-midi. La Dame paraissait, élégante dans sa robe à longs plis, une fourrure de fouine sur les épaules dont la queue retombait par-devant. Elle-même jouissait d'un organe remarquable. On disait qu'elle aurait pu gagner sa vie dans les théâtres et les opéras. Elle leur apprit *La Marseillaise*, obligatoire ; mais aussi *Dodo Béline ; J'ai vu le loup, le renard, la belette ; Le Sire de Framboisy ; La Violette double, double ; On n'oublie pas le premier amour*. Cette dernière produisit d'ailleurs dans les familles un commencement de scandale ; car jamais avant elle personne n'avait parlé d'amour aux enfants. Le mot était réservé au catéchisme, qui l'employait seulement envers Dieu. Entre garçons et filles, entre maris et femmes il n'était jamais question d'amour, mais d'amitié. On préférait d'ailleurs ne point s'expliquer là-dessus. C'est une chose qui s'entend sans qu'on la dise.

A onze heures, le cor de monsieur Armilhon annonçait la sortie des deux classes. Les élèves qui habitaient le village ou les fermes circonvoisines s'en allaient chez eux. Il en restait une demi-douzaine qui dînaient à l'école. La Dame venait ramasser les bidons d'aigo belhido, les faisait chauffer sur son fourneau. Garçons et filles mélangés, elle les disposait autour d'une table ronde, ajoutait une carafe d'eau, quelquefois une poignée de nèfles qu'ils se répartissaient équitablement. Comme ils ne devaient jamais rester sans surveillance, elle présidait à leur repas jusqu'à midi ; ensuite, son mari venait la remplacer.

Maurice et Antonin se partageaient le contenu de leur bidon. Ne pouvant y puiser deux à la fois, l'aîné commençait d'abord, le plus jeune lui recommandait, dans un français traduit du patois :

— Soigne de pas manger mieux que ta part.

Venaient ensuite le pain et le fromage. Ou les œufs durs dont il fallait emporter les coquilles pour les rendre aux poules. Ainsi se déroulaient leurs repas, eucharistiquement.

Il restait du temps avant la reprise de la classe. Ils le passaient en jouant aux gobilles dans la cour. Toutes n'avaient pas la même valeur, de même qu'une pièce d'argent vaut plus qu'un sou de bronze. Les plus communes, d'argile cuite, s'ébréchaient contre les murs. Plus résistantes et plus chères les « bloquettes » de granit. Plus durs encore les « calots » de fer. Plus précieuses les « agates » de verre, traversées de veines rouges et bleues, comme l'arc-en-ciel traverse l'azur les jours d'averse contrariée.

Les jours de pluie, précisément, en attendant le son du cor de la rentrée, plutôt qu'au préau, qui appartenait à tout le monde, les six commensaux se réfugiaient dans le vestiaire évacué. Et là, les grands instruisant les petits, ils chantaient et se trémoussaient avec la pensée de pratiquer les danses venues des villes on ne sait comment, polkas, mazurkas, que les grands garçons et les grandes filles exécutaient sur les places publiques ou dans les granges les jours de *reinage*.

A partir d'une heure, tout le monde se retrouvait dans la classe qui, malgré les aérations, sentait le renfermé, la vieille poussière, l'étable. De ces années lointaines, le Maurice Poudevigne de quarante-cinq ans gardait le souvenir d'une chaleureuse puanteur.

Celle-ci, à partir des premiers froids, était couverte par le parfum des résines. A côté du poêle, en effet, une pile de bûches sentait bon le pin et le sapin. La mairie n'avait pas les moyens d'offrir du combustible à son école. Chaque écolier ou écolière devait apporter la sienne, grosse ou petite, suivant ses forces. Sous le préau, les maîtres entassaient leurs stères personnels, dans lesquels ils puisaient en cas de nécessité pour chauffer leurs classes. Le jeudi, on voyait monsieur Armilhon scier son bois sur la « chèvre ». Il reprocha un jour à l'un de ses grimauds de ne jamais apporter de bûche. Le père se vengea en lui traînant avec ses vaches un tronc d'arbre tout entier qu'il déposa dans la cour. L'instituteur le débita au passe-partout avec l'aide de ses grands.

Les froids secs n'empêchaient pas la venue des enfants ; ils paraissaient gantés, emmitouflés jusqu'aux yeux. Seuls les neiges profondes, les chemins remplis de congères pouvaient les arrêter. L'effectif se réduisait alors à quelques unités. Elles arrivaient de leurs proches domiciles, grandies par les semelles de neige qui s'étaient formées sous leurs sabots. Monsieur Armilhon les réunissait autour du poêle et leur faisait des lectures qui tenaient chaud : les aventures prodigieuses de l'illustre Tartarin de Tarascon en France et en Algérie, la mule du pape, la Chèvre d'or, le voyage au centre de la Terre.

A Combret, la maison des Poudevigne, malgré les souches qui fumaient dans la grande cheminée, était le royaume des courants d'air. A chaque instant, quelqu'un éprouvait le besoin d'ouvrir la porte : pour aller prendre de l'eau, pour en tomber, pour abreuver les vaches, pour jeter les épluchures aux lapins. A l'étage, les chambres étaient sibériennes, les fenêtres couvertes d'une dentelle de givre. L'eau du bénitier gelait dans sa petite vasque. Avant qu'on y montât, Emilie mettait à cuire des briques sur les braises. Elle postillonnait dessus pour savoir ensuite si elles n'étaient pas trop chaudes, les enveloppait de peilles, les glissait entre les draps. On devait les faire circuler avec les pieds un peu partout. On finissait par s'endormir enfin au chaud, sous l'édredon haut comme le puy de Dôme.

Ces jours neigeux, quoiqu'il fît nuit à quatre heures, étaient d'une longueur écœurante. On était prisonnier du froid.

— Lis-moi ton livre, demandait grand-mère Thérèse.

Maurice l'ouvrait au hasard. Elle aimait les fables de La Fontaine, bien qu'elle ne les entendît qu'à moitié. Les poésies simplettes, *Mon père ce héros... Tiens, dit-elle en ouvrant les rideaux : les voilà... Les deux petites sont en deuil... Déjà plus d'une feuille sèche...* En confiance près d'elle, guidé par les lignes imprimées, il ne bégayait plus. Mais il devait parler assez fort parce qu'elle écoutait en dentellant, au cliquetis de ses fuseaux, ces mots étranges et étrangers. Elle ne demandait jamais aucune explication, comprenant comme elle pouvait, de même qu'elle aurait entendu le prône du curé.

Un autre passe-temps du plus vif intérêt consistait à trier les lentilles. Ces minuscules légumes venaient des terres noires du Velay, principalement de la région de Loudes. On les achetait à une épicerie de Venteuges au kilo, puisés à la pelle dans un grand sac.

— J'ai mauvaise vue pour les trier, s'excusait la grand-mère. Mais toi qui as de bons yeux...

Il fallait pour cela en étaler une mince couche sur la table, séparer de l'index le bon grain de l'ivraie, des petits cailloux, des brins d'herbe, des graines étrangères. Un kilo de lentilles exigeait bien trois heures de patience. On en prenait des fourmis dans les jambes. Les rebuts étaient jetés aux poules.

La veillée réunissait toute la famille et quelques voisins-voisines. Les grand-mères s'endormaient tout de suite en récitant leurs chapelets. La mère tricotait des chaussettes avec cinq aiguilles. Les hommes tressaient des paniers ou rempaillaient des chaises.

Puis la neige fondait. Les écoliers reprenaient le chemin de Venteuges. Maurice retrouvait les tourments du langage et de l'écriture droitière.

A partir du mois d'avril, la classe de monsieur Armilhon se découvrait de plus d'un fil. Les élèves étaient retenus par leurs familles pour garder les troupeaux, aider aux travaux agricoles. Seules les maisons sans bêtes continuaient d'envoyer leurs enfants. Ces grandes vacances duraient six mois, jusqu'à la rentrée d'octobre. Dès lors, les gamins ne pratiquaient plus que le patois, et en venaient presque à oublier la langue française. Maurice avait d'autres habitudes. Il emportait son livre de lecture et le lisait tout seul, à voix haute, en gardant ses vaches ou ses moutons. De sorte qu'au terme de la saison estivale il le connaissait presque par cœur.

Pour combattre son bégaiement, il se tenait aussi de longues conversations françaises avec lui-même. Il n'hésitait pas, dans ces exercices, à se faire des réprimandes :

— Maurice Poudevigne, qu'est-ce qui passe la porte avec un fagot de faucilles ?

— Je ne sais pas.

— Vous êtes une bête. Si quelqu'un veut voir la bête du Gévaudan, il n'a qu'à vous regarder. La réponse était : le coq, avec les plumes de sa queue, qui ont la forme de faucilles. A propos, dites-moi comment s'écrit « faucilles ».

— Cela s'écrit… Cela ne s'écrit pas.

— J'insiste.

— F… o… s… s…

— Vous êtes vraiment un âne, Maurice Poudevigne. Ne confondez pas « faucille » et « fossile ». A présent, dites-moi ce que c'est qu'un fossile ?

— C'est ce qui reste…

— Voilà, voilà, vous y êtes.

— … de créatures très anciennes.

— Qu'appelez-vous « très anciennes » ?

— Qui vivaient il y a des millions d'années.

— Bravo, Maurice Poudevigne. Vous êtes très intelligent.

Tout allait bien dans sa prononciation tant qu'il n'avait pas d'autres témoins que ses brebis.

Certains propriétaires préféraient confier leurs bêtes au berger communal, Parpalhou, qui les emmenait dans la montagne, du côté de Sauzet, où l'herbe résistait à la sécheresse. Il couchait dans une cabane à roulettes. A tour de rôle, chaque famille devait lui apporter à manger. Il lavait sa chemise dans un ruisseau, la faisait sécher au soleil. C'était un homme aussi barbu que le Juif errant et qui puait comme un bouc car il ne se lavait que lorsque la pluie lui tombait dessus. Mais il n'avait pas son pareil pour soigner les bêtes malades, pour aider les mères à mettre bas, pour élever les agneaux. Il ne prononçait pas dix paroles dans l'année. Maurice, qui aimait le silence, envisageait de se faire un jour berger communal.

En attendant, il participait avec ses frère et sœur aux fenaisons, aux moissons, aux glanages. « Au mois de juin, la daille au poing », dit le proverbe. A condition qu'elle soit d'abord bien préparée. Pour le battage de la faux, Jean était un maître. Certains batteurs s'assoient dans l'herbe, les jambes écartées. A Combret, le père employait un petit tabouret à trois pieds appelé l'*ase*, l'« âne », large par-derrière, étroit par-devant. Il plantait en terre l'enclumette. Il y en a de deux sortes : celle qui a la tête plate, mais alors il faut frapper avec un marteau acéré ; celle qui a la tête acérée qu'il faut battre au marteau plat. L'opération consiste à conférer de la largeur au tranchant ; car si le faucheur se contentait du fil que donne la pierre, celui-ci ne durerait que le temps de quelques passées, on devrait frotter sa lame à chaque instant, comme fait le boucher au moyen de son fusil.

Jean travaillait donc sa faux sur l'enclumette, l'amincissait sur toute sa longueur, à petits coups réguliers. Sa pierre prenait ensuite le relais, à grandes volées du bras, en avant, en arrière, en avant, en arrière, comme s'il eût jeté du grain aux oiseaux. Ce frottement contre l'acier produisait de longues notes – zbouing ! – et transformait la daille en scie musicale. Au terme de ces manœuvres, le fil devait être net comme un rasoir, ne présenter aucune de ces petites dentelures qu'on appelait des « tétines ».

Maurice assistait à ces préparatifs avec un intérêt passionné, quoiqu'il fût encore trop jeune pour faucher. C'est avec les yeux qu'on apprend le métier autant qu'avec les mains. Mais déjà Tonin, son aîné de trois ans, s'y essayait.

Restait le vrai travail : abattre l'herbe. Malgré ses quinze ans d'âge, Tonin passait facilement sous les portes les plus basses.

— Tant mieux, sacré farceur ! disait le père. Les bas-du-cul vont bien pour faucher, de même que les grands pour dépendre les andouilles.

Dans les phrases du père, il y avait presque toujours un « sacré farceur » qui traînait.

Il lui montra comment bien empoigner les deux manettes enchâssées et chevillées dans le manche. Il lui apprit à vide le balancement de la faux qu'accompagne la torsion du corps. Puis à trancher le foin au ras du sol, à tenir la lame bien horizontale, par conséquent à détendre les bras en fin de course. Ni trop bas, ce qui risquerait de cisailler les taupinières, ni trop haut, ce qui décapiterait seulement les herbes. L'aller et retour de la lame doit se faire à la bonne distance des jambes du faucheur ; trop rapprochée, elle tond une surface ridiculement modeste ; trop éloignée, elle laisse des zones couchées et non coupées qu'on appelle des « truies ». Les aînés ont coutume de se moquer des débutants :

— *Az oun brabe troupè de trolhas, aneuilh*[1] !

En couchant l'andain, la lame fait le même bruit que l'envol d'une caille : « Frrrout ! » Mais elle proteste par « Grrr ! Grrr ! » si le faucheur est maladroit ou hésitant.

Maurice fit ses débuts avec un *daillou* de quinze pouces, recommandé pour les ronces et les orties. Eut-il difficulté à le manœuvrer de droite à gauche, lui qui était gaucher ? Pas vraiment. Comme tous les instruments de musique, la faux est faite pour les deux mains.

— *Saraz oun bouon dalhaïre...* Tu seras un bon faucheur... Dans quelques années.

Quand toute l'herbe était couchée, comme une mer aux vagues vertes dont les crêtes commençaient à jaunir sous le feu du soleil, chaque faneur s'armait d'une fourche ou d'un râteau. Outils tout en bois qui ne coûtaient que la peine de les fabriquer. La fourche n'était rien qu'une branche à trois dérivations. Il fallait seulement la découvrir dans l'arbre, comme le gendarme dans les dessins-devinettes. On renforçait la jointure avec un bracelet d'osier. Le râteau, construit pour résister à l'effort, comprenait une traverse dans laquelle s'enfonçaient les dents. Le manche avait la forme d'un Y majuscule.

Et que tourne et retourne le foin demi-sec ! Cette substance légère et plus parfumée que l'encens des églises. Le lendemain, il fallait l'« encordeler », le

1. Tu as un joli troupeau de truies, aujourd'hui.

réunir en « cordes », énormes rouleaux entre lesquels passerait le char. Sitôt que les hommes l'avaient rempli jusqu'aux ridelles.

Emilie, la mère, se tenait dessus afin de construire le chargement. Véritable architecture, à laquelle elle devait donner les justes volumes, l'équilibre, les proportions. On déposait une brassée de foin frais devant les vaches pour les faire tenir tranquilles ; elles n'avaient rien d'autre à faire qu'à s'en bourrer et à se chasser les mouches de leur queue. Emilie saisissait à bras-le-corps les fourchées que lui approchaient les chargeurs ; elle les disposait aux bons endroits, couche après couche. Peu à peu, elle bâtissait son château. Quand la fourchée était trop grosse ou qu'il lui en arrivait deux en même temps, elle disparaissait sous leur volume. Elle avait beau crier : « Doucement ! », les hommes se complaisaient à l'enfouir. Elle se débattait, finissait par émerger, tandis qu'ils rigolaient comme des crocodiles.

Une fois l'édifice achevé, on l'assurait au moyen de la perche et de la corde que le père serrait à l'arrière du char. Les dents du treuil faisaient clic clic. Le foin se tassait, s'aplatissait comme le coussin sous les fesses du curé Touche-Bœuf. Emilie redescendait en s'agrippant, tombait dans les bras de son homme qui profitait de la situation pour lui décocher une bise sur le nez.

On peignait le chargement en enlevant au râteau, sur les flancs, le foin qui risquait de se perdre et de se prendre aux haies. Enfin, on se mettait en route. Maurice avait parfois l'honneur d'aller devant, l'aiguillon sur l'épaule, de mener les vaches, de se retourner de temps en temps pour crier de sa petite voix :

— *A... nen !*[1]

Le char avançait par les chemins, gémissant, majestueux, encadré par ses gardes du corps, prêts à l'étayer de la fourche en cas de gîte excessive. Dans l'appréciation des connaisseurs qui les rencontraient, des bergeronnettes qui se posaient dessus. On eût dit le carrosse de monseigneur du Puy, en tournée pastorale. Il arrivait dans Combret triomphalement.

A partir de ce point, Maurice abandonnait l'aiguillon à son père. Car le char devait entrer dans la grange à reculons. Une manœuvre difficile, compliquée, réglée à force de commandements, de nasardes, de piqués en avant, en arrière, à gauche, à droite, on y est. Nouvelle brassée d'herbe fraîche sous le mufle des bêtes. Le foin était alors bousculé à terre, traîné jusqu'au fond du fenil, accumulé jusqu'aux solives. Maurice et Tonin dansaient dessus pour le tasser, absorbant par le nez, la bouche, les yeux sa poussière et son poivre, pleurant, crachant, éternuant, se torchant avec le mouchoir du père Adam.

Ainsi, char après char, se répétaient leur gloire et leur supplice. A la fin des fins, si la *fenière* était bien garnie, le père se frottait les mains :

— Nos vaches, cet hiver, n'auront pas besoin de manger de la paille.

Ce qui se produisait les années de sécheresse. Il fallait alors procéder à des mélanges, former des ballots de paille et de foin confondus. Les vaches s'en contentaient, de même que les hommes se contentent de merles faute de grives.

1. Allons !

Maurice était non moins utile aux moissons. Elles débutaient dès que l'orge disait sa prière, en baissant la tête. L'avoine et le seigle venaient ensuite. On ne demandait pas aux jeunes gars d'empoigner le *baron*, la faucille, mais de ceinturer les gerbes avec des liens de paille ancienne. Ils en coinçaient l'extrémité sous la ceinture pour l'empêcher de se défaire. La besogne commençait au chant des coqs et durait jusqu'à la première étoile, avec trois arrêts pour boire, manger et faire une courte sieste. A cause de l'extrême chaleur, il était impossible de travailler autrement que les bras nus. Après quelques heures, ils brûlaient comme le feu, aiguillonnés par les chardons. Maurice et Tonin aidaient quand même à dresser les gerbes en meulettes d'une douzaine. Elles restaient ainsi debout sur les éteules une semaine pour achever leur mûrissement. On les rentrait ensuite dans la grange, en attendant le battage au fléau, à la saison froide.

Toutes les mains disponibles glanaient les épis oubliés. Après elles venait la volaille. Peu soucieuse du droit de propriété, elle se passait le mot d'une maison à l'autre. C'était une curiosité de la voir avant le jour quitter les perchoirs par crainte de perdre une seule becquée. Les poules devant, les canards derrière, branli-branlan, les dindons à la fin, qui sont des lève-tard. Cette armée à plumes travaillait du bec et des arpions. Gratte de-ci, gratte delà ! Les poules en oubliaient d'aller pondre leur œuf au poulailler ; elles le lâchaient n'importe où, comme le chien lâche sa crotte.

Hors ces périodes de pointe, Maurice retournait à ses vaches ou à ses moutons. Lorsqu'il était fatigué de son livre de lecture, il observait le cheminement des nuages dans le ciel, afin de connaître d'où soufflait le vent. Autour de Combret, sur ce plateau de la Margeride, ils étaient quatre à se poursuivre. Du nord venait la bise, qui se muait l'hiver en *burle*, et en *fournelle* lorsqu'elle tourbillonnait. La *traverse* du couchant apportait la pluie. La *tchantaraïse* descendait en chantant du mont Mouchet. Du midi arrivait l'*aura de bin*, qui séchait les cultures.

Pour récréation, il avait le moment du *messère*, du goûter qui coupait l'après-midi en deux de même que le *médjour* coupait la journée. Mais le messère n'existait plus à partir du 29 septembre, à cause de la nuit plus proche :

A la Saint-Michel,
Le goûter monte au ciel.

Son copain Pigouli venait quelquefois le rejoindre. Ils faisaient des sottises ensemble. Ou s'en racontaient. Non loin de là béait une carrière de granit abandonnée. Ils allaient y chercher des « diamants ». Des pierres brillantes, incolores, jaunes ou violettes. A force de fouilles, Maurice en eut une pleine boîte qu'il tenait cachée derrière une poutre du fenil.

Les vaches revenaient du pacage en balançant leur cloche, le pis gonflé, la corne basse. Sur les chemins, elles lâchaient des bouses qui ressemblaient à des omelettes. A Combret, réunies autour de la bédouire, elles en buvaient la moitié. Puis elles regagnaient leur étable sans commandement.

A l'âge de dix-onze ans, Maurice trouva quand même le temps de suivre les cours de catéchisme de l'abbé Touche-Bœuf. Seulement le jeudi des semaines où il fréquentait l'école. Effectif : six garçons, dont Pigouli, et trois filles. Grâce aux enseignements de la béate sur Dieu et son Fils, la terre et le ciel, l'enfer, le purgatoire et le paradis, il en savait d'ailleurs presque autant que le curé et ses vicaires. Son seul problème était de répondre en français aux questions qu'on lui posait. Mais Touche-Bœuf n'avait pas contre le patois les mêmes préventions que l'instituteur. Il lui arrivait même, pendant la messe, de prêcher moitié en langue parisienne, moitié en gévaudanaise afin d'être bien entendu de tous. Lorsqu'il voyait Maurice entortillé dans ses bégaiements, il lui donnait cette autorisation :

— *Me pouodz raspouendre en patouez.* Tu peux me répondre en patois.

Dès lors, il n'eut plus aucun embarras avec le Créateur ni sa famille. Il parlait de *sin Djouon*, de *sin Djousè*, de *sin Batyëste*, de *sin Louyiz* comme s'ils eussent été des compagnons de pâturage.

Il fallait donc, ce jour-là, faire un sixième aller et retour entre Combret et Venteuges. Pour bien fourrer dans leurs caboches dures les questions et les réponses, Poudevigne et Pigouli les récitaient à voix haute tout le long du chemin :

— Pourquoi faut-il aimer Dieu par-dessus tout ?

— Il faut aimer Dieu par-dessus tout parce qu'il est infiniment bon et souverainement digne d'être aimé, à cause de ses perfections infinies.

— A qui convient le nom de « prochain » ?

— Le nom de « prochain » convient à tous les hommes, même à nos ennemis...

Au retour, la conversation déviait vers d'autres sujets. Les gamins s'enseignaient réciproquement des choses sans rapport avec les saintes vérités. Usant du patois à bec que veux-tu. Ainsi, un jeudi qu'ils revenaient en compagnie d'une drôlette de dix-onze ans comme eux, appelée Pauline, Isidore lui demanda soudain :

— Veux-tu que je t'apprenne la polka du coq et de la poule ?

Et elle, méfiante :

— Fais-moi voir.

Le voici qui se met à chanter, à danser, à frapper dans ses mains :

Aï ! Aï ! Aï ! Ké co baï :
Ouna poula, ouna poula,
Aï ! Aï ! Aï ! Ké co baï.
Ouna poula amb oun djaï !
E la poula ke s'agrouma,
E bu djaï ké la crapouna.
Aï ! Aï Aï ! Ké co bai,
Ouna poula amb oun djaï[1] *!*

Pour mieux se faire entendre, Pigouli sauta sur l'échine de Poudevigne et fit des mouvements très explicites.

— J'ai compris, dit la drôlette.

1. Aïe ! Aïe ! Aïe ! Comme ça va bien : / Une poule, une poule, / Aïe ! Aïe ! Aïe ! Comme ça va bien. / Une poule avec un coq ! / Et la poule s'accroupit, / Et le coq qui la catit...

C'est ainsi qu'Isidore cherchait à compléter les enseignements du catéchisme.

Le jour de la première communion, on habilla Maurice du costume de serge bleue acheté précédemment pour son frère Antonin, mais si bien économisé qu'il paraissait encore neuf. Il y eut une grave affaire : celle du cierge. Entre les familles, c'était à qui achèterait le plus gros, le plus lourd, le plus orné de perles, de rubans, de breloques. Le curé, qui les vendait, ne manquait pas de chatouiller la vanité des parents :

— Chez les C..., on m'a pris celui-ci. Chez les D..., cet autre. Naturellement, ce n'est pas tout le monde qui peut s'offrir des pièces pareilles. Mais on ne fait qu'une fois dans la vie sa première communion.

Certains pesaient trente, quarante, cinquante livres. Le père ou le parrain, au lieu du communiant, devait porter ces monstres. Les Poudevigne ne voulurent paraître ni trop riches ni trop gueux : ils achetèrent un cierge de quatre livres. Le curé avait persuadé ses catéchumènes que ce serait le plus beau jour de leur vie. Maurice s'efforça de le sentir comme tel. On lui avait bien recommandé de ne pas manger l'hostie sainte à la façon du pain ordinaire, de la recevoir sur la langue, de la laisser fondre toute seule. Il s'y appliqua. De là, le corps du Christ descendit dans son cœur et l'enfant, très nettement, l'entendit s'écrier avec un petit rire et l'accent de Jean son père :

— *Sacré farceur ! J'y étais déjà !*

L'année 1892 fut celle du *saintificat*, que grand-mère Thérèse prenait pour une espèce de sacrement.

Antonin avait déjà décroché le sien trois ans plus tôt. Valentine y avait renoncé, trop nulle en tout. Thérèse n'avait pas tout à fait tort : il couronnait les études primaires de même que la communion solennelle couronnait les leçons de catéchisme. Il permettait d'accéder à des emplois lucratifs et peu fatigants : ceux de facteur, cantonnier, garde champêtre, gendarme. Aussi n'était-il pas question de manquer la classe au cours des dix mois qui devaient y aboutir. Maurice fut donc dispensé de ses travaux saisonniers.

Monsieur Armilhon bourrait ses candidats de géographie, d'histoire, d'orthographe, d'instruction civique. Ils sortaient de sa classe la tête grosse comme un potiron. On y devait trouver au moins cent noms de fleuves et rivières ; autant de caps, golfes, havres, baies, promontoires, îles, îlettes et pertuis. Tous les départements avec leurs chefs-lieux et sous-préfectures. La kyrielle de nos rois, les dates de leurs règnes, celles de nos révolutions, de nos guerres, de nos traités. Ajoutez à cela des fables de La Fontaine, des poésies, *La Marseillaise* et *Le Chant du départ*. Sans oublier les mots en *al* qui ne font pas leur pluriel en *aux*, les mots en *ou* minoritaires qui se multiplient en *oux* au lieu d'en *ous* comme la majorité. Les subtils accords des participes passés. Les homonymes, le système métrique, les principales familles animales et végétales.

Les candidats de Venteuges, garçons et filles, se retrouvèrent à Saugues avec cent autres venus d'ailleurs, dans la cour de la mairie-école. Le père Pigouli avait transporté son fils en même temps que Maurice dans sa charrette, tirée par son âne Rampon. Après l'appel, la dictée fut la première épreuve, lue par un instituteur inconnu, qui n'oubliait ni les liaisons ni les virgules. Suivit la composition française : *Racontez une chasse aux champignons, vos émotions, les résultats.* Sa spécialité ! Les bois de Combret, de Chamblard, de la Frideyre, après les pluies chaudes, fourmillaient d'amburettes, de cèpes, de violets, de pisse-sang, de langues-de-bœuf, de chanterelles, de pieds noirs, de pieds bleus, de safrans. Il connaissait aussi les mauvais inoffensifs, comme la bechine de loup qui vous pétait sa poudre au nez quand vous cherchiez à la cueillir. Les dangereux. Les mortels. Son père lui avait révélé les coins riches de telle ou telle espèce, lui recommandant de ne les apprendre à personne. Si un étranger l'interrogeait sur cette géographie : « Où donc as-tu trouvé ces beaux *angouris* ? » il répondait en croisant les avant-bras, les index pointés l'un vers Langeac, l'autre vers Thoras : « Par là ! »

Secret de famille.

De tout cela, Maurice fit dans sa composition une étonnante fricassée.

Troisièmement vint un problème sur les périmètres et un autre sur les décalitres. Et encore une série de dates à identifier. Pour finir, un exercice de dessin : *Représentez un monument célèbre tel que vous l'avez vu ou que vous l'imaginez.* Il sut par la suite que le plus grand nombre des candidats avaient dessiné la tour Eiffel ou l'Arc de Triomphe. Lui peignit la tour des Anglais qui dominait Saugues de sa haute stature.

Après les épreuves écrites, les enfants furent récupérés par leurs familles. Certaines les emmenèrent déjeuner au restaurant. Une dépense que d'autres évitaient. Ce fut le cas du père Pigouli qui avait apporté une abondante nourriture pour ses deux voyageurs. Ils la consommèrent assis sur les degrés de l'église.

Maurice redoutait les épreuves orales, et il n'eut pas tort. Si le chant, la lecture et la récitation se déroulèrent sans trop de trébuchements, il n'en fut pas de même pour la conversation. Aux questions que lui posait l'interrogateur, il se montra incapable de répondre autre chose que des que... que... que... ; ou des je... je... je... Tout cela en présence d'un public d'adultes qui ne se gênaient guère pour étouffer leurs ricanements. Après un long moment de cette torture, l'examinateur renonça, disant :

— Je te remercie. Tu peux rejoindre tes camarades.

Maurice partit le cœur navré.

Au terme de cette longue journée, alors que le soleil commençait à descendre derrière le mont Chauvet, la liste des reçus fut proclamée par l'inspecteur qui présidait la commission. Pigouli Isidore et Poudevigne Maurice figuraient parmi ces élus, *sans mention.* Des mêmes mains, ils reçurent un diplôme portant leurs noms en écriture de notaire.

Le père Pigouli fut tellement satisfait de ces résultats qu'il entraîna ses deux passagers au café-restaurant de la Poste. On leur servit des grenadines.

— Pour moi, commanda-t-il, vous m'apporterez une chopine de rouge et un pain d'une livre. Faut bien que Rampon participe à notre contentement.

Sans s'étonner de rien, on lui servit ce qu'il demandait. Il but d'abord tout seul la moitié de la chopine. Le reste fut versé dans la casserole. Trempée dedans, la miche l'absorba comme une éponge. Alors, il porta ce pain aviné, une main ouverte dessous pour recueillir les gouttes, jusqu'au museau de son âne. Rampon mangea la miche, lécha la main, se pourlécha les babines. Sacré farceur ! Quand les trois hommes prirent place dans la charrette, il partit comme une flèche : aucun cheval n'aurait pu le suivre.

Dans *L'Auvergnat de Paris* du 12 juillet 1892 parut cette information :

VENTEUGES. Lors du récent examen du certificat d'études primaires élémentaires au canton de Saugues, les quatre élèves présentés par les écoles de Venteuges ont été reçus brillamment. Il s'agit des jeunes Pigouli Isidore, Poudevigne Maurice, Nauton Ernestine, mention bien, et Astruc Louise, mention assez bien. Tous nos compliments à ces enfants et à leurs dévoués maîtres, M. et Mme Armilhon Léonce.

Le diplôme de Maurice fut encadré, mis sous verre et accroché au mur à côté de celui d'Antonin.

Quoique muni de son *saintificat*, une année encore Maurice fréquenta l'école de Venteuges de la Toussaint jusqu'à Pâques. Monsieur Armilhon l'employait volontiers comme moniteur pour faire lire les petits lorsqu'il était absorbé par les grands. Le 31 juillet 1893, il vécut sa « dernière classe ». A cause de la solennité, les quatre élèves de treize ans, délaissant pour un jour leurs troupeaux, assistèrent à la cérémonie de clôture. Monsieur et madame Armilhon avaient organisé une petite fête dans leurs classes réunies. On passa le temps le plus agréablement du monde à chanter, à dire des devinettes, à jouer au pendu, à manger de l'*impastyi*, une énorme tarte aux cerises préparée par la Dame. Une assiette fut disposée pour recueillir les noyaux. Mais elle s'avéra à peu près inutile, car la plupart furent avalés.

1893-1901

L'école terminée, sa treizième année accomplie, Emilie Poudevigne fit à son second fils une belle surprise. Un dimanche matin, pour aller à la messe, il se préparait à enfiler ses culottes de serge bleue. Elles commençaient à devenir étroites, il regretta de n'avoir pas un frère plus jeune à qui les transmettre. Sa mère lui dit :

— Inutile ! Je t'ai préparé une paire de *zibrailles*.

Il sentit son cœur sauter au plafond. Elle ouvrit l'armoire et jeta sur le lit lesdites zibrailles, cousues en secret. En velours côtelé ! Les zibrailles sont les anciennes braies gauloises. Celles-ci plurent tellement aux Romains, racontait monsieur Armilhon, lorsque nos ancêtres se promenaient par leur ville, qu'ils se mirent tous à en porter, jetant aux orties leurs toges pleines de courants d'air. Jamais ils n'avaient rien vu d'aussi pratique, d'aussi confortable. Ils les appelèrent *bracae*.

Bref ! Il entra en même temps dans sa quatorzième année et dans son premier pantalon. Il aimait à sentir en marchant le frôlement de l'étoffe contre ses jambes. Un jour qu'il passait à Saugues devant la vitrine du pharmacien, il vit son reflet de la tête aux pieds, éprouvant une grande satisfaction de se trouver si bien *zibraillé*.

— Maintenant, dit son père, sacré farceur, tu as vraiment l'air d'un homme !

Il restait cependant petit par la taille, de la même espèce que son frère aîné. Mais tout le monde affirmait qu'ils grandiraient encore. Baste, il n'avait pas l'intention de devenir cuirassier ni gendarme. La béate citait des courtauds qui avaient accompli une belle carrière : Pépin le Bref, Napoléon, Adolphe Thiers. Un jour, à l'école, l'instituteur l'avait surpris en train de pleurnicher.

— Qu'est-ce qu'il y a ?

Et son frère Antonin de répondre à sa place :

— Il pleure parce qu'il y en a un qui l'a traité de *pitchoun*.

— Pitchoun ? Il n'est pas petit. Il est seulement moyen.

Moyen en taille comme il avait été moyen au certificat. Il sentait bien que, sa vie durant, il serait cantonné dans la moyenne. Il s'en contenterait.

L'année agricole commençait avec les labours d'automne. Autour de Combret, bien qu'on fût à la fin du XIXe siècle, on employait toujours l'araire tout en bois, excepté la règle de fer qui perce les mottes, et l'anneau du timon. Tenant bien en main son mancheron unique, qu'il appelait la queue (devinette : « Qu'est-ce qui part en campagne la queue levée ? »), le laboureur voyait devant lui l'age pyramidal fendre la terre et la rejeter aussi bien de droite que de gauche, comme fait dans la mer l'étrave d'un navire. (Le versoir de la charrue la rejette d'un seul côté.) Il obtenait ainsi une *raie*, un sillon de faible profondeur, mais qui arrachait bien les racines du chiendent, ce redoutable ennemi des cultures. Le passage d'une herse suffirait ensuite pour l'extirper. On le ferait brûler en bordure du champ.

Jean se vantait d'avoir, au cours de sa vie, construit six araires, au prix seulement du bois et de beaucoup de travail. Si cet outil creusait peu profond, on pouvait le passer plusieurs fois avant les semailles. Et deux vachettes suffisaient à le tirer. A chaque bout de raie, on sortait le *dentaou* (l'age), les bêtes faisaient demi-tour et repartaient d'elles-mêmes en sens inverse. Le laboureur avait à peine besoin de les commander.

On racontait même l'histoire de cet Auvergnat des Combrailles qui, au lieu de vachettes, attelait une simple mule à son araire. Vint à passer un homme de Clermont, qui le regarda faire et s'étonna de sa pratique. A chaque fin de sillon, en effet, il se passait une chose étonnante : le Combraillais lâchait la queue de son araire, allant prendre la mule par le bridon et la faisant tourner à la main, sans proférer une syllabe.

— Elle est sans doute sourde, votre mule ? fit le Clermontois. J'ai souvent vu des labourages. L'homme commandait à ses bêtes de la voix et les faisait tourner sans avoir besoin de lâcher le mancheron.

— Non, non, répondit le paysan. Ma mule n'est pas sourde. Seulement voilà : il y a six ou sept ans, cette *carogne* de bête m'a lâché un coup de pied dans les jambes, que je le sens encore. Et depuis, nous ne nous parlons plus.

Jean le père, lui, parlait à ses vaches, les appelant par leurs prénoms, Gourmande et Jolie. Et même, tenant bien le mancheron de l'araire, il leur chantait doucement un chant de labour. Un chant sans autres paroles que :

— La, la, la... Lo, lo...

Ses bêtes comprenaient le texte et la musique. Elles se sentaient jointes à lui par la malédiction de Dieu : tu gagneras ton pain à la sueur de ton front. Ils la prenaient du bon côté : nous sommes ses créatures vivantes et mortelles, nous nous nourrissons l'un par l'autre. (Devinette : « Qu'est-ce qui est vivant devant, mort au milieu, vivant derrière ? »)

Maurice apprit tous ces gestes, tous ces sentiments, cette chanson sans parole qu'il pouvait moduler suivant son humeur. Il sut faire tourner les vaches sans lâcher le mancheron.

L'araire a encore sur la charrue cette supériorité : il ne produit pas, quand la terre est trop grasse, ces mottes qu'il faut ensuite briser sous la herse à longues dents avant de commencer les semailles.

Celles-ci exigeaient une préparation de la semence, menacée par le charbon. On la chaulait dans la chaux vive venue d'Espaly, achetée à Saugues chez le grainetier Coussouzes. Une fois le seigle enfariné, il fallait bien le répartir.

Jean divisait son terrain en planches rectangulaires larges de sept pas, marquées par des repères de paille. Au lieu d'une musette comme celle de la Semeuse qui figurait sur les pièces de vingt sous, il se servait d'une caisse munie sur le flanc d'une seule poignée, retenue à son cou par une sangle. Il évitait, contrairement à cette Folle, de semer contre le vent, qui eût emporté et dispersé les grains n'importe où. Ayant avancé le pied droit, il arrosait la moitié gauche de sa planche par une volée partie de droite. Puis, avançant le gauche, il arrosait la moitié gauche par une volée inverse. Son poing ne devait pas s'ouvrir d'un seul coup, mais progressivement, du pouce au petit doigt, pour disperser la semence en éventail. La chaux qui l'enrobait formait devant lui un petit nuage blanc qu'il lui fallait traverser. Tant et si bien qu'au terme de l'ensemencement on l'eût pris pour un boulanger.

La herse promenée là-dessus recouvrait les graines, les confiait à la terre, à la sainte mère de tout ce qui vit.

Pendant que le seigle germait, grandissait en taille et en vigueur, l'herbe des prés poussait aussi. Mille sortes de plantes la composaient ; seuls les spécialistes connaissent leurs noms français : fétuque, folle avoine, pâturin, chiendent, ivraie, sainfoin, crételle, flouve, fléole, nard, glycérie. Les paysans disaient seulement : les herbes, les grames, le poil-de-bouc. Tout cela était bon aux bêtes. Mais elles refusaient les joncs, les ajoncs, la reine-des-prés, la vraie et la fausse gentiane, qu'il fallait éviter d'inclure dans le vrai foin.

Faucheur de quatorze ans, Maurice passa du daillou à la véritable faux que lui prêta son père. Il savait déjà reconnaître le moment où l'herbe demande à être coupée. Ni trop mûre, près de fleurir et quasi ligneuse ; ni trop courte, trop tendre, dont il ne resterait presque rien après séchage. Jean lui montra comment bien placer le corps en face de la muraille verte ; à balancer la lame au ras du sol sans le toucher ; à déplacer l'un après l'autre ses sabots sans jamais perdre contact avec la terre. Derrière lui, à sa droite, devait rester un double sillage dont les tiges rases et foulées se redressaient peu à peu. Et ainsi de suite. Savoir mettre un pied devant l'autre, au bon endroit, tel est dans toutes les professions le grand secret de la réussite.

Puis il apprit à faucher en groupe. A quatre avec son père, son frère et le grand-père conquistador, qui, à quatre-vingt-cinq ans, était encore bien capable de jouer sa partie. On met en tête le plus habile, avec une avance de quatre pas ; il laisse derrière lui un andain tout fumant. Le second entame une autre passée, la couche sur la précédente. Viennent ensuite le troisième, le quatrième. L'herbe encore debout forme des redans. Grâce à ces distances, les hommes ne risquent point de s'entrefaucher les chevilles.

Maurice savait déjà fauciller, lier les gerbes, battre au fléau, arracher les pommes de terre, épandre le fumier à larges fourchées sur les prés tondus, puis l'émietter avec l'*ingramaïre*, une sorte de herse primitive formée de branches d'épines fichées dans une traverse. Mais la daille était son outil de prédilection. A tel point que le père, un matin, lui fit aussi sa surprise.

— Au prochain marché aux veaux, quand j'irai vendre le nôtre, je veux t'emmener à Saugues.

Ce lundi-là, dès la pique du jour, on chargea donc la bestiole dans le tombereau en lui tordant la queue pour l'obliger d'y monter. Et les voici en route, le père devant les vaches, le fils dans la voiture en compagnie du condamné, tout effaré de ce voyage, ébloui par le soleil, lui qui n'avait jusque-là vécu que dans la pénombre de l'étable. Le garçon lui caressait l'échine et les oreilles.

Au bourg, ils laissèrent vaches et tombereau sur la place Antique avec une brassée de foin. Par le licou, ils tirèrent la bestiole jusqu'au marché qui se tenait autour de l'hôtel de France et du poids public. Le garde champêtre passait d'un vendeur à l'autre pour réclamer deux sous de droit de place. Des centaines de bêtes se trouvaient là et dans les rues adjacentes, attachées aux barres et aux anneaux, tirant sur leur corde jusqu'à s'étrangler, meuglant pour appeler leurs mères.

Les bouchers, les maquignons, les chevillards, tout gonflés dans leur blouse bleue, allaient de l'une à l'autre, palpant les fessiers, examinant les blancs de l'œil, avec des grimaces de dégoût qui ne laissaient augurer rien de favorable. Presque tous des Barabans. Ou Borobons, originaires de Saint-Chély-d'Apcher en Lozère. Ainsi baptisés parce que, les jours de frairie, ils dégoisent une sorte d'hymne lozérien, la *Borobonde* :

S'en onè o Morsilho,
Borobon, bon-bon, borobon !
S'en onè o Morsilho,
Lo filho d'oun poïson[1]*...*

Les négociations s'engagèrent, dans leur patois qui roulait les *r* comme le Grandrieu roule ses galets.

1. S'en alla à Marseille, / Borobon, bon-bon, borobon ! / S'en alla à Marseille, / La fille d'un paysan.

— A qui est ce veau misérable ?

— A moi, répondit le père. Mais pas misérable du tout.

— Il est à vendre ou à regarder ?

— A vendre, si cela se présente.

— Combien en prétendez-vous ?

— Pour le moins quatre pistoles.

La pistole valait dix francs. Eclat de rire du Baraban.

— Je vois que vous l'avez traîné ici juste pour le promener, pour lui faire voir du pays. Il s'ennuiera moins quand vous le ramènerez à son étable.

Jean haussa les épaules, mais ne prit pas la mouche. Il savait que les négociations commençaient toujours difficilement. Le Lozérien tâtait encore le veau, grommelant :

— Ça n'a ni gras ni maigre. C'est tout en peau et en os. Celui qui le prendra devra d'abord bien le remplumer. Mais celui qui le laissera fera une bien meilleure affaire.

— Et si je vous le laissais pour trois pistoles et demie ? suggéra le père.

— Cherchez quelque autre imbécile. Mais pas de Langogne.

Et il tourna le dos, comme si le marchandage eût été définitivement terminé. Il s'éloigna même de quelques pas. C'est alors qu'intervint l'« accordeur ». Un Saugain spécialiste des négociations difficiles. Une sorte de bienfaiteur de l'humanité, car il remplissait son office sans autre profit qu'un verre de vin au bout du compte. Il prit le Baraban par le coude, le ramena de force vers l'éleveur de Combret, les sermonna tous deux, paternellement :

— Vous n'allez pas vous quitter de cette façon, sans résultat. Soyez raisonnables. Que chacun y mette un peu du sien. Vous, Poudevigne, n'aurez pas fait le voyage pour rien. Et vous, le Baraban, ne repartirez pas pour Langogne à vide. Combien êtes-vous disposé à mettre sur cette bête ?

— Pas plus de deux pistoles. Vingt francs, si vous préférez.

— Nous sommes loin du compte. Vous monterez bien jusqu'à vingt-cinq, tout de même ?

— D'accord pour vingt-cinq. Mais pas un sou de plus.

— Et vous, Poudevigne, qu'est-ce que vous pouvez faire ?

— Je suis déjà descendu jusqu'à trente-cinq.

— Descendez encore un peu.

— Disons trente-trois. Je n'irai pas plus bas.

— De vingt-cinq à trente-trois, il y a huit francs de différence. Partagez la poire en deux. Cela donne vingt-neuf.

— Pas question ! cria le Baraban.

— Vous voulez ma mort ? gémit le père.

— Il faut bien que chacun fasse un sacrifice. M'est avis que ce veau est à point, qu'il mérite bien vingt-six francs.

Le Lozérien braillait encore qu'on voulait l'écorcher tout vif. Alors, l'accordeur usa de violence : il saisit la main droite de l'un, la main droite de l'autre, les ouvrit, les disposa face à face, horizontalement, prêtes à toper, mais séparées encore par vingt centimètres de distance. En même temps, il harcelait les deux contractants de ses objurgations :

— Vingt-six francs, mes amis ! N'hésitez plus ! C'est le juste prix, je vous le jure ! Faites-la *peter*, cette *patche* ! Qu'on l'entende de loin ! Faites-la peter !

Et poussant l'une vers le haut, poussant l'autre vers le bas malgré leurs résistances, il obligea les deux mains à se joindre, à faire le geste qui scelle l'accord. Au grand regret des deux hommes, le marché se trouvait conclu. Le Lozérien sortit de sa blouse une paire de ciseaux et découpa sur le dos de la bête une touffe de poils pour indiquer qu'elle était sienne désormais. Après cela, tout le monde s'en alla boire chopine chez Anglade. Maurice avait suivi toute l'affaire des yeux et des oreilles. Il choqua aussi son verre aux trois autres, le vida en plusieurs fois, par petites gorgées, au milieu d'un brouhaha à couper au couteau, car vingt tables étaient occupées. Le Baraban glissa une main dans la fente latérale de sa blouse, ramena un portefeuille bourré de billets, déposa près du cendrier de faïence portant la marque *Gentiane Vercingétorix* une coupure bleue de vingt francs, ornée du portrait de Bayard, le Chevalier sans peur et sans reproche ; il mit par-dessus un écu de cinq francs et une pièce de vingt sous.

— Le compte y est, dit l'accordeur.

Mais Jean n'était pas tombé de la dernière pluie. Avant d'empocher, il fit sonner les deux pièces d'argent sur le cendrier qui semblait là exprès pour cette épreuve ; elles rendirent un son clair, de bon aloi. Il prit ensuite la coupure, l'éleva à hauteur de ses yeux, regarda s'il voyait la République dans le filigrane. Elle y était.

Le Baraban souriait à ces précautions, au demeurant naturelles. Maurice avança la main d'un air timide. C'était la première fois qu'il voyait un billet de vingt francs. Son père le lui laissa toucher, ce qu'il fit avec respect. Il apprécia la substance de ce papier un peu gras, un peu chantant. Il observa à son tour la République dans sa lucarne transparente. Il lut la menaçante inscription : *L'article 139 du Code pénal punit de la réclusion à perpétuité ceux qui auront contrefait ou falsifié les billets de banque autorisés par la loi, ainsi que ceux qui en auront fait usage*. Il admira la signature du Caissier général et se représenta cet homme d'importance en train de signer à longueur de jour et à tour de bras les billets sortis de sa fabrique. Le Lozérien devina sa pensée et la traduisit :

— Signer tous les billets de la Banque de France, ça doit être un travail usant. Surtout pour les fesses du pantalon.

Satisfait de ces examens successifs, Jean ramassa les pièces et le billet, les serra de même sous sa blouse, dans une poche dissimulée. Le Baraban paya la chopine pour quatre. Et chacun partit de son côté. Quand les Poudevigne furent dehors, Jean confia à son fils :

— J'aurais bien laissé mon veau pour deux pistoles. J'ai volé ce chevillard de six francs.

Il rit en frottant doucement la nuque de son garçon. Maurice fut bien aise d'avoir un père si dégourdi.

Mais pour eux, la foire n'était pas terminée.

— J'ai autre chose en tête, dit le père.

Laissant ses vaches toujours occupées à manger leur foin sur la place Antique, ils se rendirent chez

Coussouzes, la grainetier-quincaillier dont la boutique donnait sur la route du Puy. Maurice suivit sans poser de questions, sachant que son père n'aimait pas à être interrogé. Outre les graines et les engrais, on y trouvait tout ce qui est cuivre ou fer, marmites, casseroles, chauffe-lits, clous, limes, marteaux. Coussouzes s'approcha, avec son tablier bleu sur la bedaine :

— Je voudrais, dit Jean, une daille pour ce garçon.

— Eh ! dit le commerçant. Je vous reconnais. Vous m'en avez acheté d'autres.

— Vous avez raison. Pour moi, pour mon fils aîné. A présent, j'en veux une pour le second.

Maurice entendit dans sa tête des cloches carillonner comme si c'eût été pour la messe de Pâques. Coussouzes les mena devant un étalage de faux, liées ensemble, encastrées l'une dans l'autre par demi-douzaines.

— Vous le savez, il en existe de trois dimensions : de vingt-huit, de trente et de trente-deux pouces. Ce qui correspond à soixante-seize, quatre-vingts et quatre-vingt-six centimètres. Rien que des faux de Pont-Salomon. Les meilleures du monde.

— Nous prendrons la plus grande.

Le quincaillier parut surpris, toisant des yeux le jeune homme. Le père comprit sa pensée.

— Il grandira encore.

L'homme délia un paquet de six lames. Elles luisaient faiblement à cause de l'huile dont elles étaient enduites. Jean les saisit une à une, les soupesant, les cognant avec les jointures de son poing pour les faire sonner sur toute leur longueur. Quand il les eut éprouvées l'une après l'autre, il demanda qu'on lui ouvrît un second paquet. Et il éprouva ces six comme les précédentes. Il en mit trois de côté, qu'il ausculta encore. En élimina une. Puis une autre. Tout cela sans un mot, gardant pour lui son jugement.

— Je crois, dit-il enfin, que nous prendrons celle-ci.

Et le quincaillier, sans impatience :

— Etes-vous sûr ? Prenez votre temps.

Jean la fit encore vibrer, pour conclure :

— Elle chante bien.

— Je vous l'enveloppe. Est-ce que je vous ai dit son prix ?... Six francs et dix sous. Mais à un vieux client comme vous, j'enlève les dix sous. Six francs tout ronds.

Il habilla la lame d'une toile de jute, prit l'argent qui lui revenait en remerciant. Ainsi la première faux de Maurice coûta juste ce que son père avait carotté au Baraban.

Ils allaient ressortir de la quincaillerie quand le père ouvrit encore la bouche :

— Pendant que j'y suis, je prendrai aussi un couteau pour ce garçon.

Coussouzes en sortit de plusieurs sortes, qui venaient de Thiers, de Saint-Etienne, de Nogent, de Châtellerault. Jean les examina minutieusement, vérifia le fil des lames sur son pouce, se décida pour un thiernois à manche de corne, muni de deux lames et d'un poinçon, marque « Le Sabot », qui lui coûta trente sous. Un vrai paysan sans couteau dans sa poche est aussi incomplet qu'un gendarme sans son képi.

Il restait à donner un manche à la daille. A Combret, Jean Poudevigne possédait une réserve de branches d'érable longues de un à deux mètres, choisies dans les bois au moment des coupes. C'est que, une année sur deux, chaque famille de Venteuges avait le droit d'abattre un certain nombre d'arbres tirés au sort dans les forêts communales. Or l'érable et le charme, avec le cornouiller, qui ne pousse pas sur la Margeride, donnent le meilleur bois pour les manches et pour les araires. Une fois coupé, il doit sécher et mûrir quatre ou cinq mois. Jean choisit une branche légèrement courbe, de bonne longueur. Il la coinça dans les mâchoires de son étau et entreprit de la dégrossir, de la rogner avec le couteau à deux poignées.

Après une petite heure de ce chapusage, le manche fut achevé, non point cylindrique comme celui de la pioche, mais octogone parce que c'est plus joli. Un peu renflé du bout inférieur, là où viendrait s'ajuster la lame. Il y ajouta les deux manettes, l'une au bout supérieur pour la main gauche, l'autre au milieu pour la droite, coincées dans l'épaisseur du manche. Il ne restait qu'à fixer la daille, au moyen d'une bague et d'un coin.

— Je vais, dit Maurice, le cœur tout gonflé d'aise, l'essayer tout de suite.

Il s'éloigna, la faux sur l'épaule, d'un pas tranquille, heureux de se sentir regardé par plusieurs paires d'yeux. « Voilà, se disaient les voisins, le jeune Poudevigne qui s'en va étrenner sa première daille. » Il descendit jusqu'au pré Cominhà, où l'herbe aux lapins poussait épaisse, bien avantagée par les dernières pluies. Il la mesura du regard : les tiges vertes lui montaient à la cuisse. Il saisit fermement les manettes, éleva sans hâte la daille du côté droit, celui de la bénédiction. Sitôt après, la lame fila devant lui dans le sens opposé, mordit le regain qui se coucha en arrière sans faire un pli. La faux revint, striée de vert. Elle poursuivit dix minutes ses allers et retours. C'était suffisant pour une inauguration. Il fit de l'herbe coupée un faix qu'il logea sous son bras gauche et remonta vers la borie.

Cette année-là, le pays fut bouleversé par un crime épouvantable : l'assassinat du président de la République, Sadi Carnot, surnommé Barbe-en-Zinc. Les détails furent connus par *L'Auvergnat de Paris* et *Le Moniteur* de la Haute-Loire, que lisait monsieur Armilhon. Depuis quelques années, la France vivait en pleine anarchie. La police avait été obligée de fusiller des ouvriers qui prétendaient faire du 1er Mai une fête du Travail chômée. La justice avait été obligée pareillement de guillotiner des anarchistes qui faisaient exploser des bombes dans Paris. Exemple Ravachol, natif de Saint-Chamond, aux confins de la Haute-Bique. Ayant fait sauter un certain nombre de juges avec leur mobilier, il se fit cueillir bêtement dans un café à cause d'un réflexe bourgeois inconsidéré. Reconnaissant des policiers qui approchaient :

— Mon addition, vite ! cria-t-il.

— Vingt-trois sous.

S'il était parti sans payer, il se sauvait. Il fut raccourci à Montbrison.

Son collègue Vaillant raconta comment il fabriquait ses engins explosifs :

— J'achète une marmite dans un bazar. J'y introduis un tube plein d'acide sulfurique, de la poudre et des clous de grosse dimension pour qu'ils partent de tous les côtés et fassent le plus de mal possible. Quand l'acide touche la poudre, ça pète.

Il lança dans la Chambre une de ses bombes, qui provoqua quatre-vingts blessés sans tuer aucun député. Arrêté, Vaillant déclara :

— Je n'ai voulu la mort de personne, mais donner un simple avertissement. Je ne demande qu'une chose : qu'à la désagrégation de mon corps tous ses atomes se répandent dans l'univers en y transmettant le virus anarchiste.

Il fut également raccourci, en février 1894.

Au mois de juin suivant, le président Sadi Carnot inaugurait l'Exposition universelle de Lyon lorsqu'un jeune homme s'avança vers sa voiture pour lui présenter un bouquet. Celui-ci dissimulait un poignard que l'individu lui plongea dans le ventre en criant : « Vive la Révolution ! » Avec un fort accent italien. C'était le coup de Ravaillac renouvelé. L'assassin, un boulanger milanais nommé Caserio, ancien enfant de chœur, avait voulu punir Barbe-en-Zinc de n'avoir gracié ni Ravachol ni Vaillant. Il avoua à ses juges qu'il aurait bien aimé tuer aussi le pape et le roi d'Italie, concluant :

— Il faut bien laisser aux collègues un peu de besogne.

Dès lors, les termes de Ravachol et de Caserio devinrent des injures aussi abominables que celles de Judas. Quant à la barbe de Sadi Carnot, elle fut remplacée par les moustaches de Casimir-Perier.

A Saugues, les cours des vaches et des veaux n'en subirent aucun effet. Les nouvelles de Paris arrivaient avec un grand retard. Plus encore, les traits des célébrités, sous la forme de cartes postales répandues par les colporteurs.

Chaque été, Antonin Poudevigne avait coutume de partir pour l'Auvergne du Cézallier. Un plateau vaste et nu fait d'immenses pâturages ondulés à mille deux cents mètres d'altitude, aux confins du Puy-de-Dôme, de la Haute-Loire et du Cantal. Des tourbières occupent les fonds. Les éminences portent d'étranges noms : *noue, teston, signal.* Tonin s'engageait pour la fauche, restait deux mois absent et revenait avec quarante francs d'économies. Il racontait de son estive monts et merveilles. Maurice aurait bien aimé le suivre. Voir du pays. Gagner un peu d'argent.

— Tu es trop petit, répondait son frère. Je t'emmènerai lorsque tu auras atteint ce trait.

Et il traça une coche contre la porte de l'étable, à un mètre soixante au-dessus du sol.

C'est que le cadet était d'une crue très lente. Il faisait pourtant des exercices pour s'allonger, se suspendait de longs moments aux barreaux supérieurs des échelles. Ensuite, il se collait contre cette porte, s'étirait comme la grenouille qui voulait se faire aussi grosse que le bœuf.

— N'y suis-je point ?

— Nenni.

Il n'effleura la ligne qu'au printemps de 1896, à l'âge de seize ans.

— C'est bon, dit Tonin. Je t'emmène à la *loue* de la Saint-Jean.

Ils partirent tous deux avec leurs faux démanchées, liées ensemble dans de vieilles toiles. De plus, chacun emportait sa pierre à aiguiser dans le coffin, son marteau, son enclumette, son couteau. Leurs gros souliers aux pieds, mais une paire de sabots ferrés sur l'épaule. Des vêtements de rechange dans un havresac, un grand chapeau de paille contre le soleil. Leur mère les embrassa, les larmes aux yeux, recommandant de bien prendre garde aux vipères, de respecter leurs maîtres, d'aller à la messe le dimanche, de ne pas faire de sottises, de ne pas perdre l'argent du voyage. La vieille diligence les transporta de Saugues à Langeac, à travers le bois de Coupe-Gorge. A partir de Bourleyre, ils furent en Auvergne. Ils en eurent la confirmation dès Chanteuges, au patois de leurs compagnons de route. Maurice éprouva un peu de crainte à l'idée d'entrer dans ce pays d'où ne venaient ni bon vent ni bonnes gens. Voulant s'en éclaircir, il interrogea son frère :

— Les Auvergnats, c'est quelle espèce de monde ?

— Du monde comme les autres, du bon et du mauvais.

— Plutôt mauvais ou plutôt bon ?

— Ça dépend comme ça se trouve.

Ainsi renseigné, il ferma les yeux parce que les tournants lui donnaient un peu la nausée. « Je ne suis pas fait pour les voyages », pensa-t-il.

La voiture les déposa vers midi devant la gare. C'était la première fois qu'il allait prendre le train. Il en éprouvait quelque inquiétude, se demandant s'il saurait bien se comporter. Chargés de leurs bagages, ils entrèrent dans la salle d'attente. Plusieurs personnes faisaient la queue devant le guichet, sagement, comme les élèves qui reviennent de récréation. Ils se mirent en bout de file. De l'autre côté du grillage, l'employé du *PLM* écrivait les billets au crayon encre sur un carnet à souches, en tirant la langue. Tout à coup, Tonin remit à son cadet la brassée des faux et la bourse de leur argent.

— Prends nos deux billets pour Lempdes[1]. Faut que j'aille tomber de l'eau.

Voilà Maurice tout seul, les bras bien encombrés. Arrive son tour. L'employé le regarda, disant d'un ton interrogateur :

— Monsieur ?

— Poudevigne Maurice, répondit le jeune faucheur.

— Ce qui m'intéresse, c'est de savoir où vous allez.

— A Lempdes. Nous sommes deux, mon frère et moi.

L'homme à la casquette se remit à crayonner. Il détacha le billet :

— Deux francs quatre-vingts. Cinquante-six sous, si vous préférez.

Le garçon fouilla dans sa bourse, aligna les pièces sur le guichet. L'employé ajouta ce renseignement :

— Vous changerez à Arvant. Vous y prendrez le train de Neussargues. Lempdes est la première gare.

Tonin revenu, ils passèrent sur le quai. Un peu après, le train surgit, enveloppé de vapeurs, de couinements, des cris du chef : « En arrière ! En arrière ! » Tout pareil à un alambic avec sa cheminée à couvercle et son énorme cloche. Les deux frères

1. Se prononce Lande.

montèrent dans une voiture de troisième classe. Les banquettes étaient en caillebotis. Les huit personnes du compartiment s'examinaient sans parler, parce qu'elles ne se connaissaient pas.

Le convoi se mit en route. Maurice regardait courir la campagne. On franchit des rivières avec un grondement terrible. On branla, on tintinnabula, on haleta ! Coups de sifflet. Dans les courbes, le wagon s'inclinait dangereusement. Pourvu qu'on ne versât pas ! On ralentit, on s'immobilisa.

— Brioude ! Dix minutes d'arrêt !

Nouveaux coups de sifflet. On repartit. Bientôt, le train fila aussi vite que la foudre. Comme l'indiquent les horloges des gares, il mit moins d'une heure pour parcourir les dix lieues qui séparent Langeac d'Arvant. Alors qu'il en avait fallu cinq à la diligence pour descendre de Saugues à Langeac, vingt-cinq kilomètres.

Sur le quai d'Arvant, ils durent toutefois stationner une demi-heure avec leur fourbi. Vint enfin le train de Neussargues qui, dix minutes plus tard, les déposa à Lempdes sur Alagnon. Il était presque quatre heures de l'après-dîner sans qu'ils eussent dîné. Ils tapèrent dans leurs provisions de bouche préparées par Emilie. En consommant ce pain, ces œufs durs, Maurice avait l'impression de sentir la douceur des mains maternelles.

— Où allons-nous au juste ? demanda-t-il, la bouche pleine.

— A Ardes-sur-Couze.

— C'est loin ?

— Encore dix-huit kilomètres. Huit en diligence, dix à pied.

— Nous n'arriverons pas avant neuf heures du soir.

— Je connais une auberge pas chère, un peu avant Ardes. Nous y passerons la nuit. Nous serons sur place demain matin à l'ouverture de la loue. N'aie pas peur, je sais le chemin. Je l'ai déjà fait quatre fois dans un sens, quatre fois dans l'autre.

Seconde diligence à Lempdes, devant la halle. Chacun paye douze sous. Les voyages coûtent un œil de la tête, les maladies en coûtent deux. Ils ne comprenaient rien au patois de ces Auvergnats de rivière, ils avaient l'impression de se trouver en pays étranger. La route suivait exactement le cours de l'Alagnon, qui se plaisait à la faire serpenter. Les trois chevaux trottaient bien, soulevant une poussière enragée derrière la voiture. Elle passa sous d'énormes rochers qui menaçaient de s'écrouler sur elle ; puis sous les ruines d'un château fort. C'était magnifique et effrayant. Après deux heures de cahots, le postillon les arrêta à Lanau, ainsi nommé à cause du bac qui traversait la rivière. Ils durent encore verser au passeur un sou par tête.

De nouveau, ils enfourchèrent l'âne de saint François, c'est-à-dire leurs deux jambes. Marche que marcheras-tu ! Une borne leur indiqua qu'ils changeaient de département, qu'ils quittaient la Haute-Bique pour entrer dans le Puy-de-Dôme. Plus étroite que jamais, la route se promenait en bordure du plateau, franchissait un ruisseau, évitait une touffe de genêts. Le soleil leur tapait sur la tête. Ils ne parlaient guère, parce que cela donne soif.

Ils burent à une source qui suintait au pied d'un talus et abreuvait le cresson sauvage du fossé. Ils en profitèrent pour se déchausser, pour y tremper leurs orteils. Puis ils repartirent, leurs paires de sabots ballant toujours sur l'épaule. Le soleil approchait de son coucher.

Ils dépassèrent le carrefour d'Apchat. Un peu plus loin, l'aîné désigna une maison de belle taille, mais de pauvre mine, au bord de la route, dont la façade était barrée de cette inscription peinte en rouge : *Auberge de la Belette.*

— Nous dormirons ici, dit Tonin. Je connais la patronne. Elle nous fera un prix. C'est une veuve qui élève des chèvres. Elle s'appelle Alphonsine.

La bâtisse était composée d'une partie habitable sur le devant, d'une grange et d'une étable sur le derrière. On entendait effectivement des bêlements de biques. Il s'approcha de la porte fermée, cogna du poing. La porte s'ouvrit, une femme parut, entre deux âges, avec un chignon sur la tête de la grosseur d'une pomme. Elle avait dû être belle naguère, il en restait quelque chose, notamment de jolis « estomacs », comme on dit en Auvergne. Quoique encore peu intéressé à ces détails, Maurice dut bien les remarquer. Les poings sur les hanches, les yeux écarquillés, elle les considéra un moment :

— Mais c'est Tonin ! s'écria-t-elle, avec un sourire aussi large qu'un parapluie.

— C'est bien lui. Et voici mon jeune frère, Maurice.

Elle les embrassa, trois fois chacun.

— Finissez donc d'entrer. Vous mangerez la soupe. En cette saison, je ne reçois pas grand monde. Vous serez mes seuls voyageurs.

Dans la cheminée, un feu flambait sous une marmite d'où s'échappaient des odeurs de chou.

— Il en a fait une rude ! dit Tonin.

— Vous devez avoir soif.

— Ne m'en parlez pas. On boirait au cul d'un âne !

Elle disposa sur une table deux bols, un chanteau de pain, un saucisson, un chevreton, une bouteille, deux verres. Comme elle se penchait, Maurice remarqua le joli mouvement de ses estomacs sous le corsage, qu'ils remplissaient bien.

— Asseyez-vous. Mangez et buvez. Et pardonnez-moi : faut que je m'occupe de ma traite et de mes fromages.

Ils prirent place sur le banc, tandis qu'elle disparaissait par-derrière. Ils l'entendirent remuer des faisselles dans la souillarde, vider du lait, brasser du caillé. Ils se servirent d'abord deux verres de vin, qu'ils achevèrent en poussant un soupir d'aise.

— Coupez votre pain ! cria-t-elle. Je vous le trempe dans un moment.

Ils remplirent leurs bols de fines tranchettes. En même temps, Maurice regardait bien autour de lui. Sous le plafond noir, des fromages séchaient sur une claie. Aux murs, un petit crucifix avec son bénitier, un rosaire, un chapelet. Alphonsine était une personne pieuse. Un buffet de sapin, bruni par le temps et la fumée. Une étagère garnie de bobines et de flacons. Au fond, un escalier montait à l'étage. Après un moment, la femme aux chèvres reparut. Elle prit leurs bols, versa du bouillon et des feuilles de chou. Ils laissèrent au pain le temps de se gonfler, de marier son fumet à celui des légumes et du lard.

— Mangez, répéta-t-elle. Ne vous occupez pas de moi. Je mangerai après. Faites comme chez vous.

Ils se penchèrent sur leur bol, le vidèrent à larges cuillerées, mais laissant au fond un peu de bouillon pour « faire chabrot », en y ajoutant une lichette de vin rouge. Elle les regardait laper, les yeux écarquillés de plaisir. Après la soupe, ils attaquèrent le saucisson et le fromage. Tonin s'essuya les badigoinces avec le dos de la main. Maintenant qu'il était repu, il pouvait enfin parler.

— On monte à la loue d'Ardes. Si vous pouviez nous faire coucher, ça nous rendrait grand service.

— Mais bien sûr, mon Tonin. Dans les mêmes conditions que les autres fois. Y a de la place pour deux.

Elle eut un petit rire que Maurice ne comprit pas bien. Elle portait sur sa longue jupe grise un tablier bleu rayé de blanc qui lui serrait la taille.

Le jeune Poudevigne observait cette femme qui aurait pu, mais tout juste, être sa mère par l'âge. Sous ses cheveux à peine poudrés de gris, elle se tenait droite comme le clocher de Venteuges. Lorsqu'elle s'approcha pour leur verser une seconde rasade, il remarqua qu'il émanait d'elle une agréable odeur, tendre et sucrée. Alphonsine sentait la violette. Elle aurait dû puer la chèvre, le bouc, le fromage, et elle embaumait la violette. Sans doute avait-elle profité de son séjour dans la souillarde pour se parfumer en leur honneur. Une attention qu'il trouva très délicate.

Ils échangèrent encore quelques propos sur le temps qu'il faisait, les récents orages, l'abondance du foin qu'on en pouvait espérer. Après quoi, les deux frères restèrent immobiles sur leur banc, avec tous ces kilomètres qu'ils avaient dans les genoux depuis le matin. S'apercevant qu'ils tombaient de sommeil, elle dit :

— Il est temps que je vous emmène dormir.

Elle se munit d'un *chaleil.* Laissant leurs bagages près de la cheminée où brasillaient les derniers tisons, ils la suivirent. Ils ne montèrent pas l'escalier comme Maurice aurait cru, mais enfilèrent la porte du fond. Ayant traversé la souillarde, ils longèrent la chèvrerie pleine de chevrotements. Plus loin, Alphonsine poussa une autre porte, et ils se trouvèrent dans le fenil.

— Voilà votre chambre. Dormez bien. Je ne reçois ici que mes amis. Les clients, je les loge à l'étage et je les fais payer parce qu'ils usent mes draps. J'emporte le chaleil, de peur que vous ne mettiez le feu. Bonne nuit.

Elle ressortit, suivie de sa grande ombre. Ils restèrent dans le noir. Maurice entendit le petit rire de son frère :

— Tu ne t'attendais pas à celle-là ! Voilà le prix qu'elle nous fera pour le coucher : zéro franc zéro centime. Faut pas trop demander. On dort très bien dans le foin. La couverture ne manque pas.

Le cadet enleva ses souliers et sa veste. Il se creusa une couche, s'enfonça dans ce matelas poivré. Le foin lui picotait la nuque et les oreilles. Il allait s'endormir lorsqu'il entendit son frère bouger et chuchoter :

— Faut que je sorte un moment. J'ai quelque chose à faire.

Maurice crut comprendre qu'il devait aller quelque part pour poser culottes. Il s'endormit. Les chèvres l'y encourageaient de leurs reniflements.

Au milieu de la nuit, il se réveilla, se demandant où il se trouvait. Puis la mémoire lui revint : à l'Auberge de la Belette. Il tendit l'oreille pour comprendre si Tonin dormait près de lui. Il ne perçut aucun souffle, aucun signe de présence. Il allongea le bras, ne sentit personne. Un peu effrayé, il appela doucement dans le noir :

— Tonin !... Tonin !...

Pas de réponse. Il allait se lever pour se mettre à tâtons à sa recherche, lorsqu'il entendit grincer la porte du fond. Bruissement de foin piétiné.

— C'est toi, Tonin ?

— Ben oui.

— D'où viens-tu ?

— T'occupe pas. Dors.

L'aîné se recoucha près de lui. Maurice s'efforça de retrouver le sommeil. Mais une odeur le gênait : son frère sentait la violette.

En juin, les nuits sont courtes. Le jour s'insinuait par les jointures de la grande porte quand le cadet se réveilla. Son frère ronflait sourdement, le nez dans le fourrage. Ils devaient se trouver rendus à l'ouverture de la loue. Il le secoua :

— Hé !... Ho !...

L'autre grogna, l'air exténué.

— Réveille-toi, sacré farceur !

— Quoi qui n'y a ?

— Faut qu'on se lève, la Violette.

— Pourquoi tu m'appelles comme ça ?

— Parce que tu sens la violette.

— Vaut mieux sentir la violette... que sentir...

Tous deux s'arrachèrent au foin. Maurice rentra dans ses zibrailles. Ils avaient des brindilles dans les cheveux et sur tout le corps. De la main, ils se brossèrent l'un l'autre. Puis ils firent à rebours le chemin de la veille, retrouvèrent la cuisine et son odeur de chou. Alphonsine les reçut à bras ouverts. Elle avait disposé sur la table ce qu'il fallait non pour un déjeuner, mais pour un festin : des écuelles, des assiettes, des verres, du lard maigre, de l'andouille, du pâté aux couennes, du beurre de chèvre, de la confiture de mûres.

— Nourrissez-vous bien, mes Biquets. Reprenez des forces. Vous en aurez besoin.

Et de remplir leurs écuelles. Et de leur couper des tranches de son pain gris. Et de leur verser de son vin noir. Elle trouva même le moyen de s'excuser :

— Si j'avais été moins occupée, je vous aurais préparé une pompe aux pommes, une tarte à la bouillie, une brioche aux grattons.

Ce fut une belle régalade.

Il fallut tout de même se séparer. Avant de reprendre son bagage, Antonin demanda sérieusement :

— Dites-nous ce que nous vous devons, madame Alphonsine.

En riant, elle forma un zéro avec sa main.

— Ah ! dit-il. J'avais annoncé à mon frère que vous nous feriez un prix. Des auberges comme la Belette, il n'y en a pas beaucoup.

— Revenez me voir à l'occasion. Je serai trop contente de vous recevoir.

Ils remontèrent sur l'âne de saint François.

Dans Ardes-le-Haut, la loue se tenait sur la place, autour de la fontaine, au pied du beffroi qui levait très haut sa croix et sa clochette. D'un côté, les maîtres, avec leurs vastes chapeaux noirs. De l'autre, le bétail humain, qui proposait ses membres, son échine, ses sueurs. Certains maigres, chétifs, tout juste bons à faire des valets de charrue. D'autres gonflant le torse et enfonçant la tête pour grossir leur cou. Les deux Poudevigne avaient monté leurs faux et ils se tenaient bien droits, la daille sur une épaule, la musette pendue à l'autre, le coffin à la ceinture avec la pierre dedans. Maurice s'était même juché sur un monticule de terre qui se trouvait là par hasard, pour se grandir de quelques pouces. Chacun espérait trouver preneur. Mais l'attente, les négociations pouvaient durer deux jours, avant de se conclure autour d'une chopine au café Vallon ou au café Soulaillou.

Les deux équipes – maîtres et valets – se considéraient comme si elles allaient jouer ensemble une partie de barres, l'une se jetant sur l'autre à un certain signal pour faire des prisonniers. Mais il appartenait aux *coares* seuls – aux maîtres – d'avancer. C'est ce qu'ils faisaient, sans hâte, un par un. Devant eux se tenaient les faucheurs avec leur daille, les moissonneurs avec leur faucille, les bûcherons avec leur hache. Soudain Tonin reconnut dans la foule son ancien employeur, monsieur Alexis Magne, propriétaire à la Goupilière, commune d'Auzolles, remarquable sous son large chapeau de peluche dont la coiffe formait dôme, par d'énormes sourcils, un collier de barbe noire, un fouet sur l'épaule. Lui aussi le reconnut et s'avança. Il serra la main de l'aîné.

— Je vois que tu m'es fidèle, dit-il, comme si l'engagement était déjà réglé.

— Monsieur Magne, cette année, je ne viens pas seul. Voici mon frère Maurice, âgé de dix-huit ans, qui fauche aussi bien que moi.

— Aussi bien, sans doute. Mais on ne peut demander à un gamin autant de besogne qu'à une personne adulte.

Maurice se sentit rougir à s'entendre traiter de gamin. Mais son frère le défendit :

— Monsieur Magne, il faut nous prendre tous les deux, je vous prie. Vous ne pouvez pas le refuser parce qu'il débute, il y a un commencement à tout. Si vous avez été content de moi, vous le serez de lui. Il fauche, mais il sait tout faire. Et c'est un vaillant.

Le coare se gratta la barbe.

— D'habitude, j'engage trois valets, tu le sais. Il faut donc cette année que j'en prenne quatre ?

— Vous ne le regretterez pas, monsieur Magne.

— Il y a la question des gages. (Et faisant semblant d'avoir perdu la mémoire :) Rappelle-moi ce que je te donnais les années passées.

— Vingt francs par mois complet, de juin à août.

— C'est ce qu'il me semblait. Ne compte pas, mon ami, que je lui donne autant qu'à toi, malgré ses compétences. Voilà ce que je vous propose : trente francs par mois complet pour tous les deux. Vous vous les partagerez comme il vous plaira. Est-ce que ça vous convient ?

Antonin regarda son frère, dont il vit ciller les paupières de manière affirmative. Il tendit la main, Maurice fit de même, et l'on entendit peter la double patche.

Monsieur Magne continua sa prospection pour engager les deux hommes qui lui manquaient et qu'il connaissait bien, Marcel Dentil et Pierre Yrondel. Il les engagea de même et tous allèrent sceller le pacte au café Soulaillou. Mais ils ne s'y attardèrent pas.

— Jusqu'à la Goupilière, dit le maître, nous avons trois bonnes heures de route.

Il les emmena vers sa charrette, les installa derrière, face à face, assis sur deux bottes de paille, et fit claquer son fouet. Le cheval remua son gros cul et les voici engagés dans la vallée dite de Rentières, qui était en réalité celle de la Couze. Etroite, sinueuse, caillouteuse, elle suivait le cours sautillant de la rivière, passant de la rive droite à la gauche, puis de la gauche à la droite à la faveur de petits ponts. Coupant parfois le rocher d'une large entaille. Bordée d'une double ligne de hêtres dont les cimes se rejoignaient par-dessus pour faire ombrelle.

De loin en loin, les quatre ouvriers échangeaient quelques mots sur la Couze, sur le ciel, sur les rencontres qu'on faisait. En revanche, le coare ne desserra pas les dents au cours des trois heures et demie que dura le voyage, si ce n'est pour cracher le jus de sa chique, car c'était un chiqueur assidu. Il les transportait comme il eût fait de veaux ou de cochons, sans leur adresser la parole. Maurice regardait avec inquiétude son frère, dont les yeux lui répondaient : « Sois tranquille. Je ne t'aurais pas emmené avec moi si cet homme avait été une mauvaise bête. »

A mi-parcours, ils s'arrêtèrent pour tomber de l'eau et tous quatre, bien alignés, pissèrent contre la falaise, évitant de se regarder l'un l'autre.

Le chemin se fit très montant et ils arrivèrent à Auzolles. Un village aux maisons couvertes de lauzes, que dominait la noire bâtisse de l'école. Ils tournèrent à main gauche, puis à main droite et virent enfin devant eux l'énorme borie qui s'appelait la Goupilière, en souvenir, sans doute, d'un ancien gîte de renards. Tout autour, c'était l'immense plateau vert, avec des zones blanches, qu'on eût crues enneigées, qui étaient des champs de narcisses sauvages. Et des vaches rouges, de race Salers. Assez semblables dans leurs formes aux blondes Aubrac qui paissaient la Margeride, mais encore plus cornues, plus hirsutes. Les pattes, le ventre, la queue ornés de *gringuenaudes* faites de bouse séchée. La ferme était couverte de lauzes aussi minutieusement ajustées que des écailles de carpe.

— Nous voici chez moi, dit enfin monsieur Magne, la désignant du fouet.

Ils furent aussitôt environnés de chiens bergers, produits de multiples bâtardises, tous aboyant à gorge déployée, un peu de joie autour du maître, un peu de surprise au pantalon des faucheurs. Monsieur Magne les calma de quelques coups de gueule. Les quatre ouvriers descendirent avec leurs bagages et restèrent plantés au milieu de la cour, tandis que le maître allait dételer. Alors, ils virent sortir de l'habitation une femme coiffée à la montdorienne. Les cheveux enveloppés d'un foulard noir étroitement retenu à la tête par un ressort de cuivre arrondi, gentiment appelé *serre-malice*. Elle les salua de la main, leur fit signe de venir à elle :

— Je suis la patronne. Vous êtes donc quatre ? J'en attendais trois.

— J'ai amené mon frère Maurice, expliqua Tonin. C'est un bon faucheur. Le maître l'a pris.

— Il a bien fait. Nous aurons beaucoup de foin cette année. Je vous reconnais tous. Vous, c'est Antonin Poudevigne... Vous, Marcel Dentil... Et vous Pierre... Pierre comment ? Pierre Martinet.

— Non pas. Pierre Yrondel.

— Excusez. Je me suis trompée d'oiseau. Je suis bien contente de vous revoir.

— Nous aussi, patronne. Nous aussi.

Le coare revint. Ils entrèrent dans la maison. Maurice remarqua l'épaisseur des murs : près d'un mètre cinquante. A cette altitude, il fallait se protéger des terribles hivers. Au milieu, la grande table de chêne. Au fond, la cheminée où flambait, en cette saison, juste ce qu'il fallait de feu sous la marmite pendue à la crémaillère. A gauche, deux lits-armoires, derrière leurs rideaux d'indienne. A droite, le vaisselier, l'horloge, avec le soleil jaune de son balancier, une fontaine de cuivre où l'on pouvait se rincer les doigts plus que se les laver. Maurice se souvint de cette autre moquerie qui courait en Gévaudan à propos de l'Auvergnat faisant sa toilette : il crache en l'air et passe au travers. Les mains de la patronne lui semblèrent pourtant assez nettes lorsqu'elle poussa devant elle trois jeunes personnes :

— Voici deux de mes fils, Philippe et Léon, dix et douze ans. Nous en avons un troisième, Anasthaise, seize ans, il garde les bêtes avec Lessandre, notre vacher. Et là, Félistine, quinze ans, notre servante.

— Comme vos garçons ont grandi ! Comme ils ont forci ! s'écria Yrondel.

— La soupe vous attend.

Une soupe à tous les repas, même au plus chaud de l'été, ne faisait peur à personne. Sur la table, des bols attendaient et un quartier de fourme. Chacun sortit son couteau. Comme à l'Auberge de la Belette, ils remplirent leurs bols de *taillons*, couronnèrent le tout avec des lamelles de cantal. Madame Magne, aidée de Félistine, versa dessus l'eau bouillie. En touillant l'ensemble, la cuillère s'empêtrait un peu. Le fromage ramolli collait aux dents. A Combret, on se contentait d'une soupe aux légumes, à peine blanchie de lait. Mais la plus belle différence vint ensuite. Une fois les écuelles vidées, la patronne les remplaça par des assiettes.

Sans être totalement inconnue sur la Margeride, l'assiette y était peu employée. Si, par exemple, à la soupe succédait une omelette, une *caillée* ou une fricassée de pommes de terre, celles-ci étaient servies dans un plat unique au milieu de la table. Chaque convive tendait le bras, piochait dedans de la cuillère ou de la fourchette. Prenant bien garde de creuser son trou devant soi, de ne jamais déborder sur l'espace des voisins. Les mères recommandaient fermement de ne pas se comporter comme les gorets, qui, en bâfrant dans l'auge commune, s'efforcent d'attraper de droite et de gauche ce qui ne leur revient pas. Pour la caillée, la tentation était puissante, à cause de la crème qui occupait le dessus. A chacun sa part et le soleil pour tous. Lorsqu'on servait du lard ou du fromage, il fallait les coucher sur une tranche de pain, les détailler au couteau, manger ensemble un peu du *companage* et un peu de l'assiette. La salade était saisie avec les doigts, feuille par feuille, dans le saladier.

A la Goupilière, chacun eut donc son assiette dans laquelle il reçut sa portion. Et ce fut, ce premier repas, une omelette aux pommes de terre, croustillante et dorée. Suivie de fourme encore pour ceux qui en voulaient.

— Que préférez-vous boire, demanda la patronne, du *mergue* ou de l'eau ?

Maurice choisit le petit-lait.

Après ce dîner, bien repus, les quatre faucheurs gravirent l'escalier et montèrent déposer leurs bagages dans la chambre où ils devraient dormir, dans deux lits : Maurice et Antonin d'un côté, Yrondel et Dentil de l'autre. Ils suspendirent leurs vêtements à des clous de charpentier enfoncés dans le mur. Une table de nuit, une cuvette et un broc de fer-blanc, deux chaises et deux pots de chambre complétaient l'ameublement.

— Si vous préférez, vous pourrez aussi, dit la patronne, faire votre toilette dehors. Mais veillez bien à vous tenir au bout de l'abreuvoir, pour ne pas troubler l'eau des bêtes.

Tout cela les conduisit à trois heures de *relevée*.

— Demain matin, dit le coare, on commence la fauche. En attendant, nous allons à la traite.

Soixante-dix vaches à lait exigeaient beaucoup de mains. Il attela le cheval à un tombereau, y chargea six *gerles* de cinquante litres, des seaux, des « selles à traire », des perches. Et tout ce fourniment se dirigea vers ce qu'il appelait sa « montagne » : une rondeur du plateau que pointillaient les taches rousses des Salers. Lui devant, tenant la bride, les quatre hommes marchant derrière, ils gravirent le sentier tapissé de bouses sèches. L'air sentait la vache, délicieusement. Et accessoirement le genêt en fleur. Ils furent accueillis par le vieux valet Lessandre, le fils aîné, Anasthaise, et la chienne Brigande.

— Nous voici revenus, s'annonça Tonin. Et je suis avec mon frère Maurice.

Des poignées de main furent échangées. Les vaches rouges s'interrompirent pour les considérer de leurs yeux immenses, aux cils interminables. Des brins d'herbe leur pendaient des babines. Certaines étaient mangées de mouches aux endroits que les balancements de leur queue n'atteignaient point. Des bergeronnettes en picoraient quelques-unes, puis se posaient entre leurs cornes, sur le chignon.

— Vous pouvez vous équiper, dit le coare. Je voudrais voir comment se débrouille ce gamin.

Il tendit à Maurice une selle à traire. Elle était composée d'un siège rond, juste de la dimension d'un derrière, posé sur un pied unique, une sorte de quille. Le tout pendait d'une sangle de cuir. Monsieur Magne ceignit la sienne. En marchant, dès lors, il sembla muni d'une queue très raide qui se trémoussait drôlement à chacun de ses pas. Il emportait donc son siège collé au cul et pouvait s'asseoir sans se soucier du tabouret. Bref, il s'asseyait sur sa queue comme fait, dit-on, le kangourou d'Australie.

Avec l'aide de son frère, Maurice attacha sa propre ceinture. Il prit un seau de bois cerclé de fer et s'approcha de la bête que lui désignait le maître. Sous ses fesses, il sentait la quille de la selle onduler. Il enleva son chapeau, le posa dans l'herbe, serra le seau entre ses genoux, se demandant s'il n'allait pas tomber à la renverse. A deux mains, il pressa et tira les trayons. Le lait gicla rapidement.

Selon l'usage de Combret, dès qu'il en eut la valeur d'un verre, il s'en servit pour débarbouiller les quatre tétines, et jeta ce liquide dans l'herbe.

— Qu'est-ce que tu fais ? cria Lessandre.

— Ben… je… je nettoie les *tètes* pour que… pour que…

Et le vacher, s'adressant à Tonin :

— Je comprends rien à ce qu'il raconte. Je savais pas qu'il était bègue.

— Nous avons l'habitude, dit le frère aîné, de laver les tètes, pour l'hygiène. Ça prend juste une goutte de lait.

— Ici, y a pas d'hygiène. Aucune de mes vaches ne connaît cette maladie. Pas besoin donc de gaspiller du lait. Compris ?

— Compris.

Lessandre commandait comme s'il eût été le maître. Il disait « mes vaches ». Le coare, lui, observait tout sans rien dire. Maurice se remit à traire. Le lait venait bien et moussait dans le seau à l'appel de ses deux mains qui tiraient l'une après l'autre, avec les mêmes mouvements que les pistons d'une pompe. De temps en temps, elles envoyaient aussi une légère bourrade dans le pis, comme fait le veau avec sa tête. Il commençait à se sentir à l'aise sur son tabouret unijambiste. La joue collée au flanc chaud de l'animal, il entendait son cœur battre dans les profondeurs, derrière le souffle grondant tel un soufflet de forge. Merveilleuse créature ! Tout ce bruit, toute cette masse, toutes ces inventions du Dieu pantocrator pour que le lait pût jaillir et faire pchi

pchi au fond du seau. A la fin de la traite, il se réduisait à un fil, puis à quelques gouttes, puis se tarissait.

— Va vider ton seau dans une des gerles.

Elles attendaient au pied du tombereau, couvertes d'un linge blanc qui arrêtait les grosses impuretés. Dix fois, chaque trayeur vint pareillement y vider sa traite. Le coare tordit alors les linges-filtres pour récupérer le peu de lait dont ils étaient imbibés. Des couvercles de bois furent posés dessus. Grâce à une perche enfilée dans les anses, chacune fut hissée par deux hommes dans le véhicule. Le maître ne fit à Maurice ni compliment ni observation. Preuve qu'il était content de son travail. Ils revinrent de la « montagne », laissant le troupeau à la garde des deux vachers.

Alors, le maître entra dans ses fonctions de fromager. Sa ferme devint buron, car à cette altitude les bêtes n'avaient pas besoin de monter plus haut, elles se trouvaient à l'estive toute l'année. La fromagerie était adossée côté bise au corps d'habitation. Tenue propre par les femmes, avec ses dalles bien ajustées et les râteliers où reposaient les instruments de la fabrication. Avec sa cheminée inutile en cette saison. Et l'escalier de pierre qui descendait à la cave.

Bon ménager, Magne faisait sa présure lui-même en partant de la caillette, allongée en forme de bourse, du quatrième estomac d'un jeune veau pas encore sevré. Il la grattait au couteau pour enlever toute trace de lait, la rinçait, nouait d'un fil une de ses deux ouvertures, la gonflait comme un ballon de baudruche, nouait l'autre bouche, la suspendait au plafond, la laissait sécher une semaine. Il la découpait alors en filaments qu'il faisait macérer dans de l'eau salée enrichie de gaillet ou de toute autre plante présurante. Au bout de quelques jours, la liqueur était prête.

Le coare en versa une louchée dans chaque gerle. Puis il fit dessus un signe de croix pour éloigner les mauvais esprits et brassa doucement cette masse blanche. De nouveau, il recouvrit les récipients d'un linge immaculé pour arrêter les mouches et pour que la commutation du lait s'accomplît à l'abri des regards. En même temps, assis près d'eux, il fredonnait une traînante mélopée sur trois notes, un ronron qui favorisait la venue du caillé, comme une mère berce son nourrisson pour favoriser la venue du sommeil.

Quand le lait fut bien pris, l'homme empoigna une sorte de piston pareil à celui de la baratte, mais percé de larges ouvertures : la *menole*. Il le plongea dans la gerle, le remonta, l'enfonça en tous sens, émiettant soigneusement le caillé pour séparer le solide du liquide. Celui-ci, le mergue, est le breuvage quotidien des ouvriers, la nourriture des gorets ; mais c'est le poison du fromage. Il s'agissait donc de le bouter hors de la pâte par tous les moyens.

S'armant du *fréniaou*, une planche de sapin découpée en forme de gouvernail allongé, d'une largeur de main, auquel il imprimait un lent mouvement de rotation, le maître rassembla tous les éléments solides au milieu de la cuve. Ces brisures formèrent une sorte d'iceberg cylindrique flottant dans le petit-lait. Sous l'impulsion de la menole, ce corps s'agglutinait de mieux en mieux, tandis que le fromager le poussait dans les profondeurs. Enfin, tout le solide fut en bas, tout le liquide au-dessus. Magne le puisa avec le *pouget*, une espèce de louche dont la poignée montait du centre, verticale, telle la queue d'un toton. Le bras nu du coare plongea et replongea, jusqu'à ce qu'il ne restât que l'aggloméré.

Mais celui-ci était encore gorgé de mergue comme une éponge. Pour l'en débarrasser, l'homme le fractionna, l'enferma dans un sac de toile qu'il disposa sur la *selle*, une table basse à rebords et déversoir, assez semblable dans son profil à l'âne des batteurs de faux, sauf qu'elle se tenait sur quatre pieds au lieu de trois.

Jusque-là, le fromager avait travaillé des bras ; il retroussa ses braies et entreprit de travailler des genoux. Pour ce, il se jucha sur le sac, l'écrasant de tout son poids afin d'en chasser les dernières gouttes de mergue. De temps en temps, il fendait de son couteau la pâte blanche pour faciliter l'exsudation, puis de nouveau s'agenouillait sur elle. Ce qu'il en retira au terme de ces manœuvres méritait à présent de s'appeler *tomme* : elle est au fromage ce que l'enfant est à l'adulte.

Pour achever sa métamorphose, elle fut saupoudrée de sel broyé, installée dans un moule en bois couche par couche. Le salage est une opération capitale. Trop peu de sel, la fourme se gâterait et serait bonne à jeter au cimetière des charognes. Trop de sel la rendrait dure et piquante. Le sel mal réparti produirait des zones de couleurs et de goûts différents. Bien construite dans son moule, elle fut ensuite transportée sous l'énorme pierre du pressoir, lourde de plusieurs quintaux. Un madrier la souleva, puis la laissa redescendre doucement. De nouveau, le mergue suinta par les fissures.

Le lendemain, Magne démoulerait la fourme – mais il l'appelait la *pièce* –, la descendrait dans la cave aérée. Elle y mûrirait plusieurs mois dans la pénombre et la méditation.

Les soins du fromager ne s'arrêteraient pas là. Chaque jour, éclairé par un chaleil, il rendrait visite à ses meules, les tournerait, les retournerait, les humerait, les laverait, les raclerait, les bichonnerait. En attendant qu'elles fussent à point pour être transportées à Saint-Alyre-ès-Montagnes, où des affineurs venus de plusieurs villes viendraient les acheter. Chacune pesait dans les quarante kilos.

Inutile de dire que la fourme, à la Goupilière, c'était comme l'eau de la Couze. Il s'en trouvait toujours une entamée sur la table de la cuisine. N'importe qui, à tout moment, pouvait entrer, y découper une tranche. Et les ouvriers ne s'en privaient pas.

Comme ils faisaient à Combret, les deux frères se partagèrent donc le même lit. Celui-ci étant haut sur pattes, assez étroit, ils étaient pressés l'un contre l'autre. Sous eux, la paillasse remplie de feuilles de hêtre bruissait à chaque mouvement. Le long du mur opposite, Yrondel et Dentil occupaient de même le second lit. A peine couchés, ils se mirent à ronfler en duo, l'un produisant une note grave, l'autre une aiguë :

— Fuitt ! Groum !... Fuitt ! Groum !...

Tonin ne ronflait pas, mais il s'agitait, incommodé par la chaleur. Maurice n'arrivait pas à trouver le sommeil. Par la fenêtre restée ouverte, il voyait la lune toute ronde, y distinguait nettement Caïn portant un fagot pour l'éternité. Il entendit le roucoulement d'une tourterelle. Il ferma très fort les yeux, se commandant : « Ne pense à rien. Dors. » Mais il ne pouvait s'empêcher de songer au lendemain, lorsqu'il devrait affronter l'épreuve de la daille, en compagnie de ces hommes faits, plus résistants, plus expérimentés. Et si le coare ne voulait plus de lui au bout de quelques jours ? Il se sentait aussi ému que la veille du *saintificat*. Comme le sommeil ne venait toujours pas, il se fredonna très doucement la berceuse des dentellières :

Suon, suon, bènhe, bènhe, bènhe,
Suon, suoun, bènhe ker l'ifon...

Il revit la béate Marie Rampal et les jeunes mères qui balançaient du pied la *bressa* des nourrissons. Il revit Combret, sa mère, son père, sa sœur, son chien. Il sentit que ses yeux se mouillaient et les essuya avec le rude revers du drap.

Puis il s'aperçut qu'il flottait au-dessus de la Goupilière et qu'il volait vers les étoiles. En chemin, il rencontra la tourterelle.

— Alors, lui dit-elle, toi non plus tu n'arrives pas à dormir ?

Il ne répondit pas, craignant de bégayer car elle s'était exprimée en français, mais il secoua la tête. La tourterelle s'étonna :

— Est-ce que tu es muet ? demanda-t-elle.

Il fit un gros effort, réussit à proférer :

— S'il vous plaît, faites-moi parler en français le moins possible. Sinon, je bégaye.

Il s'aperçut avec stupeur qu'il n'avait pas bégayé.

Un tambourinement le réveilla. Quelqu'un, pardessous, cognait au plancher. Cela faisait le même bruit – selon ce qu'en disait l'instituteur de Venteuges – qu'au théâtre les trois coups annonçant le lever du rideau. Les quatre faucheurs sautèrent de leurs lits, enfilèrent leurs vêtements de travail, chaussèrent leurs sabots. Personne ne songeait à se débarbouiller ni se raser ; on attendrait pour cela le dimanche suivant. Le maître et sa famille étaient déjà dans la cuisine. Maurice remarqua dans un coin le bâton qui les avait réveillés. L'horloge marquait quatre heures et demie.

Les soupes furent avalées fumantes. Pain, fromage et mergue à volonté.

— Si vous voulez aller à l'étable, à votre aise, suggéra le coare.

On comprit bien ce qu'il voulait dire.

— Vas-y le premier, tu es le plus jeune, fit Dentil s'adressant à Maurice. Ne reste pas trop longtemps. Ne joue pas du violon.

Sous les poutres basses, faites de sapins entiers, l'étable était vide d'occupants. Excepté les mouches qui la remplissaient d'un zonzon continu. Les litières étaient de fougères sèches et de bourre, mauvaise herbe des lieux humides. Une rigole, dans le sens de la longueur, devait recueillir les bouses et le purin. Tout au fond, derrière un bat-flanc, la loge du cheval ; mais lui aussi couchait dehors en cette belle saison. L'odeur des litières montait au nez comme la moutarde.

Au sortir de l'étable, Maurice alla se laver les mains au déversoir de la fontaine, dont l'eau perdue irriguait les prés. Sur la « montagne », les bêtes buvaient à des *serves* que remplissaient des sources invisibles. Puis, comme il faisait chaque matin depuis qu'il était sorti de l'enfance, Poudevigne regarda le ciel : il promettait une belle journée, malgré une masse nuageuse qui enrobait les monts Dore. Un orage pouvait s'y former, qui se répandrait l'après-midi en quelques instants sur le Cézallier. La matinée du moins serait favorable à sa première démonstration de fauche. Les yeux de Maurice profitèrent de l'occasion pour se promener sur ces horizons nouveaux. A l'orient, la muraille grise, faiblement crénelée, du Forez, limitait l'Auvergne sans l'enfermer, comme une clôture trop basse. Au septentrion et au midi se dressaient les masses du Sancy et du Cantal, sur lesquelles s'attardaient, malgré l'été, quelques traces de neige, pareilles à celles du savon sur un visage d'homme au terme du rasage. Au couchant, les plateaux limousins fuyaient vers le lointain Océan. Mais tout autour de lui, c'était une mer, une houle verte, orgueil et richesse des éleveurs-fromagers.

— On y va, commanda le maître.

Tous les ouvriers le suivirent à la queue leu leu, emportant leur faux, leur pierre dans le coffin, le marteau, l'enclumette. La rosée mouillait les sabots. Pas un souffle de vent. Chaque herbe se tenait au garde-à-vous. Le coare donna le premier coup de daille : la fauchée tomba derrière la lame, franche et nette. Il en donna quatre autres, puis appela :

— Dentil !

Celui-ci, l'aîné des faucheurs, du même geste, entama la ligne suivante. Très foncée par le sommet, l'herbe apparaissait plus tendre, quasi jaunâtre, par le pied ; de sorte qu'une fois par terre elle formait des vaguelettes de deux nuances.

D'un âge difficile à définir, entre quarante-cinq et soixante ans, Dentil portait un béret de chasseur alpin dont il se servait aussi de temps en temps pour s'essuyer la figure. Sa chemise de chanvre, couleur isabelle, n'avait pas dû connaître la lessive depuis des années. Ses pantalons étaient faits de pièces et de morceaux cousus ensemble comme ceux d'Arlequin. Lorsqu'il sortait de ses sabots, on remarquait que ses pieds – si noirs qu'ils en paraissaient violets – étaient, par suite d'un long usage, couverts de *boussorles*, de bosses et de nœuds. C'était un vieux célibataire qui exerçait à Blesle la profession de terrassier, mais qui, pour oublier un peu la pioche, prenait sa daille et montait chaque année à la Goupilière pour deux mois d'estive. Par déférence pour son âge, monsieur Magne le plaçait immédiatement après lui.

Vint ensuite le tour d'Yrondel, originaire d'Espalem, sur le plateau qui domine l'Alagnon. Un garçon dans la force de l'âge. Ses belles moustaches aux pointes relevées lui donnaient un air parisien. Effectivement, il avait travaillé quelques années dans la capitale comme agent de voirie. Il était revenu dans la Haute-Bique, expliquant que là-bas « ça manquait vraiment trop de vaches ».

— Antonin Poudevigne ! appela le maître.

Tonin jeta un regard à son cadet, ne crains rien, ton tour va venir, et il attaqua la muraille d'herbe.

Le tour de Maurice vint en effet :

— A présent, le petit !

Quelle chose insupportable de toujours s'entendre traiter de petit alors qu'on se sait moyen ! Il saisit bien les manettes, lança son premier coup de faux, l'herbe tomba en produisant son bruit d'étoffe froissée. Dès lors, il eut à cœur de rester bien à sa place de cinquième, de n'en coucher ni plus ni moins que ses devanciers. Ayant atteint l'extrémité de la ligne, le maître revint au commencement, observant d'un œil aigu les gestes de ses hommes. Le jeune Poudevigne sentait que ses bras et ses jambes œuvraient en parfait accord, formant une bonne mécanique. Il avançait de côté, comme les crabes, dit-on. Chaque pas latéral était suivi d'une large coupe. Le coare parut satisfait et, abandonnant les quatre faucheurs à leur besogne, il partit s'occuper de ses fromages.

Dentil prit alors le commandement. Au terme de chaque ligne, c'est lui qui donnait le signal de l'affûtage. Chacun se redressait, élevait sa lame vers le ciel, l'essuyait de la main, tirait la pierre humide de la *coudeyro*, la passait à longs gestes sur le tranchant. Les quatre faux chantaient ensemble, produisant une musique qui excitait les alouettes. On les entendait répondre au milieu du ciel :

— Jésus-Christ !... Jésus-Christ !... Jésus-Christ !...

En principe, douze mouvements devaient suffire pour raviver les fils. Au douzième, Dentil s'arrêtait, imité par les autres, replongeait sa pierre dans le foin mouillé du coffin. Et le travail repartait.

L'herbe use l'acier. Le tendre ronge le dur. « Donne-moi du temps, dit la goutte d'eau à la pierre, et je te perce. » Après plusieurs affûtages, il fallait battre les lames. Les Auvergnats du Cézallier n'emploient pas l'âne de bois pour s'asseoir dessus comme font les Gévaudanais et les Cantaliens. Ils posent leur derrière à même la pelouse, plantent l'enclumette dans le sol entre leurs genoux, se courbent sur la lame et les marteaux se mettent en mouvement. On dit « bête comme un marteau de daille ». Malgré cette mauvaise réputation, ils tombent juste où il faut pour amincir et allonger le métal. Chaque batteur a sa frappe personnelle : par petits coups légers, ou bien par cognements forts mais espacés.

Après le quart d'heure nécessaire à cette besogne, les faucheurs se relevaient, frottaient encore la lame avec la pierre pour enlever le morfil, et Dentil donnait le signal de la reprise.

Ils reconnurent qu'il était midi aux réclamations de leur estomac, à la hauteur du soleil dans le ciel et à l'arrivée de madame Magne et de son panier. Ils besognaient depuis plus de six heures. La sueur leur inondait la figure et le cou. Chacun s'essuya, de la manche ou du béret. Ils se rassemblèrent en bordure de la prairie, en plein soleil, car pas un seul arbre n'osait pousser sur ce plateau. La patronne étendit sur l'herbe une nappe blanche, y disposa les nourritures, pain, côtelettes salées, pommes de terre bouillies, œufs durs, fromage. Et aussi des gobelets de fer-blanc et un bidon de petit-lait. Elle découpa les parts, chacun prit la sienne, les mâchoires se mirent en mouvement.

Certains mangeaient les pommes de terre dans leur peau ; les délicats prenaient la peine de les fendre avec l'ongle et de les peler. La fourme était un peu jeunette et manquait de saveur ; mais elle bourrait bien. Le mergue, au sortir de la cave, rafraîchissait ; on le buvait avec plus d'agrément que l'eau de source, qu'il fallait laper comme les chiens. Quand tout fut débarrassé, la patronne ramassa les débris et les gobelets, et regagna la Goupilière avec son panier léger.

Ils avaient droit à une heure de sieste. A l'ombre des chapeaux. L'un dormait sur le ventre. L'autre sur le dos, les bras ouverts, la bouche béante, comme crucifié. Le troisième ronflait. Le quatrième appela vainement le sommeil...

Un coup de tonnerre les réveilla. Les nuages gris du matin étaient devenus pareils à un troupeau d'ânesses noires et envahissaient le reste du ciel.

— Qu'est-ce qu'on fait ?

La réponse vint d'en haut, les premières gouttes commençaient de tomber. Ils ramassèrent leurs cliques et leurs claques, ce fut un sauve-qui-peut en direction de la borie. L'averse les atteignit en chemin, ils arrivèrent trempés comme des soupes.

— C'est grand dommage, fit Dentil, le foin était déjà demi-sec.

— Celui qui le mouille, répondit le maître, saura bien le sécher.

A cette altitude, la température tombe vite dès que le soleil se cache. Madame Magne avait allumé un grand feu dans la cheminée auquel les faucheurs vinrent présenter leur devant et leur derrière. En temps normal, on laissait la porte grande ouverte, y disposant seulement le clédou contre l'invasion des poules. Mais comme celui-ci n'arrêtait point la pluie, il fallut l'écarter et pousser le battant de chêne épais. Les vachers arrivèrent aussi de la montagne. Si bien que toute la maisonnée se trouva réunie, sans autre chose à faire qu'à écouter en se séchant la grêle crépiter sur les lauzes. Car, comme le dit bien le vieux Dentil, à présent il tombait « des pierres ».

— Mes bêtes ! s'écria Lessandre. Mes pauvres bêtes !

Magne haussa les épaules, il connaissait les vaches rouges, leur capacité de résister à tous les temps. Dans ces circonstances, les veaux se blottissaient sous le ventre des mères. La seule chose à craindre était la foudre. A ses décharges d'artillerie, la maison frémissait de la tête au pied. Par précaution, la patronne décrocha un brin de buis qui ornait le crucifix, s'en signa, le fit brûler en remuant les lèvres.

Par la fenêtre, on pouvait voir un rideau blanc, opaque ; bientôt tout le paysage se trouva comme enneigé. Personne n'avait le courage de parler, mais chacun pensait à sa façon. « Je vous salue, Marie, pleine de grâces... », pensait madame Magne sous son serre-malice. « Mon inauguration est drôlement bénie », pensait Maurice. « Faut être complètement fou, pour vivre toute l'année sur le Cézallier », pensait Yrondel. « Aïe ! aïe ! aïe ! » pensaient les chiens en grelottant de terreur sous la table. « Saint Roch, saint Antoine, protégez mes vaches ! » pensait Lessandre. « Tu peux me secouer tant que tu voudras, tu ne me mettras point par terre ! » pensait la borie. Magne regardait l'horloge, dont il semblait compter les balancements.

Au bout de la table couverte de linges, la servante Félistine faisait mine de ravauder ; mais à chaque pétard de l'orage, elle fermait les yeux, ses doigts se crispaient sur l'aiguille. Maurice eut pitié de sa frayeur. Comme lui, elle se trouvait ici pour gagner son pain et un peu celui de sa famille. Ils étaient deux misérables, deux oiseaux contraints de quitter le nid avant le temps. Ses longs cheveux châtains seraient tombés sur ses épaules s'ils n'avaient été retenus derrière la nuque par un ruban de velours. Courbée sur son ouvrage, le menton serré contre le cou, elle semblait vouloir disparaître dans son caraco de toile bise. Elle sentit le regard de Maurice posé sur elle. Ses paupières se levèrent un moment, découvrant des prunelles vertes ; puis, très vite, elles retombèrent.

Enfin les coups de tonnerre se firent plus lointains. La grêle s'arrêta soudain, laissant la place à un peu de pluie qui ne dura guère. Le coare osa ouvrir la porte sur la campagne toute blanche. Certains grêlons avaient la grosseur d'un œuf. Dans le jardin, les salades, les pommes de terre, les carottes, le persil avaient été hachés menu. On ne pouvait rien faire qu'attendre la fonte de ces pierres de glace. Lessandre courut vers la montagne pour voir comment ses vaches avaient supporté l'orage. Les quatre faucheurs scièrent et fendirent du bois dans le bûcher.

Soudain le soleil reparut. La campagne fumait comme une lessive. Les grêlons fondirent, l'herbe recommença de sécher. Les alouettes remontèrent dans le ciel en criant de joie. La traite du soir remplit deux gerles de moins que d'habitude.

— L'orage m'aura coûté deux pièces, constata le maître.

Au souper, après l'eau bouillie, il y eut deux saladiers de caillée. Chaque convive y puisait ses cuillerées, qu'il accompagnait avec des bouchées de pain.

Car c'était une habitude, en Auvergne, de manger du pain avec tout, même avec la pomme, même avec les cerises quand on en avait. Assis en face de Dentil, Maurice regardait le vieux faucheur mâcher son pain et sa caillée avec conscience, de ses gencives édentées ; dans ces mastications, le nez et le menton arrivaient à se toucher. Mais de temps en temps, ses regards lui échappaient : ils filaient vers les mains, les bras, les yeux verts, les cheveux châtains de Félistine.

— Nos ancêtres, expliquait l'instituteur de Venteuges, étaient de deux espèces. Les Ibéro-Ligures, premiers habitants du pays, petits, bruns, râblés, le teint mat, les yeux noirs, les sourcils broussailleux dans leur âge adulte. Les Celtes ou Gaulois, des envahisseurs, plus grands, plus élancés, le poil et les yeux clairs ; ils repoussèrent les précédents vers les montagnes. Maintenant, examinez-vous les uns les autres et cherchez à définir si vous êtes des Ibéro-Ligures ou bien des Gaulois.

Maurice se sentit ibéro-ligure. La jeune Félistine, aussi grande que lui, peut-être davantage, était une Gauloise, une envahisseuse. Il eût aimé se plonger dans ses yeux pâles, ses yeux de chatte ; mais il n'arrivait guère à les atteindre ; elle les tournait rarement vers lui. Sans doute le considérait-elle aussi comme un gamin sans importance, bien qu'il eût exactement son âge. Seule fille au milieu de tous ces hommes, elle songeait d'ailleurs à bien faire sa besogne et non point à regarder qui que ce fût.

Employée principalement à la cuisine et à la couture, elle ne répugnait point aux besognes malpropres. Retroussant les manches, elle enfonçait ses bras adorables dans l'auge des cochons pour pétrir leur pâtée. Elle lavait la vaisselle dans la souillarde. Elle montait au premier étage la soupe de la grand-mère paralytique, la débarbouillait, vidait son pot de chambre. Elle courait après les chiens étrangers, ses sabots faisaient plicaplac. Elle battait l'air de ses bras comme si elle eût été sur le point de s'envoler.

— Demain, dit le coare après souper, on recommence la fauche. A la même heure. Vous pouvez aller dormir.

Les quatre hommes sortirent devant la porte. On entendait encore, très loin, des grommellements de tonnerre, accompagnés de brefs flamboiements, comme d'un incendie en train de mourir ; mais au couchant, le ciel était bien dégagé.

— Nous aurons une bonne journée, prédit Dentil, qui n'avait de dents que dans son nom.

Là-dessus, trois prirent le chemin de la chambre. Maurice ne suivit pas.

— Viens-tu ? demanda son frère.

— J'arrive.

Il éprouvait le besoin de rester un peu seul pour regarder le ciel. Lorsqu'il était petit, sa mère aimait, les soirs d'été, s'asseoir devant la porte de la ferme, le prendre sur ses genoux, lui expliquer les étoiles. Elle leur donnait des noms qui ne figurent pas dans les mappemondes : la Poule et les Poussins, la Chouette, la Sauterelle, le Bouc, les Quatre Agneaux, le Lézard, la Louve. Toute une animalerie en train de brouter les pâtures du ciel. Elle prétendait même qu'en cette saison ces bêtes grosses ou petites produisaient des naissances comme fait la truie ; que celles qu'on voyait tomber étaient des bébés étoiles échappés de leurs berceaux et qui, par malheur, n'y retourneraient pas et se perdraient au milieu des mondes.

Ce soir-là, devant la Goupilière, Maurice regarda le ciel tendrement. Et il le vit parcouru de plusieurs bébés étoiles. Jusqu'au moment où son frère cria de la fenêtre :

— Tu veux peut-être dormir dehors ?

Alors il rentra. Il trouva Félistine en train de peler des pommes de terre qu'elle déposait dans une bassine. Elle fit celle qui ne le voyait pas.

— ... soir ! dit-il.

— ... soir ! répondit-elle sans lever le front ; gardant pour les patates son regard vert.

Comme la veille, le gourdin du coare les réveilla à travers le plancher.

A cause du temps orageux, Maurice avait transpiré toute la nuit. En se levant, il se sentit crasseux de la tête aux pieds. Il se serait bien jeté dans l'abreuvoir – il s'appelait ici *abiouradou* et non pas « bédouire » comme à Combret –, qui, en ces mois d'estive, n'abreuvait personne puisque les bêtes étaient à la montagne ; mais ce n'était point l'usage de la maison.

— Ça me gratte, confia-t-il à son frère. Je me laverais bien.

— On fera ça dimanche.

Ils mangèrent la soupe, puis reprirent leurs outils, emportant des râteaux pour le cas où... Malgré le déluge de la veille, les andains étaient secs en surface. Il ne restait qu'à les retourner. Sous la conduite de Dentil, ils se remirent à la fauche. Et tout se passa comme il fallait. L'herbe tombait à plaisir. La daille de Maurice suivait bien l'exemple des autres, même si elle se trouvait en dernière position. Sur son large chapeau de paille, il sentait tomber le feu du ciel. On battit les lames. D'autres faucheurs au loin faisaient de même, du côté de Chaussidouze, et ce cliquetis serré ressemblait au chant des grillons.

A midi, qui donc apporta le panier ? Ni plus ni moins que la jeune Félistine. La patronne n'avait pas craint d'envoyer cette agnelle vers un troupeau de loups. Le fait est qu'Yrondel le Parisien la considérait avec des yeux luisants ; qu'il se serait bien volontiers jeté sur elle sans la présence de ses camarades. Il se contenta de lui débiter des fadaises :

— Aïe ! aïe ! aïe ! C'que t'es jolie, ma cousine ! Tu le fais par esqueprès ou c'est naturel ?

Et elle, rouge de colère plus que de plaisir :

— Taisez-vous donc ! Vous n'êtes pas mon cousin !

Un regard de Dentil arrêta l'audace d'Yrondel. Il se contenta de lever un pouce en l'air pour signifier, comme on fait à l'école, que le jeu était fini. Il n'empêche que ses regards continuaient de la parcourir, depuis le haut jusques au bas, s'attardaient sur les rondeurs de ses « estomacs ». Maurice assistait à cette fouille, le cœur serré.

Après le dîner, elle emporta son panier, ses creux et ses bosses. Les hommes firent la sieste.

— On va retourner l'herbe, fit Dentil lorsqu'ils se réveillèrent.

Chacun prit son râteau à vingt-quatre dents, et en avant la musique. Toute la surface y passa, aussi bien le foin d'avant la grêle que celui d'après. L'odeur en était si épaisse qu'elle provoquait des troubles de la vue. Parfois, Maurice fermait les yeux et fanait un moment à l'aveuglette. Il n'était pas question de reprendre les dailles. On se contenta de les battre et de les frotter à la pierre pour qu'elles fussent prêtes le lendemain. On les dissimula sous le foin retourné et l'on revint à la Goupilière, les bras ballants.

Ils fauchèrent deux jours et fanèrent le troisième, par un temps extrêmement favorable. Le char à foin de monsieur Magne présentait des différences avec ceux de la Margeride. Les côtés en étaient verticaux, non pas obliques, composés de longues traverses horizontales appelées *tavelles*, retenues à chaque extrémité par des montants en col de cygne, hauts seulement de deux coudées. Une longue perche comprimait aussi le chargement, non point serrée par un treuil, mais par des mâts crantés. Dans l'ensemble, moins élevés et moins lourds, les chars au Cézallier risquaient moins la culbute.

La fenière de la Goupilière avait la hauteur d'une cathédrale. Elle contenait bien trois cents *charrées* qu'il fallait piétiner, hisser jusqu'à la toiture.

Les pelouses fauchées paraissaient un peu pâles. Mais bientôt l'air et le soleil leur rendirent de la couleur, elles redevinrent des tapis verts qui donnaient envie de se coucher dessus, d'y « *virer la coupetinle* », comme on disait à Combret, d'y jouer au tonneau depuis la cime jusqu'au fond en fermant les yeux pour ne pas voir tourbillonner le ciel et la terre.

Un jour, sur le coup de midi, en présence de la jeune Gauloise, sans demander la permission à Dentil, les deux frères ne purent résister à la tentation. Ils partirent de la crête sans chapeau et se laissèrent rouler sous les yeux ébahis et les rires des autres faucheurs et faneurs. Quand ils furent remontés :

— Tu devrais aussi, suggéra Tonin à Félistine, virer la coupetinle avec nous.

— Chiche !

Elle attacha bien ses jupes autour de ses chevilles avec des épingles de nourrice. Et la voilà qui roule, qui roule, qui roule en même temps que les deux frères. L'instant d'après, Dentil et Yrondel firent de même.

Maurice et Félistine n'avaient pas eu l'occasion d'échanger quatre mots lorsque, un matin, madame Magne demanda au garçon de l'aider à butter les pommes de terre. C'est-à-dire à corriger les dégâts commis par l'orage. Le voici donc avec sa pioche en compagnie de la patronne et de la servante. Le jardin était en pente, la pluie avait entraîné la terre vers le fond et raviné les lignes. Beaucoup de ramures, brisées, jonchaient le sol. Il s'agissait de la remonter, de l'amonceler autour des plants. Une besogne qu'il avait souvent faite à Combret. A pleines brouettées, il la ramena vers ses points de départ. Les deux piocheuses la plaçaient ensuite aux bons endroits.

— Tu es aussi un bon terrassier, dit la patronne.

— Vous croyez, demanda la jeune Gauloise, désignant les fanes hachées, que les *trifoles* vont encore grossir ?

— Va savoir. C'est comme Dieu voudra.

Pour une fois, la servante tourna ses yeux verts du côté de Maurice, étonnée peut-être de son silence. Il eût aimé répéter les paroles du curé Touche-Bœuf au catéchisme : « Dieu est responsable de tout, du bien comme du mal. Nous devons faire notre possible pour éviter l'un et prendre l'autre... Tu gagneras ton pain et tes trifoles à la sueur de ton front. Dieu nous y a condamnés par suite du péché originel. » Il se contenta de prononcer deux syllabes stupides :

— Fait chaud.

Un âne en aurait dit autant.

Ils continuèrent de gratter la terre. A la sueur de leur front, selon les ordres de Dieu. La glèbe grasse collait à leurs fers et à leurs sabots. Les tiges redressées reprenaient un peu de maintien.

Et puis, Maurice vit quelque chose de brillant. Il le ramassa, le débarbouilla dans l'herbe.

— Qu'est-ce que c'est ? demanda madame Magne.

— Une croix.

Il la présenta dans le creux de sa paume. Une petite croix de chapelet. Qui donc était venu dire son chapelet dans ce jardin et y perdre sa croix ? La patronne l'examina bien, la tournant, la retournant, pour conclure :

— Elle est à toi, puisque tu l'as trouvée.

— Merci.

— Tu n'as pas à me remercier, ce n'est pas un cadeau que je te fais.

Félistine aussi s'était penchée sur sa main. Curieuse comme une chatte blanche. Une croix sans christ, d'argent ou de fer-blanc, car elle brillait. Il la lui tendit :

— Je vous la donne.

— A moi ?

— Ben oui.

Elle éclata de rire :

— Grosse bête ! Il faut me dire *tu* ! Nous avons le même âge. Tu me la donnes, vraiment ?

— Pour sûr.

Elle rit encore. Ses dents étaient une splendeur. Elle vint à lui, l'embrassa sur une joue. C'était mieux qu'un simple merci. Elle dut un peu se baisser ; mais sans doute était-ce un effet de la pente, elle en haut, lui en bas.

Ils se remirent à houer. Un peu plus tard, la patronne leur dit de poursuivre sans elle, car elle devait aller préparer les soupes. Ils restèrent seuls dans la *trifolière*. La petite ahanait, soupirait. Soudain, il lui arracha l'outil des mains, entreprit de butter à sa place, avec une telle ardeur qu'un bagnard de Cayenne, sous les coups de fouet, n'aurait pas fait davantage. Elle parut bien aise de ce secours.

Le lendemain, lorsqu'il eut l'occasion de la revoir, il remarqua qu'elle portait au cou la petite croix, retenue par un collier de fil blanc. Dès lors, il constata que ses yeux le fuyaient moins ; qu'elle lui adressait même, de temps en temps, un commencement de sourire.

Un qui la regardait aussi beaucoup : Yrondel le Parisien. A vrai dire, il la mangeait des yeux, lui qui, par l'âge, aurait pu être son père. Il lui arrivait même lorsque, à table, elle lui servait le bouillon, de laisser sa grosse patte se promener en cachette sur ses rondeurs. Elle faisait un écart pour lui échapper ; mais comme elle était retenue par la marmite, il avait tout loisir d'en prendre plein la main.

Elle dut se plaindre à madame Magne, qui la déchargea de cette besogne.

Et les jours succédaient aux jours. Le dimanche matin, grande séance de débarbouillage dans l'abreuvoir. Tonin et Maurice se rasaient les quelques poils qu'ils avaient sous le nez et au menton, malgré l'ironie du Parisien :

— Qui rase un œuf rase un bœuf.

Dentil et Yrondel se raccourcissaient la tignasse réciproquement, avec les ciseaux de la patronne. L'édenté se rognait au couteau les ongles des mains et des pieds. Les quatre faucheurs revêtaient leurs meilleures hardes et ils allaient à Saint-Alyre avec Anasthaise, le fils aîné, derrière la charrette du patron. Elle transportait monsieur et madame Magne, leurs deux plus jeunes, et un chargement de fourmes demi-mûres. Lessandre restait seul, là-haut, sur la montagne, au milieu du troupeau. Comme Parpalhou le berger de Venteuges, il ne se lavait que lorsqu'il recevait l'orage. Tous les mois, cependant, il descendait se faire raser. Son rasoir l'attendait à la Goupilière, c'est le coare en personne qui procédait à l'opération. Quand le poil était fauché, la peau paraissait dessous toute blanche, entourée de zones cuivrées. Félistine restait à la borie pour veiller sur la grand-mère.

Saint-Alyre-ès-Montagnes est un village composé pour l'essentiel d'une église basse, trapue, propre à résister aux tempêtes, de deux maisons et d'un cimetière ; le tout juché sur une hauteur escarpée, brûlée par le soleil, fouaillée par les vents. Au pied de la montagne, quelques maisons s'échelonnent le long de la Couze d'Ardes, un bistrot-bureau de tabac, un ancien couvent, une agence postale, une épicerie.

C'est là que les fourmes se vendaient et s'achetaient. Les affineurs enfonçaient dedans des mèches, en retiraient des échantillons qu'ils dénigraient suivant l'usage des marchés :

— Celle-ci, vous l'avez salée deux fois... Cette autre a pris un coup d'échauffure... En voici une un peu jeunette...

— Donnez-lui du temps, répondait le coare, et vous verrez comme elle saura prendre de l'esprit.

C'est-à-dire de la maturité, comme chez les hommes. En fait, l'esprit du cantal (car la Goupilière produisait cette sorte de fromage bien qu'elle fût située hors du département homonyme, mais à peu de distance) résidait dans sa vigoureuse saveur, où l'amateur averti retrouvait l'amertume des gentianes, la rudesse du climat, la vitalité de l'herbe.

Pendant ce temps, sur la hauteur, madame Magne et ses deux jeunes fils allaient entendre messe, tandis que les faucheurs entraient au bistrot, où chacun se devait de payer chopine. Cela faisait deux litres à partager entre quatre. Chacun buvait selon sa capacité ; mais celle du Parisien semblait dépourvue de fond. Après la messe et le marché, le coare chargeait tout le monde dans sa voiture s'il avait bien vendu ses pièces. Quand il en restait une ou deux, Yrondel choisissait la plus grosse, s'y asseyait et s'arrangeait pour péter dessus, en disant que ça lui donnerait du goût, qu'elle se vendrait mieux la prochaine fois. Ils regagnaient ainsi la Goupilière.

Mais ils pouvaient aussi emporter leur manger et disposer de tout l'après-midi. Dans ce cas, ils préféraient monter jusqu'à la Cabane, où ils passaient des heures à jouer aux quilles en terrain plat devant l'auberge Thelliet. Elles étaient neuf, plantées en quinconce par un gamin à sept mètres de distance. Il fallait en renverser le plus possible d'un seul jet. La boule avait la grosseur d'une tête humaine, avec deux orbites dans lesquelles on enfonçait les doigts. On avait droit à un élan de trois pas. Elle s'envolait, cognait la planche d'appel et *paf !* les quilles giclaient de tous les côtés, la boule s'arrêtait contre le butoir. Le gamin la ramassait, la renvoyait, relevait les quilles. Avant chaque partie, les joueurs laissaient tomber une mise de deux sous en bordure du terrain. Le vainqueur raflait le tout, mais abandonnait un sou au renvoyeur de boule. Maurice apprit tous les manèges des *quilleurs*, les cris de joie, les éclats de rire, les malédictions. Par chance ou par adresse, il gagnait quelquefois.

Pour se reposer de leurs efforts, ils pouvaient entrer dans la salle et jouer aux dominos. Yrondel n'aimait pas perdre et il jurait le nom de Dieu chaque fois qu'il devait « aller à la pêche ». Vers cinq heures, ils reprenaient le chemin de la Goupilière où ils arrivaient frais comme l'œil pour procéder à la traite du soir.

Après Notre-Dame d'août débarquèrent les arracheurs de gentianes. Avec l'accord du maître, ils se répandirent sur les pâtures de la montagne déjà tondues où ces plantes orgueilleuses dressaient leurs hautes tiges chargées de calices d'or. Les gentianiers venaient du Cantal. Là existent des distilleries qui en font une liqueur apéritive délicieusement amère. Monsieur Magne n'exigeait d'eux aucune redevance, car ils débarrassaient le terrain de ces végétaux que les vaches détestent. A seule charge pour eux de bien remettre en place les mottes remuées. Ils étaient armés d'une pioche à deux têtes, aussi énorme que l'arc d'Ulysse, dont une pointe se terminait en crochet. Un manche de frêne renforcé par deux jambes de fer, pratiquement incassable. C'est que la gentiane va puiser ses sucs jusqu'à un mètre dans le sol. Reste à extirper ses précieuses racines. Le gentianier élève très haut la pioche au-dessus de lui, vise à un empan autour du pied de la plante, l'abaisse avec un *han !* de toute la poitrine. Si elle a pénétré profondément, il saisit d'une main le crochet de la tête extérieure, tire de tous ses muscles sur le bout du manche, pousse de même sur le crochet. La grappe souterraine émerge. L'homme la secoue, tranche au couteau les tiges vertes, dont quelques-unes serviront à faire des flûtiaux, éparpille sur l'herbe les racines torses et retorses pour les faire sécher.

A la fin de leur campagne, la prairie était toute couverte de ces sarments. Les gentianiers les liaient en fagots. Quelques jours plus tard, les chars des distillateurs venaient les prendre. En remerciement, ils donnaient à monsieur Magne quelques bouteilles de liqueur. Marque Vercingétorix.

Pendant ces deux mois de sa première estive, Maurice voyait Félistine aussi souvent qu'il voyait le soleil. Quand elle fanait près de lui, elle sentait son regard posé sur elle comme une mouche ; cela lui procurait à la fois rougeur et agacement. Il leur arrivait même de se frôler, de la main, du coude, de la hanche. Elle n'évitait ni ne recherchait ces contacts. Parfois, elle condescendait à esquisser un sourire.

Certaines nuits, il rêvait d'elle. Chastement. Ils viraient la coupetinle sur une pente infinie. Ou bien, se tenant par la main, ils montaient vers la crête de Chaussidouze. Il y avait là-haut deux arbres qui s'embrassaient, deux sorbiers. On les appelait les « galants », les fiancés. Poussés trop près l'un de l'autre, leurs troncs avaient crû de compagnie, leurs branches s'entremêlaient, les écureuils sautaient du premier au second, du second au premier. Maurice et Félistine contemplaient cette amitié végétale, leurs mains unies. Et puis rien. Rien du tout. Le rêve s'achevait sans conclusion.

Il aurait bien aimé lui parler ; mais rien qu'à cette idée les mots français se brouillaient dans sa tête. Aucune fille au monde ne voudrait jamais d'un amoureux bègue. Alors il se taisait. Il lui parlait seulement des yeux. Le comprenait-elle ?

En revanche, Yrondel, lui, savait bien s'expliquer. A chaque instant, malgré ses protestations, il l'appelait « cousine ».

— Tu as les yeux gonflés, ce matin, ma cousinette. Est-ce que tu n'as pas bien dormi ? Ce soir, si tu veux, je te bercerai.

Elle haussait les épaules, lui tournait le dos, ce qui ne le fâchait aucunement, car il semblait l'apprécier aussi par-derrière. Il l'aurait volontiers pourchassée dans l'étable, dans le poulailler, au jardin ; mais elle se méfiait, elle criait à la patronne :

— Je vais au poulailler. J'emmène Philippe.

Un des petits Magne l'accompagnait donc, le Parisien n'osait rien faire. Une fois qu'il la surprit seule dans la soue, elle s'arrangea pour qu'il y eût entre elle et lui plusieurs cochons. Maurice voyait avec rage ces entreprises contre lesquelles il ne pouvait rien. Il eût aimé tuer Yrondel.

Le contrat des quatre saisonniers devait se terminer le 24 août. Le 22, monsieur Magne les emmena à Brion où il allait proposer une vingtaine de veaux.

— C'est la plus grande foire aux bestiaux de France, annonça-t-il.

A cette occasion, il endossa son costume de ville à trois pièces. Coiffa son panama. Chaussa des bottines. C'était un quinquagénaire de taille moyenne, d'air majestueux. Il s'appelait Alexis, mais personne n'entendait jamais ce prénom dans la ferme. Parlant de lui, sa femme disait « le patron », les ouvriers « le maître » ou « le coare ». Lorsqu'elle s'adressait à lui, elle disait « Magne » :

— Magne, la prochaine fois que vous descendrez à Saint-Alyre, vous m'achèterez des aiguilles... Magne, attendez que j'essuie le banc avant de vous asseoir...

Les veaux furent entassés dans deux chars à foin dont les fonds avaient été couverts de planches. Ils passaient le mufle entre les tavelles et appelaient leurs mères. Chacun était marqué sur le flanc d'un M majuscule à la teinture bleue. Le convoi se mit en route au milieu de la nuit afin d'arriver à la pique du jour. Le foirail se tenait sur un plateau élevé que dominait une épaule de rocher appelée la Motte. Jadis se tenait dessus un château fort dont il ne restait rien. L'éminence était aussi creusée de quelques grottes, les *tras*, qu'habitaient les anciens bergers, fermées par des branchages. De temps en temps, ils changeaient de domicile en poussant ailleurs leurs troupeaux.

Les hommes, les voitures, les bêtes, arrivaient ce 22 août de toutes parts. De sa vie Maurice n'avait vu un tel rassemblement. Ils déchargèrent les veaux ; des gardes champêtres indiquèrent où ils devaient les parquer. Cette foire était une merveille d'organisation. Les vaches rouges étaient toutes ensemble, bien alignées ; de même les blondes ; de même les bigarrées. On eût dit des régiments sur un champ de manœuvre, aux ordres de leurs colonels. Des gendarmes à cheval, sous leurs bicornes, surveillaient le tout. On ne pesait pas les bêtes ; elles étaient évaluées à l'œil et au toucher. Maurice n'assista à aucun de ces interminables marchandages qui se déroulaient à Saugues. Ici, tant de viande s'offrait à la vente que les acheteurs avaient beau jeu de fixer seuls les cours.

En bordure du foirail, des cabanes-buvettes débitaient à boire et à manger. Des soupes puisées dans de grands chaudrons, du jambon, du saucisson, du lard. Du gros vin rouge de Limagne. On entendait tous les patois de la chrétienté, quelquefois même le français. Les maquignons sortaient leurs calepins et leurs gros portefeuilles lorsque les mains avaient frappé la patche.

Le reflux du bétail commença dès deux heures d'après-dîner. Tous les veaux marqués d'un M bleu avaient été vendus. Content de sa foire, le maître offrit le casse-croûte à ses quatre saisonniers. Puis ils reprirent le chemin de la Goupilière.

Arriva le 24 août. Les faucheurs firent leurs baluchons, enveloppèrent leurs lames et se tinrent prêts au départ. Le coare versa son dû à chacun. Antonin reçut les soixante francs convenus pour lui-même et son frère, douze écus blancs qu'il enferma dans leur bourse commune. Il y eut dans la cuisine une fête d'adieu. L'hôte d'honneur en fut un coq au vin. Personne n'avait vraiment envie de rire. Surtout pas Maurice qui, à l'idée de perdre Félistine, se sentait le cœur gonflé de larmes retenues. Et voilà-t-il pas qu'Yrondel, le plus joyeux de tous, proposa d'en chanter une ? Il se leva et débita une chanson qu'il avait ramassée dans les cafés de la capitale :

Froufrou, froufrou !
Par son jupon, la femme
Froufrou, froufrou !
De l'homme trouble l'âme.
Froufrou, froufrou
Certainement, la femme
Séduit surtout
Par son gentil froufrou.

Les autres n'auraient pas compris grand-chose à ces minauderies si le Parisien ne les avait accompagnées de clins d'œil, de sourires, de gestes canailles. Mais l'air joli fit passer les paroles. Yrondel fut applaudi. Vint le tour de Dentil qui chanta une bourrée patoise. Tonin prétendit qu'il ne connaissait que des cantiques, qui n'étaient pas de mise. Madame Magne assura que ses chants s'étaient

« tournés en prés ». Le coare chanta *Les Maçons de la Creuse*. D'une jolie voix qui tremblait un peu, Félistine servit *Connais-tu l'amour ?*

Personne ne demandait rien à Maurice, à cause de sa timidité et de son bégaiement. Ce fut Tonin qui l'annonça :

— Mon frère sait chanter.

Félistine lui sourit, l'enveloppa de son regard vert. Il osa se lever et, dans un silence stupéfait, il débita sans trébucher *On n'oublie pas*, la chanson scandaleuse que madame Armilhon lui avait apprise à Venteuges :

On peut oublier une injure,
Les outrages qu'on a reçus.
On oubliera, la chose est sûre,
Son parapluie, son pardessus,
Ses gants, la clé dans la serrure.
On se trompe d'heure et de jour.
On n'oublie pas le premier amour.

Comme déjà le public battait des mains, Antonin l'avertit :

— Attendez le second couplet.

On oublie bien souvent de suivre
Les commandements du curé.
On peut se divertir, et vivre
Comme si tout devait durer.
On titube tel un homme ivre
Dans ce voyage sans retour.
On n'oublie pas le premier amour.

Même erreur, même jeu :
— Il y en a un troisième.

Le tyran oublie sa colère,
Le riche oublie son capital,
Le misérable sa misère.
Le juste oublie son idéal
Et le bien qu'il aurait pu faire
S'il n'avait cherché un détour.
On n'oublie pas le premier amour.

— C'est tout, dit Antonin.

Ce fut une explosion, un applaudissement à faire vibrer les casseroles. Maurice avait chanté ses trois couplets sans quitter des yeux Félistine. La jeune Gauloise aussi battait des mains. Mais aucun adulte ne voulut croire que la chanson lui fût spécialement dédiée. L'un et l'autre étaient bien trop jeunes pour avoir de tels sentiments. Lui-même se rassit sans ajouter un mot.

Après la fête et le festin, il fallut se dire au revoir. La charrette et le cheval attendaient dans la cour. Embrassades. Félistine tendit ses joues, mais ne baisa point. Lorsque Maurice lui bégaya son salut, elle serra les lèvres pour ne pas sourire.

La voiture se mit en route pour Ardes. Après trois bonnes heures de descente par la vallée de Rentières, le coare les abandonna place de la Fontaine où il les avait engagés deux mois plus tôt. Il leur serra la main et dit :

— A l'année prochaine, si Dieu veut.

Puis chacun se dirigea vers sa chacunière.

Les deux Poudevigne furent heureux de se retrouver seuls, ce qui ne leur arrivait jamais à la Goupilière. De renoncer au français, de s'exprimer dans le parler de la Margeride.

— Es-tu content de notre estive ? demanda l'aîné.

— Oui bien.

— Nous rentrons riches. Soixante francs, c'est le prix de trois veaux.

Il n'était pas question de les partager selon les âges ou les mérites ; ils seraient confiés à la mère en arrivant à Combret.

— Prends bien garde de ne pas perdre la bourse.

— N'aie crainte. Nous dormirons ce soir à l'auberge d'Alphonsine.

— Ah bon ? Mais il sera loin d'être nuit. On pourra marcher encore.

— Ailleurs, nous en serons de notre poche. Alphonsine est une vieille amie. Elle nous recevra gratis.

— Elle nous enverra dans le foin.

— Rien de tel pour bien dormir.

Il avait réponse à tout. Ils marchèrent un peu. Se reposèrent à l'ombre, au revers d'un talus. Repartirent. La chaleur était infernale, le soleil si vif que le bleu du ciel en devenait blanc, comme le fer au feu. Tonin portait le havresac, Maurice les lames enveloppées ; suspendues à son cou, elles lui battaient l'échine à chaque pas ; et les deux manches liés ensemble sur son épaule, comme un soldat son fusil.

Après une petite heure, ils se trouvèrent devant l'Auberge de la Belette. Alphonsine devait s'attendre à leur venue ; son cœur ou son calendrier les avait annoncés, car ils n'eurent pas plus tôt pénétré dans la cour qu'elle parut, épanouie, les bras ouverts :

— Voilà mes Biquets ! Mes deux enfants de la Haute-Bique !

Elle les pressa l'un après l'autre sur ses estomacs. En approchant de la porte, ils remarquèrent un avis suspendu : *Fermé.*

— Comment ça fermé ?

— Fermé pour les autres, mais pas pour vous.

Elle rit d'un rire de gorge, se renversant telle une tourterelle, grasse du jabot.

— Je savais que vous alliez vous louer pour deux mois. Il me suffisait de compter les jours.

Elle les fit entrer, leur offrit de la liqueur de gentiane qu'elle fabriquait elle-même avec des racines de cette plante, du vin blanc, un verre d'eau-de-vie, un peu de sucre. Cela leur remonta merveilleusement le caraco. Puis elle les conduisit dans le parc où elle tenait ses chèvres, les leur présenta individuellement, Blanchette, Brunette, Canette, Roussette... Rien que des *ette*, excepté le bouc Barnaud, attaché à un piquet pour l'empêcher d'importuner.

Au souper, ils eurent de la soupe blanche, une omelette aux cèpes, des pommes de terre « rondes », du chevreton, du vin de Boudes.

— Racontez-moi votre temps à la Goupilière.

Ils ne trouvèrent pas grand-chose à en dire, étant d'un naturel peu babillard. Ils parlèrent des orages et du beau temps, des veaux et des fourmes, de la foire à Brion.

— Et vous, Alphonsine ?

— Oh ! moi, il ne m'arrive jamais rien. Des gens de passage, des rouliers, des colporteurs qui me payent ou qui oublient. Voici ce que l'un d'eux m'a laissé en guise de payement : un guignol.

Elle montra un buste en terre cuite représentant – mais elle l'ignorait – la tête de monsieur Thiers, « libérateur du territoire », tel que le définissait monsieur Armilhon. Que pouvait-elle bien en faire ? Elle l'installa sur un rayon à côté des bouteilles de Byrrh, d'absinthe Cusenier, de bénédictine, de verveine du Velay.

Le soleil s'était couché, mais sa chaleur subsistait, n'invitant guère à aller dormir. La nuit était pleine de bêtes insomniaques, grillons, hulottes, rossignols. Des bébés étoiles pleuvaient du ciel. De très loin arrivait le chuintement de la Couze.

— Demain matin, nous partirons de bonne heure, fit Antonin, pour dire quelque chose.

Un autre long silence. Maurice sentait ses paupières s'alourdir.

— Mes Biquets, il est l'heure que vous alliez faire dodo. Pardonnez si je n'ai pas changé vos draps.

Comme à l'aller, nos deux Poudevigne laissèrent leur fourniment dans la salle, et elle les conduisit jusqu'au fenil.

— Bonne nuit, dit-elle.

— Bonne nuit.

Ils s'enfoncèrent dans le fourrage. Maurice allait plonger dans le sommeil quand l'aîné chuchota :

— Faut que j'aille tomber de l'eau. Dors. T'occupe pas de moi.

Tout se passait exactement comme à l'aller. Il revint au milieu de la nuit, et il sentait fortement la violette.

A Combret, ils remirent les douze écus à leur mère Emilie, à peine écornés par les frais du transport. Elle aurait pu les déposer à la caisse d'épargne de Saugues, où ils auraient rapporté le trois du cent ; elle n'en fit rien car elle n'avait pas confiance en cette société. Elle les mit avec le reste de ses pécunes dans un bas de laine, derrière la pile de ses draps.

Ainsi se déroula, en l'année 1896, la première transhumance de Maurice Poudevigne. De retour en son village, il retrouva ses parents et sa sœur Valentine, qui ne se décidait pas à se marier, quoique aînée des trois enfants. Il renfila ses zibrailles les plus rapetassées et commença de fauciller les seigles.

Il retrouva aussi tout Combret. Ses rues tapissées de bouses, ses maisons de granit que le lichen dorait par places, ses toits rouges avec leurs pierres presse-tuiles, sa fontaine-abreuvoir, la maison de la béate, toujours vaillante. Et son copain Isidore Pigouli avec qui il allait pêcher les grenouilles, les truites, les écrevisses dans le Pontajou. Lorsqu'il se mesura au trait qu'Antonin avait tracé contre le mur, il s'aperçut qu'il avait grandi de trois centimètres, mais qu'il restait moyen.

Un jour, Mariette Lonjon, qui avait un fils idiot, vint le trouver :

— Je sais que vous allez avec Isidore pêcher les grenouilles. Est-ce que vous ne pourriez pas emmener mon Lulu ? Ça le dégourdirait.

Lulu savait à peine parler ; mais il comprenait le patois. Depuis des années, il s'épaississait, mais ne grandissait plus. Mariette l'avait conçu d'on ne sait qui, derrière les genêts, avant son mariage ; elle pensait que Dieu l'avait punie de son péché en lui donnant ce fils difforme. Paul Lonjon, en l'épousant, avait accepté le fils et la mère, et ils n'en avaient pas eu d'autre. A Combret, l'idiot faisait partie du village comme la fontaine et la croix. Il vivait ses journées, par beau temps, assis sur un certain muret, sa place réservée. Tous ceux qui passaient lui lançaient une amabilité :

— Salut bien, Lulu !

— Alors, Lulu, on prend le soleil ?

Il répondait par un grognement ou un sourire fendu jusqu'aux oreilles qui découvrait les dents plantées de bric et de broc. A l'occasion, on lui tendait une pomme, une poignée de cerises. Il était un peu l'enfant ou le frère de tout le monde. En ce temps-là, on n'enfermait pas les jeunes anormaux dans des prisons éducatrices.

Maurice et Isidore l'emmenèrent donc à la pêche aux grenouilles. C'était plutôt une chasse. Car après une pluie, le peuple vert sortait des ruisseaux et sautillait dans les prés. Les trois chasseurs se munirent d'un grand sac, déclarant :

— Quand il sera plein, on viendra en prendre un autre.

Les voici partis un dimanche matin le long du Pontajou, cherchant dans l'herbe leur gibier. De loin en loin, Lulu pensait voir une bestiole. Il la montrait du doigt, poussait un grognement, bondissait, croyait retomber sur elle. Ce n'était qu'une sauterelle ou qu'un reflet de la rosée. Mais où étaient donc passées toutes les rainettes qui fréquentaient d'ordinaire ces lieux mouillés ? Au loin, on entendit sonner la cloche de Venteuges.

— J'ai compris ! dit Pigouli. Les grenouilles sont toutes parties à la messe ! Ce sont des grenouilles de bénitier !

Qu'allaient-ils dire à leurs familles lorsqu'ils rentreraient avec leur grande *boge* vide ? Une chasse aussi bredouille ne s'était jamais vue depuis le commencement du monde. Cependant, Lulu continuait dans le pré ses sauts inutiles.

Il fallut bien remonter à Combret. Lorsqu'ils arrivèrent devant la ferme des Lonjon, Pigouli portait sur son dos le sac aux grenouilles lourdement chargé.

— On n'en a trouvé qu'une, expliqua-t-il. Mais de belle taille. C'est plutôt, d'ailleurs, une sorte de crapaud.

Il déposa la boge par terre, Lulu en sortit les pieds devant ; on dut l'aider un peu parce qu'il se tordait de rire, à en pisser dans ses zibrailles.

Le 24 juin 1897, les deux Poudevigne remontèrent à la loue d'Ardes-sur-Couze en suivant le même itinéraire. Arrêt obligatoire à l'Auberge de la Belette et coucher dans le foin. Monsieur Magne vint les choisir et leur proposa, le cadet ayant grandi d'une année, soixante-dix francs de gages. Ils acceptèrent sans marchander. Ils se retrouvèrent en compagnie de Dentil et d'Yrondel. Lorsque, après trois grosses heures de route, ils furent proches de la Goupilière, Maurice sentit son cœur s'emballer à l'idée de revoir Félistine. Mais on leur expliqua qu'elle s'était fâchée avec la patronne ; qu'on l'avait remplacée par Emilienne, une femme d'âge et d'expérience, avec un peu de poil au menton.

L'estive de 1897 se déroula comme celle de 1896, sauf qu'à cause de la sécheresse elle produisit moins de foin.

— Je serai, en conclut le maître, obligé de vendre quelques vaches à la foire de Brion.

Cette année-là, Maurice apprit un art nouveau : celui de châtrer les taurillons pour en faire des bœufs. Le coare lui en fit la démonstration sur un *bourret* de douze mois. Premièrement, il l'enchaîna solidement à sa mangeoire. Secondement, il s'accroupit sous son ventre, expliquant qu'il ne ferait pas plaisir à la bête, qu'elle trépignerait, mais que ses coups de pied ne pourraient l'atteindre. Il ligatura les testicules avec une cordelette en serrant très fort. Il les pinça avec des tenailles aux mâchoires énormes et tranchantes, donna un coup de marteau, les organes tombèrent comme des pommes dans la paille, sans saigner. Ils furent jetés aux cochons.

— Tu iras bien pour faire ce travail, dit le maître. Tu es de bonne taille, ni trop grand ni trop petit.

— Oui, je suis moyen.

Après la fête d'adieu du 24 août, le café bu, Antonin se leva. Non pour chanter, mais pour annoncer qu'il avait été pris au conseil de révision ; qu'au mois d'octobre il partait faire ses trois ans de service, qu'il resterait donc trois fois sans monter à l'estive.

— Mon frère viendra seul, ajouta-t-il, si vous voulez bien de lui.

— Assurément, assurément.

On se dit adieu dans la tristesse. Les soixante-dix francs allèrent dans le bas de laine d'Emilie Poudevigne.

Au début de septembre, deux gendarmes saugains apportèrent à Tonin sa feuille verte. Il était incorporé dans les chasseurs alpins et devait se rendre à la caserne Curial de Chambéry, Savoie. Le transport ferroviaire était gratuit, mais non point celui de la diligence. Pour éviter de le payer, Tonin fit à pied les cinquante kilomètres qui le séparaient du Puy, par Saugues, Monistrol, Montbonnet, ce qui lui prit une journée. A la gare, il passa la nuit sur une banquette dans la salle d'attente. Ensuite, le chemin de fer le conduisit jusqu'à la Savoie. Un pays tellement éloigné du Gévaudan que personne n'y connaissait le nom de Saugues, sans parler de Venteuges ni de Combret.

En 1898, Maurice Poudevigne accomplit donc seul sa transhumance. A l'Auberge de la Belette, Alphonsine s'étonna de ne pas voir son frère aîné.

— Il fait son service dans les chasseurs alpins.

— Il est donc si jeune ? Il paraissait plus que son âge.

Il coucha dans la fenière et dormit jusqu'à l'aube sans être dérangé, ni parfumé à la violette. Monsieur Magne le loua sur la place d'Ardes, lui proposant quarante francs de gages pour son estive. Avec lui, il prit les deux habituels, Dentil l'édenté et Yrondel le Parisien d'Espalem. Quand ils eurent la daille aux poings, Maurice occupa la place de son frère, ce qui lui fit gagner un rang.

En 1899, il en gagna un autre et se trouva derrière Yrondel, vu que le vieux Dentil avait profité de l'hiver précédent pour aller s'asseoir à la table du bon Dieu où le pain des anges est si tendre qu'on n'a pas besoin de le mâcher. Derrière lui fauchait un nouveau, Germain Panefieu, originaire de Brioude.

On entra dans la dernière année du siècle. Un passage chargé d'inquiétudes et d'espérances. Les anarchistes, successeurs de Caserio, continuaient leurs violences. Dans une église italienne, l'un d'eux assassina le roi Humbert. Le pape lui-même se préparait à y passer.

La France connaissait des drames différents. Comme monsieur Seguin avec ses chèvres, la République n'avait jamais eu de chance avec ses présidents. Mac-Mahon, pas assez républicain, avait dû se démettre avant le terme de son mandat. Son successeur, Jules Grévy, après avoir mené à bien un premier septennat, démissionna au cours du second à cause des frasques de son gendre. Après la fin sanglante de Sadi Carnot, le suivant, Casimir-Perier, renonça à ses fonctions au bout de sept mois parce qu'il se plaignait de n'avoir pas assez de pouvoir. Félix Faure prit sa place ; mais il mourut quatre ans plus tard pour motif de surmenage amoureux. Le maire de Clermont-Ferrand, monsieur Pierre Lécuellé, qui l'avait reçu en 1895, lui décerna un émouvant hommage posthume :

— Il s'est éteint dans la force de l'âge, victime de la maladie et de ses occupations.

On espérait que l'élu de 1899, Emile Loubet, aurait plus de chance que ses prédécesseurs. Les sorciers, prophètes et pythonisses, parlant du siècle qui allait commencer, annonçaient d'ailleurs une longue période de bonheur et de paix.

De Chamonix, Tonin envoyait des cartes postales où l'on voyait des chasseurs alpins marchant sur la neige grâce à des planches effilées par-devant et par-derrière en forme de fuseau, et s'aidant de cannes ferrées. Il fit savoir qu'il avait été promu au grade de caporal et portait sur les manches deux galons jaunes en forme de V renversé. Au cours de ses trois ans de service, il vint deux fois en permission, à l'occasion de la Noël 1898 et de la Noël 1899, rapportant des edelweiss, des fleurs étoilées qu'il avait cueillies sur les pentes alpines, au péril de sa vie.

En juin 1901, Maurice se mit également nu devant des médecins et des officiers habillés qui le déclarèrent « bon pour le service ». La toise lui révéla qu'il mesurait un mètre soixante, dépassant de six centimètres la taille minimale exigée par le règlement militaire. Il eut le temps d'accomplir à la Goupilière sa sixième transhumance. Antonin revint de Chamonix en septembre ; de sorte que l'un rentra juste quand l'autre se préparait à partir.

L'abbé Touche-Bœuf réunit dans son presbytère tous les conscrits de la paroisse, pour leur faire des recommandations :

— Comportez-vous sous les armes en bons disciples du Christ. Soyez des camarades serviables, respectez vos supérieurs, obéissez sans hésitation à leurs ordres. Les commandements de Dieu nous défendent de tuer. Mais les Saintes Ecritures autorisent la guerre contre les ennemis de notre foi et de notre patrie. N'oubliez pas que la Prusse nous a arraché l'Alsace et la Lorraine. Tôt ou tard, vous devrez libérer ces provinces captives, fût-ce au prix de votre sang. Notre pays compte sur vous. Vive la France ! Et que Dieu vous protège !

Là-dessus, il ouvrit une bouteille de vin bouché, présenta une assiettée d'échaudés préparés par sa servante et ils communièrent ensemble sous les deux espèces.

Au mois d'octobre, Maurice prit le train à Langeac et se rendit à Clermont-Ferrand, pour y être incorporé au 92ᵉ RI de ligne, caserne d'Assas.

1901-1904

Il y a des villes nées de l'eau. De la rencontre de deux fleuves, d'un golfe, d'une embouchure, d'un reflet. Clermont est fille du feu. Il fallut, pour qu'elle naquît, que la Limagne s'effondrât, provoquant une série d'éruptions dont la dernière semble dater d'à peine dix mille ans. Peuplée depuis longtemps, la région environnante eut le terrible privilège d'assister aux ultimes feux d'artifice. Fuite éperdue des hommes vers la plaine marécageuse et froide que hantaient les mammouths. En bordure surgit un chapelet de volcans et volcanetons. Leurs coulées barrèrent parfois le cours des ruisseaux. D'autres cratères, en s'éteignant, gardèrent un bouchon de trachyte dans la gorge. Des sources invisibles les remplirent. Ainsi se formèrent ces beaux lacs où les futurs Clermontois iraient faire trempette aux temps chauds. Au bout de ces longs efforts, les volcans s'assoupirent dans la satisfaction du devoir accompli.

Tout fut dès lors à point pour recevoir la capitale des Auvergnes. A l'occident, un dossier de montagnes la garderait des nuées océanes. On les nomma des « puys » parce qu'elles étaient conçues pour que l'on pût s'y « appuyer ». Au milieu de leur chaîne, un siège confortable, sur une éminence. Au nord et au sud, d'autres hauteurs pour accoudoirs. A son pied, des ruisseaux pour la lessive et l'arrosage : la Tiretaine, ou Rivière-aux-trois-Bras ; un peu plus loin, l'Elaver (Allier) pour les transports fluviaux. Çà et là, des sources chaudes et salées pour faire la soupe et pour le chauffage des maisons.

L'occasion de sa naissance vint de la conquête romaine, qui amena sur ces lieux, sous la place forte de *Gergovia*, de nombreux colons, soldats, fonctionnaires, marchands, prêtres du nouveau culte. Bientôt, un temple, des villas se pressèrent sur le Mont-Clair, construits d'un matériau noir ou gris foncé sorti des entrailles de la terre. Cependant que les premiers habitants, affligés de leur langue et de leurs zibrailles celtiques, trouvaient place plus bas, dans des cahutes de bois et de torchis. Méprisés des Romains, qui les traitaient de « Galates », variété inférieure de Gaulois. Peu à peu, cependant, ils se rapprochèrent de l'acropole. Des boulangers, des potiers, des forgerons utilisaient les carrières abandonnées. Des vignerons en firent des caves, car la vigne prospérait sur ces pentes ensoleillées. Notamment sur Chanturgue dont le vin fait chanter les orgues, et mieux encore les sacristains. Des paysans amenaient leur bétail sur la place des Galates – qui devint plus tard place de Jaude.

Une, deux, trois cathédrales successives furent édifiées, toujours en pierre sombre. Entourées de trente ou quarante églises plus modestes. Au XIIIe siècle, le matériau en était apporté à pleins chars d'une carrière ouverte près de Volvic. Le menu peuple clermontois poussait les haquets à la roue, tirait les cordes des poulies, hissait les moellons, portait à boire aux tailleurs, tandis que les prêtres chantaient des hymnes et bénissaient à tour de bras ces logeurs du bon Dieu.

Vers l'an mille, à une courte lieue au nord, un château féodal s'était établi sur une autre éminence : assez dure pour fournir les pierres qui convenaient pour « ferrer » les chemins. D'où son appellation de Mont-Ferrant. Une autre agglomération s'installa tout autour, dans un corset de remparts crénelés. Des couvents, des églises, des palais la fleuronnèrent. Un tribunal, la chicane, le commerce l'enrichirent. Les Anglois tentèrent en vain de la violer. Les huguenots s'y cassèrent les dents. Des Italiens l'enluminèrent. En 1630, les manœuvres des Clermontois obtinrent de Louis XIII que Montferrand fût rattaché à leur ville pour former une seule cité : Montferrand y perdit sa tête, tandis que Clermont y gagna une queue. Les Montferrandais ne s'en consolèrent jamais.

A l'entrée du XXe siècle, les deux communes réunies formaient un ensemble de cinquante mille âmes, sans compter les chevaux, les ânes, les vaches, les poules, les cochons. Car la plupart des habitants avaient un pied à la ville, un pied à la campagne. Même les quatre cent cinquante personnes qu'employait l'usine Michelin, ouvriers le matin, paysans le soir. L'esprit de la population était d'ailleurs plus champêtre que citadin, peu ouvert aux choses de l'esprit. Elle parlait plus volontiers le dialecte auvergnat que la langue parisienne et beaucoup de ses bourgeois poussèrent des cris d'horreur lorsque le maire Lécuellé proposa de faire construire un lycée pour les filles ! Contigu, qui plus est, au lycée de garçons ! Ce qui valut audit maire de se faire traiter de « socialiste » par le journal *L'Avenir du Plateau central*, et de ne pas voir renouvelé son mandat en 1900.

Au sortir de la gare, à la tombée de la nuit, Maurice Poudevigne se mêla aux civils de toutes catégories. En casquette, en chapeau melon, en gibus-tuyau de poêle. Promenant autour de lui des regards embarrassés, il remarqua trois garçons de son âge qui tenaient comme lui un carton vert à la main. Un caporal en vareuse bleue et pantalon rouge leur adressa la parole :

— Vous allez au 92 ?

— Oui, monsieur.

— Oui, caporal. Parfait, je vous emmène.

L'instant d'après ils se trouvaient une douzaine dans un fourgon bâché, sur des bancs rabattables, se considérant sans se parler. Maurice admira la bonne organisation de l'armée, qui avait pris la peine de venir les cueillir à la descente du train. Les sabots du cheval clappaient sur les pavés. Un long et fort miaulement s'éleva dans les airs.

— C'est la sirène d'une usine, expliqua le caporal. Elle marque la fin de la journée de travail.

Par la porte arrière du fourgon, on entrevoyait des arbres, des jardins, des carrés de vigne. Ils croisèrent une sorte de train qui faisait tinter éperdument sa sonnette.

— Le tramway électrique. La ville s'éclaire au gaz. Mais l'électricité du tram est fournie par une machine à vapeur, avenue de la République, pas très loin de notre caserne.

Un allumeur allait justement de réverbère en réverbère, sa longue perche sur l'épaule. Des porteurs de soutane foulaient aussi les trottoirs. Et le caporal :

— Ici, c'est plein de curés. Evitez de les regarder. Ça porte malheur. C'est comme les chouettes.

Puis la rue se mit à descendre, toujours sillonnée par les rails du tramway. Enfin, ils entrèrent dans la caserne d'Assas. Le fourgon les déchargea au milieu de la cour, un immense espace de terre battue, entouré de bâtiments hauts de quatre étages.

— Je vous emmène au magasin, dit le caporal.

Dès qu'il en eut poussé la porte, la puanteur de la naphtaline les prit au nez, aux yeux, à la gorge. Sur des kilomètres de rayons, protégées des mites par ce parfum, s'entassaient des piles de pantalon, de vareuses, de capotes, de bourgerons, de caleçons, de chemises en toile de chanvre, raides comme l'injustice. Sur d'autres, c'étaient des draps de lit, des képis, des bonnets de police. A même le plancher, une montagne de brodequins, non point liés par paires comme chez les marchands de souliers, mais en vrac. Quand on avait trouvé le bon pied gauche, il fallait se mettre à la recherche du bon pied droit, sans qu'aucune pointure y fût imprimée.

— Faites votre choix, m'sieurs-dames ! s'écria le garde-mites. Prenez-les assez grands, pour y être bien à votre aise.

Ils déposèrent leurs effets civils, dont le magasinier fit un paquet étiqueté ; ils devraient les rapporter chez eux à la première permission. Il les aida dans leurs essayages. Quand ils furent enfin équipés de pied en cap, un autre caporal les conduisit à leur chambrée, leur expliqua comment faire le lit, construire le paquetage en formant sur le rayon un carré bien géométrique :

— Le paquetage au carré est le commencement de la victoire.

Chacun emportant son quart et sa gamelle, ils descendirent ensuite au réfectoire où ils trouvèrent une centaine d'autres recrues, toutes plus ahuries les unes que les autres. Les cuistots leur servirent une marmitée de soupe noire et des bouteillons de lentilles. Ceux-ci étaient en fait des plats de menus cailloux parmi lesquels il leur arriva de trouver quelques-uns de ces précieux petits légumes. Ils avalèrent le tout sans rechigner, conscients qu'ils devaient préparer leurs corps aux infimes sacrifices avant de supporter les grands. Pour boisson, de la petite bière. Ils lavèrent leur vaisselle dans un bac-fontaine, à l'eau froide.

Après ce premier repas, les *bleus* eurent le droit de se mêler aux anciens à la cantine. A condition de leur payer à boire. Le vin coûtait dix sous la pinte. Tout de suite, un ancien moustachu posa une main sur l'épaule de Maurice.

— Petit... commença-t-il.

— Je suis pas petit. Je suis moyen.

— Moyen, tu me plais. Si quelqu'un t'embête...

Il y avait tant de vacarme qu'il dut faire répéter :

— Comment ?

— Je dis que tu me plais. Si quelqu'un t'embête, tu t'adresses à moi, soldat Jules Dumarest, mineur de Saint-Etienne. Et je réglerai son compte à l'emmerdeur. On boit chopine ?

Comment refuser ? Après qu'ils l'eurent vidée ensemble, Dumarest s'en alla proposer ses services à un autre bleu, abandonnant sur place le Gévaudanais. Ainsi les embarras de la conversation lui furent-ils épargnés. Autour de lui, ça criaillait de plus en plus fort. Le vin d'Aubière coulait à flots dans les gosiers. Il fut un des premiers à quitter la cantine, à monter à la chambrée, riche de trente-six lits, qu'éclairait très faiblement une lanterne à gaz suspendue au plafond. Le caporal de semaine était chargé de l'allumer et de l'éteindre. Maurice disposa son bourgeron sur un tabouret, se glissa entre les draps. A ce moment entra une autre recrue. Ils échangèrent des bonsoirs. Maurice vit ce compagnon s'agenouiller près de son lit, se signer, joindre les mains, remuer les lèvres. Il sut plus tard qu'il s'agissait d'un séminariste nommé Letourneur.

Le reste des hommes arriva peu à peu. La plupart dans les brindezingues. Certains se déshabillaient, d'autres se fourraient tels quels dans leurs pajots. Un clairon répandit les notes mélancoliques de l'extinction des feux. La chambrée était déjà pleine de ronflements lorsque le caporal vint baisser le débit du gaz, laissant à peine une veilleuse de feu follet. Ronflements d'âmes sereines. Les âmes sereines ronflent comme des aéroplanes.

Lui n'arrivait pas à trouver le sommeil. Il se rappelait les paroles de l'abbé Touche-Bœuf et se demandait s'il était vraiment disposé, au prix de son sang, à délivrer l'Alsace-Lorraine représentée en violet sur la carte de France. Il se demandait comment sa mère pourrait se passer de lui pendant trois ans. Il se demandait s'il remonterait jamais à l'estive sur le Cézallier. Puis la fatigue eut raison de ses demandes.

C'est encore le clairon qui le réveilla, sur les cinq heures du matin. Par une aubade joyeuse dont il apprit plus tard les paroles :

Soldat, lève-toi ! Soldat, lève-toi !
Soldat, lève-toi bien vite.
Soldat, lève-toi ! Soldat, lève-toi !
Bien vite, lève-toi, soldat !
Si tu veux pas t'lever,
Fais-toi porter malade.
Mais si t'es pas r'connu,
T'auras quat'jours de plus.

Ainsi, mille matins de suite, sa journée commencerait en poésie.

Vinrent les corvées du café sans sucre, de la toilette à l'eau froide, des balayages, de l'évacuation des ordures, de l'épluchage des patates. A partir de huit heures, théorie, exercice, sous les ordres du sergent Perbène : garde-à-vous, repos, navant-marche, section-halte, marques extérieures du respect. Le sous-off leur récita par cœur la définition du salut militaire :

— Il consiste à porter la main droite au côté droit de la visière, la paume de la main en avant, le coude légèrement levé, en regardant la personne que l'on salue. Tout sous-officier, caporal, brigadier ou soldat qui est de pied ferme prend pour saluer la position du soldat sans armes et se tourne du côté du supérieur. S'il est assis, il se lève. S'il croise un supérieur, il le salue quand il en est à six pas et continue de marcher en conservant l'attitude du salut jusqu'à ce qu'il l'ait dépassé. S'il marche derrière lui et qu'il le rattrape, il le salue en arrivant à sa hauteur et conserve également l'attitude du salut jusqu'à ce qu'il l'ait dépassé.

A cet énoncé, Poudevigne se dit que c'était encore plus difficile que la première communion et qu'il n'y arriverait jamais. Mais ensuite le sergent Perbène leur fit une démonstration par les gestes. Il rectifia individuellement la position de la main, du coude, de l'autre bras, de la tête, l'orientation du regard. Après huit jours de répétitions, l'ensemble des recrues fut en mesure de saluer correctement. Quand on en fut à ce point :

— Attention ! avertit Perbène. Les marques extérieures du respect, c'est-à-dire en dehors, doivent s'accompagner d'un respect intérieur, c'est-à-dire en dedans. On ne peut bien saluer de la main un supérieur que si on le respecte aussi dans ses pensées. Cela se devine à l'expression du visage. Et il pourrait vous en cuire si le second respect ne s'ajoutait pas au premier.

Dès lors, Maurice s'efforça de respecter tous ceux qui, dans la caserne, étaient au-dessus de lui. Proportionnellement au nombre de leurs galons. Lui, personne ne le respectait parce qu'il était sans grade et qu'il bégayait. Il avait beau se retenir de parler, de temps en temps il était obligé de lâcher quelques mots. Cela suscitait de l'étonnement, des sourires, parfois des explosions d'hilarité. Il arriva même qu'un certain Quevreau, venu du Nord, pour mieux se moquer de lui se mît à le contrefaire !

— Co... co... comment vas-tu, l'Au... l'Au... l'Auvergnat ?

Après l'avoir supporté quelque temps, Maurice lui envoya une beigne. L'autre, plus grand que lui, n'en parut pas trop étourdi, mais le saisit à la gorge. Le Gévaudanais fit de même. Ils roulèrent sur le plancher, entourés d'une quinzaine de troubades intéressés par la bataille, qui se gardaient bien d'intervenir, comme les Nordistes ont l'habitude de faire devant leurs combats de coqs. Chacun des deux adversaires serrait le cou de l'autre à en perdre le souffle. Maurice se dit qu'ils allaient dans quelques secondes, si aucun d'eux ne lâchait prise, mourir ensemble pour un motif grotesque. Il pensa à ses parents, au curé de Venteuges qui recommandait : tu ne tueras point, sauf pour ta foi et pour la patrie. Il ouvrit les doigts. Quevreau fit de même. Ils restèrent palpitants sur le plancher, reprenant leur respiration. Les troubades déçus les abandonnèrent. Dès lors, le Nordiste cessa ses caricatures.

C'est ainsi qu'ils faisaient connaissance les uns avec les autres. Sur les trente-six occupants de la chambrée, vingt-quatre venaient de l'agriculture, six de l'industrie, trois de l'artisanat, deux des mines, un de la religion.

Quelques jours après leur incorporation, tous les bleus furent réunis dans une grande pièce meublée de pupitres. Un officier leur demanda s'ils savaient lire et écrire. Une vingtaine s'avouèrent illettrés. Aux autres furent distribués des feuilles blanches, des porte-plumes et le lieutenant leur demanda de rédiger une sorte de composition française. Sujet : *Racontez vos impressions après votre entrée à la caserne.* Maurice y réfléchit longuement. Puis il écrivit : *Je déclare que mes impressions sont que je dois respecter mes supérieurs en dehors et en dedans. Soldat Poudevigne Maurice.* Il relut son texte plusieurs fois, ajouta des points sur les *i*, fit la chasse aux fautes d'orthographe. Pendant ce temps, d'autres bleus noircissaient leur feuille du haut jusques au bas. Lui n'avait rien à y ajouter. Au bout d'une heure, le lieutenant ramassa les compositions françaises et leur dit de sortir. Maurice n'entendit plus jamais parler de la sienne.

Il fut donc de 1901 à 1904 un fantassin modèle. Supportant les marches et les exercices les plus rudes. Astiquant ses boutons et les clous de ses godillots. Rampant dans la boue comme un crapaud au cours des manœuvres à Bourg-Lastic et grimpant aux arbres comme un écureuil. Il fut noté comme « bon tireur » et reçut la distinction de « soldat de première classe », avec un seul galon jaune qui faisait de lui un demi-caporal. Pour suivre la mode générale, il se laissa pousser la moustache. Non pas un trait noir sous le nez pareil à un accent circonflexe, mais une véritable, épaisse et longue, qui enleva ce qu'il restait d'enfance à son visage.

Dans sa chambrée, on ne lui parlait guère à cause de son bégaiement et de cette altercation qu'il avait eue avec le Nordiste. Il se fit tout de même un bon ami en la personne d'Ernest Allary, d'origine aveyronnaise, berger sur le causse de Millau, qu'il prononçait *Miaou*, si bien qu'il avait l'air de miauler. Il en profitait pour raconter l'histoire des deux chats amoureux sur le causse :

— *Te croumparé ouna raouba berde*, proposait le mâle pour séduire sa belle.

— *Endoun ?*

— *A Miaou. A Miaou*[1].

Leurs deux patois se ressemblaient et ils n'employaient entre eux pas d'autre langage. Le dimanche, ils avaient quartier libre et s'en allaient ensemble découvrir Clermont. Avant de franchir la porte de la caserne, ils passaient devant une grande glace, examinaient si leur tenue était impeccable, depuis le képi rouge à pompon jusqu'aux guêtres. Ils rôdaillaient sur les places et les marchés, autour des fontaines où venaient s'abreuver les vaches et les chevaux.

Les rues offraient du spectacle à satiété. Les dames élégantes promenaient des chapeaux-corbeilles à plumes, à fleurs ou à fruits. Les messieurs, plus modestement, portaient à la saison chaude des canotiers à rubans moirés. La voiture automobile n'en était encore qu'à ses premiers hoquets ; on en voyait quelques-unes, cependant, pourvues d'étranges passagers : les hommes avec de grosses lunettes noires et des casquettes à oreilles, les femmes la tête entourée d'un voile comme si elles allaient démieller des ruches. Un arrêté municipal interdisait à ces dangereux véhicules de circuler en ville à plus de huit kilomètres-heure.

Les employés des octrois, outre leurs fonctions douanières, devaient retenir les automobilistes, leur expliquer le règlement par le menu, les peines encourues, les dangers mortels de la vitesse. Ils obéissaient à contrecœur. En revanche, sitôt hors les barrières,

1. — Je t'achèterai une robe verte. — Où donc ? — A Millau. A Millau.

ils s'élançaient à de folles allures, écrasant les poules, les chats, soulevant autant d'indignation que de poussière. Parfois, la voiture tombait dans un fossé le nez en avant, le conducteur s'envolait par-dessus le capot. Cela s'appelait « faire panache ».

Aussi inconnue à Saugues que le tramway électrique et l'automobile, la bicyclette se faufilait dans les rues de Clermont entre les tombereaux et les chars à bœufs. Silencieuse, rapide, elle roulait sur des boudins de caoutchouc fabriqués par l'usine Michelin. Des affiches publicitaires la montraient chevauchée par un curieux bonhomme appelé Bibendum. Maurice rêva de posséder un jour un de ces véhicules à deux roues qui faciliterait grandement ses voyages de Combret à Venteuges, de Saugues à Langeac.

Les deux soldats rencontraient aussi dans la ville des personnages étonnants. Jean la Flûte, ainsi surnommé parce qu'il jouait du pipeau ; la barbe inculte, parsemée de grains de tabac, vêtu d'un pantalon effiloché et d'une ample lévite qui ressemblait à une soutane raccourcie. Ayant été, disait-il, bedeau à Notre-Dame-du-Port, il chantait de sa belle voix d'église des airs sentimentaux ou patriotiques. A l'occasion, pour compléter son casuel, il vendait des brochures, des journaux, des almanachs.

Son collègue Victor le Violoneux, en haut-de-forme et redingote – mais ses chaussettes montraient d'énormes patates aux talons –, semblait un échappé tout droit du Bois-de-Cros. De l'asile situé au bout de la rue homonyme. (Celle-ci venait d'être rebaptisée « rue Lamartine », mais les Clermontois lui conservaient son ancien nom.) Une de ses manies consistait à venir chaque matin présenter ses hommages au général Desaix : il accrochait à la grille de sa statue un bouquet de deux sous, le saluait militairement, tête nue, puis lui jouait *La Marseillaise* sur son crincrin.

Au début de l'année 1902, le quartier d'Assas eut la surprise de voir passer, venant de Montferrand, ni plus ni moins que Vercingétorix. Le colonel décida de lui rendre les honneurs et fit aligner son régiment le long de l'avenue de la République. Ce 26 février, par un froid assez vif, les hommes firent le pied de grue pendant plus de deux heures. Les civils du trottoir opposé durent faire preuve de la même patience. Les sergents de ville en pèlerine battaient la semelle. Enfin une estafette annonça l'approche du héros des Gaules. Du fond de l'avenue, on vit s'avancer une statue équestre juchée sur un camion de Dion-Bouton qui sautillait sur les pavés en produisant des pétarades. Le bras levé du chef gaulois aurait dû brandir une épée ; pour la commodité du voyage, on l'avait remplacée par un branchage.

— Présentez... armes ! tonna le colonel du 92.

Les fusils bondirent unanimement, les mains claquèrent sur les crosses, les mentons se braquèrent. La fanfare sonna *Aux champs.* A huit kilomètres-heure, selon le règlement, l'énorme machine progressa vers la place des Carmes-Déchaux, monta la rue des Jacobins, disparut à l'horizon.

Tous les Clermontois s'attendaient à le voir les jours suivants s'installer sur une de leurs places. En fait, ils durent patienter plus d'une année. Les troubades purent apercevoir Vercingétorix posé sur un socle provisoire dans la cour des facultés, au-dessus du jardin Lecoq. Le cheval, adroitement supporté par un rocher quasi invisible, galopait des quatre fers, enjambant le corps d'un soldat romain. L'inauguration se trouvait retardée parce que le conseil municipal n'avait pas encore décidé de son emplacement définitif. Il fit confectionner un simulacre de bois qui fut dressé à divers points de la ville. Quand une majorité de suffrages eut enfin opté pour la place de Jaude, on hésita sur l'orientation : fallait-il le tourner vers le puy de Dôme, vers Gergovie, vers Jérusalem ? On étudia l'ombre et la lumière, la direction des rues, la mousse des arbres. Ernest et Maurice furent témoins de ces hésitations.

En attendant leur terme, ils défilèrent le 14 Juillet suivant à travers la ville pavoisée de tricolore. Derrière leur musique qui jouait *Le Chant du départ, Sambre et Meuse, Vous n'aurez pas l'Alsace et la Lorraine*. Follement acclamés.

A la fin de ce même mois, un autre défilé enchanta leurs yeux et leurs oreilles : celui du cirque Barnum & Bailey. Il parcourut la ville avec ses chevaux, ses éléphants, ses dromadaires, ses tambours, ses trompettes. Ses affiches annonçaient *Le plus grand spectacle du Monde : l'homme et ses transformations*. Car si l'homme est sorti imparfait des mains de Dieu, Barnum & Bailey ne craignaient pas de le retoucher. Ils présentaient l'homme-chien, l'homme-télescope, l'homme-squelette, l'homme à la tête incassable, la femme-serpent, la femme-torpille, la femme-canon. Grâce à ces deux Américains, les Clermontois découvrirent que l'homme est le plus transformable des animaux.

Chaque été, les fils d'agriculteurs avaient droit à une permission spéciale de deux semaines afin d'aider aux travaux de la campagne. Lorsque, pour la première fois, Emilie Poudevigne vit devant elle son garçon en vareuse bleue et pantalon rouge, elle faillit se trouver mal d'admiration et de bonheur. Elle saisit sa moustache par les deux pointes et tira un peu pour vérifier si elle tenait bien. Lui fut fort aise de reprendre ses vêtements civils, de rechausser ses sabots, de recoiffer son chapeau de paille.

— Clermont, c'est comment ? demanda-t-elle.

— C'est noir. Mais avec beaucoup de monde. Ah ! que de monde il y a ! Vous ne pouvez pas l'imaginer. Je suis sûr qu'à Paris il n'y en a pas davantage.

Son frère Antonin étant parti pour l'estive sur le Cézallier, il participa seul près de son père aux fenaisons, aux moissons, au buttage des trifoles. A l'expiration de ses quinze jours, il regagna son corps sans avoir vu son aîné.

— Vous l'embrasserez bien pour moi.

A la caserne d'Assas, il retrouva Ernest l'Aveyronnais qui n'avait pas bénéficié de la même permission, n'étant fils ni de propriétaire ni de fermier. Seulement fils de l'Assistance. Il n'avait d'ailleurs pas assez d'argent pour payer le voyage et préférait garder son demi-sou de solde journalière pour s'offrir quelque chopine de temps en temps.

A partir de la fin septembre, Clermont et Montferrand appartenaient aux vignerons. Des charretées de bacholles arrivaient de Monjuzet, de Chanturgue, de la Croix de Neyrat. Elles déversaient leur raisin dans d'énormes entonnoirs de bois qui s'enfonçaient dans la bouche des soupiraux. Les grappes descendaient par d'invisibles œsophages jusqu'aux cuves souterraines où des hommes, nus comme des démons, les foulaient, les broyaient, en tiraient leur divin jus. Le marc remontait à pleines corbeilles, s'amoncelait aux carrefours en attendant les alambics, picoré par les poules, les moineaux, les pigeons. Toute la ville flottait dans des odeurs de vinasse. Les soldats ne pouvaient traverser les rues sans se voir offrir des gobelées.

— Encore une, disaient les vendangeurs en se suçant les moustaches, que Bismarck n'aura pas.

L'autre moustachu, Vercingétorix, poursuivait son stage universitaire entre les deux facultés, cependant que sa doublure en contreplaqué n'avait pas encore choisi entre l'orient et l'occident. Les chansonniers clermontois s'intéressaient à lui :

Le grand chef des Arvernes risque
Sur son ch'val de perdre le nord.
Plaignons, amis, le triste sort
Du pauvre Vercingirouettix.

Son orientation définitive fut scellée au début d'octobre 1903. La statue dévoilée le 10 en présence des plus hautes autorités civiles, religieuses et militaires, et de monsieur Combes, président du Conseil. Tous les régiments de la ville défilèrent autour de lui.

Vint un hiver particulièrement neigeux. Des congères obstruaient les rues, les entrées des maisons. Des corbeaux traversaient le ciel en criant de famine. La troupe fut employée à dégager les chaussées. Les hommes ne s'en plaignaient point, car c'était pour eux l'occasion de vider d'autres gobelets offerts par les habitants.

Au début de 1904, le général Girardel, nouveau commandant du 13e corps d'armée, eut l'idée de créer des compagnies d'éclaireurs cyclistes. Le 92 eut la sienne. Maurice Poudevigne et Ernest Allary demandèrent à y entrer.

— Est-ce que vous savez rouler à bicyclette ?

— Nous apprendrons.

— Apprenez d'abord. On verra plus tard.

Ils n'étaient pas seuls dans cette situation. Pendant des semaines, la cour du quartier fut occupée par les évolutions des candidats éclaireurs. Se soutenant l'un l'autre, ils zigzaguaient, mordaient la poussière, se couronnaient les genoux. Mais enfin les deux amis parvinrent à pédaler sans tomber. Acceptés dans ladite compagnie, ils y poursuivirent leur entraînement. Le 14 juillet 1904, le mousqueton en bandoulière, ce corps d'élite défila place de Jaude.

Le mois suivant, Maurice aurait pu obtenir une seconde permission agricole. Considérant le prix et les fatigues du transport, la proximité de sa libération, il y renonça. Il passa donc l'été à Clermont, dans cette ville qui est, à la saison chaude, la poêle à frire de l'Auvergne. Les habitants se réfugiaient sous les ombrages du jardin Lecoq.

Le général Girardel eut la bonne idée d'envoyer ses régiments en manœuvres au camp de la Fontaine du Berger, à neuf cents mètres d'altitude. L'air y sentait la résine de pin et la cendre éruptive. Les fantassins rampaient dans les bruyères tandis que, lors des exercices de tir réel, les balles leur sifflaient à deux largeurs de main au-dessus de l'échine. La prochaine guerre contre l'Allemagne de Guillaume eût été bien agréable si elle s'était déroulée dans ce cadre. Mais il ne fallait pas tant espérer. La doctrine officielle du grand état-major voulait d'ailleurs que le soldat français se servît moins de ses cartouches que de sa baïonnette. Parce que « la balle est stupide, la baïonnette intelligente ». La première frappe n'importe où, s'enfonce dans les troncs d'arbre, s'envole dans le paysage ; tandis que la seconde s'enfonce toujours au bon endroit : dans le cœur de l'ennemi. On leur fit faire en ce sens des exercices d'escrime contre des mannequins remplis de paille et coiffés d'un casque à pointe.

A la Saint-Michel, ils regagnèrent le quartier d'Assas. Maurice reçut son livret militaire précisant en belle écriture ses nom et prénom. Son signalement : cheveux et sourcils châtains, yeux marron, front découvert, nez petit, bouche moyenne, menton à fossette, visage ovale, taille 1,62 mètre. Les dates de ses vaccinations. La nomenclature alphabétique des crimes et délits militaires et peines y était attachée : *Abandon de poste en présence de l'ennemi : peine de mort. Capitulation en rase campagne : mort avec dégradation militaire. Désertion à l'ennemi… Infidélité dans le service…* Neuf pages de cette mouture.

Avant de se quitter, les deux amis firent une dernière promenade dans la ville. Ils saluèrent la cathédrale, les fontaines, les jardins, Vercingétorix et son compère Desaix. Ils burent chopine dans un bistrot du quartier Saint-Eloy. Puis ils descendirent vers la gare, où ils devaient prendre des trains différents.

— Est-ce qu'on s'écrit ? demanda le faucheur.

— Je suis pas fort sur l'écriture, répondit le berger.

— Moi non plus.

Ils se donnèrent l'accolade, se dirent au revoir en patois :

— Tiens-toi d'aise.

— Fais-en de même.

A Combret, ce fut une grande fête lorsqu'il reparut, la musette sur l'épaule. C'est d'abord le chien Gaspard qui le reconnut et l'accueillit à l'entrée du hameau, comme celui d'Ulysse au retour de Troie. Il lui sauta à la figure, lui lécha les mains, fou de bonheur. Après lui, le reste de la famille : sa sœur Valentine, son frère Antonin, son père Jean, sa mère Emilie. Tous le trouvèrent grandi. Il avait en effet gagné deux centimètres au cours de ces trois ans d'exercices. On admira de nouveau son uniforme bicolore, son galon de soldat de première classe.

— Comme le pharmacien de Saugues ! s'écria Valentine.

Sur la porte de son officine fleurissait en vérité l'inscription *Joseph Roussel, pharmacien de 1re classe.* Tout le monde rit de cette parenté.

Sans tarder, il reprit ses vêtements de faucheur, ses zibrailles, son chapeau noir à large bord, ses sabots ferrés.

— Y a-t-il encore du regain à couper ? demanda-t-il.

— Pour sûr. A la Cham-Pitote.

Il prit sa faux qui l'attendait dans la grange, frotta la pierre contre sa lame. Douze fois dans un sens, douze fois dans l'autre. Selon le bon usage, il éprouva le fil sur son pouce et s'en alla, poussant une brouette. La roue, pas trop bien huilée, en couinait aussi de contentement : *Allons-y, allons-y, allons-y...* Les gens de Combret les regardaient passer, les saluaient de la main, disant :

— C'est Maurice Poudevigne, revenu du service. Il a un peu grandi.

Chacun estimait normal cet empressement qu'il mettait à redevenir faucheur.

Il rapporta une brouettée d'herbe fraîche.

Le lendemain, il fit un paquet de son uniforme, se rendit à Saugues, le remit au brigadier de gendarmerie. Celui-ci vérifia qu'il n'y manquait rien et lui en donna reçu.

— A la prochaine ! fit ce militaire.

— La prochaine quoi ?

— La prochaine occasion.

Il lui frappa sur l'épaule, paternellement.

1904-1914

Il fit le compte de son âge, et se trouva vingt-quatre ans. Il en fut un peu effrayé, comme devant l'orange que le petit Jésus, aux temps de ses Noëls d'enfance, déposait dans un de ses sabots. Pendant des jours, il se contentait de la considérer à la tête de son lit, de la caresser, de la humer. Elle parfumait toute leur chambre. Mais ensuite la mère demandait avec inquiétude :

— Est-ce que tu vas la laisser pourrir ? Le petit Jésus ne sera pas content.

Il se résignait donc à la peler. Elle paraissait dans sa nudité fragile, avec ses reliefs et ses sillons confluents. Il se décidait à glisser dedans un auriculaire, à écarter les tranchettes, à en détacher une, à la poser sur sa langue, à l'y garder longtemps. A Combret, toutefois, le moindre cadeau tombé du ciel devait être partagé avec le reste de la famille. Il fallait donc proposer d'autres tranchettes à la parenté, qui refusait. Excepté Valentine, gourmande comme une chatte blanche. Ainsi, par petits morceaux, l'orange se consommait. Lorsqu'il l'avait entamée, il était impossible de ne pas aller jusqu'au bout. Eh bien, le trésor de sa vie était tout pareil. De combien de tranches serait-il composé ? Vingt-quatre étaient déjà parties. Impossible d'arrêter la consommation du reste.

L'hiver suivant amena la neige et le froid habituels. Mais les trois hommes de la maison avaient accumulé une belle réserve de bois, et la cheminée ne manqua point d'aliment.

L'après-midi du 24 décembre, la famille fit le voyage de Venteuges pour aller se purifier la conscience avant la communion de minuit. Il y avait foule devant les deux confessionnaux où officiaient Touche-Bœuf et un de ses vicaires. L'un écoutait les hommes, l'autre les femmes. Celles-ci étant plus nombreuses, les trois Poudevigne mâles passèrent d'abord, et durent attendre le tour d'Emilie. Lorsqu'elle ressortit du placard, ils avaient eu le temps de marmonner toutes leurs pénitences, devant l'image de la Vierge. Après cette longue attente, la mère parut enfin.

— On retourne à Combret, décida-t-elle aussi sec.

— Et ta pénitence ? s'étonna le père.

— Je la réciterai en route.

— Tu es restée bien longtemps. Tu avais tant de péchés à confesser ?

— C'est une affaire qui ne regarde que le bon Dieu, répondit-elle en haussant les épaules.

Et lui d'achever :

— Heureusement qu'il ne t'a pas donné la pénitence de Baptistou.

La pénitence de Baptistou ? Celle-là, tout le monde la connaissait. La chose s'était produite à Recoule dans les temps anciens et c'est un nommé

Julhard qui en avait pâti. Un pas trop bête, pas trop fin. A la tombée de la nuit, il ramenait un soir à la maison son troupeau de chèvres et son âne Baptistou. Voilà-t-il pas que deux malandrins, qui cherchaient un bon coup à faire, le voient ainsi occupé ? L'aîné dit au plus jeune :

— Cet âne nous arrangerait bien. La semaine prochaine, à la foire aux chevaux de Saugues, nous en tirerions bien cinq ou six pistoles. Fais exactement comme je vais te dire.

Le vieux Julhard s'était arrêté contre une haie pour tomber de l'eau. Tandis que sa main gauche y était occupée, de la droite il tenait la bride du baudet. A la fin, il reboutonne sa braguette et commande :

— *Anen, moun ase !*

Il revient à sa ferme. Les chèvres d'elles-mêmes rentrent dans leur chèvrerie. L'homme tire sur le bridon pour attacher son âne à la crèche. Et que voit-il ? Non pas son Baptistou, mais un garçon dépenaillé, échevelé, avec des yeux qui lui sortent de la tête.

— Qu'est-ce que c'est que ça ? crie le vieux Julhard. Qui es-tu ?

— Un pauvre diable, brave homme. Ayez pitié de moi.

— Où donc est mon âne ?

— Mais votre âne... c'est moi.

— Toi ? Qu'est-ce que tu me racontes ?

— La pure vérité. Dans ma jeunesse, j'ai commis de grands péchés. Croyez-moi si vous voulez : j'ai étranglé pas moins de sept personnes.

— Sept personnes ? En même temps ?

— L'une après l'autre. Alors, en pénitence, le bon Dieu m'a condamné à devenir âne pendant sept ans.

Et ma pénitence vient de finir ! Juste comme je passais la porte de votre écurie ! Voilà pourquoi vous me trouvez au bout de cette corde. A présent, je redeviens un bon chrétien. Mais seul au monde. Sans personne pour me donner une bouchée de pain.

— Une bouchée de pain, je peux te la donner. Mais Baptistou, qui me le rendra ?

— Hé ! les ânes ne manquent pas en ce monde. Portez-vous bien, brave homme.

Là-dessus, le malandrin prend la poudre d'escampette sans attendre la bouchée de pain, laissant le pauvre Julhard tout pantois.

Entre sa femme, la Julharde, qui le trouve ainsi *esclambourné*. Il lui montre la corde, lui explique ce qui s'est passé, la pénitence de l'âne.

— O Sainte Vierge ! Ce Baptistou ! Qui l'aurait cru capable d'avoir étranglé sept personnes, lui qui paraissait si doux !

Tous deux mangent la soupe quand même et vont se coucher. Mais le pauvre Julhard ne peut fermer l'œil de la nuit. Les chèvres ont besoin au pâturage d'un âne pour les garder du loup : il a des fers aux sabots qui savent le tenir à distance. Sans parler de ses autres services. Comment faire, à présent ? Au premier chant du coq, il saute du lit, court à l'écurie avec l'espérance que cette disparition n'était qu'un cauchemar, qu'il va retrouver Baptistou à la crèche. Mais non : il ne reste de lui que la corde et le crottin.

— Femme, conclut-il, jeudi prochain, j'irai à la foire aux chevaux de Saugues acheter un autre âne.

Ce jour-là, il descend donc à Saugues qu'il trouve envahi par les chevaux, les mulets, les bardots. Sur la place Antique se tient le marché aux ânes. Il va d'une bête à l'autre, tâte une échine par-ci, une queue par-là, examine les dents et les oreilles. Tout par un coup, il en entend un qui s'est mis à braire comme pour l'appeler. Il se dirige vers lui, reconnaissant cet organe. Aucun doute ! C'est lui ! C'est bien lui, Baptistou en personne !

— Ah ! vieille carne ! s'écrie Julhard de Recoule. Tu as encore étranglé quelqu'un ! Mais ne compte pas sur moi pour te racheter ! Fais ta pénitence encore un an et même deux ! Et ne me prends pas pour plus âne que je ne suis !

Emilie Poudevigne récita donc la sienne, de pénitence, en chemin. A Combret, elle fit cuire une vieille poule destinée au repas de réveillon. Mais personne ne goûta même au bouillon, puisqu'ils devaient se présenter l'estomac vide à la sainte table.

Lorsqu'ils revinrent, à l'appel des cloches, l'église de Venteuges était bondée jusqu'à la porte. Des bergers étaient venus, porteurs d'un bel agneau que les enfants caressaient au passage. Le curé Touche-Bœuf expliqua dans son sermon que la présence de cet animal était doublement justifiée. D'abord, parce que Jésus était né dans une étable. Ensuite, parce que l'*Agnus Dei* l'appelait Agneau de Dieu et qu'il s'était sacrifié pour sauver les hommes.

Quand les trois messes basses furent finies, les Poudevigne se recueillirent un moment devant la crèche, peuplée de petits personnage d'argile : non seulement la Sainte Famille, mais le *campanier*, le facteur, le garde champêtre, la boulangère, l'épicière, le bûcheron. Et aussi de petits animaux domestiques. Jean Poudevigne tendit son index vers l'âne.

— Regardez : Baptistou !

La foule s'écoula avec ses lanternes, car la nuit était noire comme le cul du diable. Les bergers repartirent sans leur agneau ; il devait être partagé entre le curé, ses deux vicaires et le sacristain.

Lorsque vint le printemps suivant, Maurice avertit la famille qu'il avait l'intention d'acheter une bicyclette.

— Pour quelle raison ?

— Parce que j'ai appris au 92 à m'en servir et qu'elle économisera bien mes jambes quand je devrai me déplacer.

— Combien ça coûte ?

— Dans les trente, quarante francs.

— Le prix de deux veaux !

— D'un veau et demi.

— Avec quel argent ?

— Avec celui que j'ai gagné en Auvergne.

— On l'a dépensé.

— Pas tout entier.

— Et moi ? fit soudainement Tonin. Est-ce que je n'ai pas droit aussi à une bicyclette ? Est-ce que je suis bâtard ?

— Mais toi, répliqua Maurice, tu as servi dans les chasseurs alpins. Pour grimper sur les montagnes, vous n'aviez pas besoin de bicyclettes. Tu ne sais pas rouler avec.

— J'apprendrai.

— Ou alors, demande ces planches qui vous servaient à marcher sur la neige. Des skis. Mais si je suis aussi envieux que toi, j'en demanderai aussi une paire.

Emilie mit le nez dans son bas de laine, aboutit à cette conclusion : si l'on devait acheter deux machines, c'était la ruine de la maison. Le père suggéra qu'on pouvait peut-être se contenter d'une pour deux. En fait, Tonin n'avançait son idée de bicyclette que pour en faire passer une autre : il était entré en fréquentation avec une fille de Combret et avait l'intention de l'épouser. Or cette drôlette, une Cubizolles, appartenait à une famille avec laquelle les Poudevigne étaient fâchés depuis trois générations. Pour des motifs oubliés, mais toujours efficaces. Lorsqu'un membre de l'une croisait un membre de l'autre, non seulement ils ne se saluaient pas, mais ils ne se voyaient pas. On ne détournait point la tête, ce qui eût été admettre qu'on avait vu l'ennemi ; on gardait la tête bien roide, les yeux fixes, la bouche serrée. S'il arrivait qu'un mal informé fît allusion à ces voisins devant Jean Poudevigne, il secouait le front, il refusait de se rappeler leur existence. Tonin et Odile, eux, se connaissaient bien et s'appréciaient. Dans la rue, ils se regardaient, se souriaient. A la fontaine, leurs mains se frôlaient. Quoiqu'on ne les surprît jamais ensemble, ils devaient bien aussi se rencontrer secrètement.

Après la dispute sur la bicyclette et les skis, Antonin lâcha tout de go cette confidence :

— Je profite de l'occasion pour vous apprendre que je veux me marier.

— Tiens donc ! Et avec qui ?

— Avec Odile Cubizolles.

— Odile... Mais tu sais bien que sa famille et la nôtre, nous ne nous parlons pas !

— Bon. Vous vous parlerez un peu.

— Jamais ! N'y compte pas !

— C'est Odile, ou une seconde bicyclette.

Jean parut d'abord étourdi par cet ultimatum. Quand il l'eut bien compris, il s'écria qu'il aimait mieux acheter une seconde machine plutôt que s'allier avec des ennemis.

— Des ennemis ! Des ennemis ! Ces Cubizolles sont quand même des Français ! Pas des Prussiens !

— Presque ! Presque !

— Que vous ont-ils fait, au juste ?

— Sur son lit de mort, mon père Germain m'a fait jurer de ne jamais pardonner à cette engeance ce qu'elle avait fait à notre famille du temps de son père à lui.

— Et qu'est-ce qu'elle nous avait fait ?

— Des misères.

— Quel genre ?

— Je n'en sais rien. Mais ça devait être bien gros puisqu'il m'a fait jurer ce qu'il avait juré à son propre père.

Ainsi, cette haine se transmettait de père en fils et en petit-fils comme un meuble de famille, comme le coffre à sel qui portait la date *1637*.

— Tu ne crois pas, dit Antonin, qu'il est temps de renoncer à cet héritage ?

— Puisque j'ai juré !

— Le curé te déliera de ton serment.

Consulté sur ce point, l'abbé Touche-Bœuf rappela que le Christ nous ordonne de tendre la joue gauche si quelqu'un nous frappe sur la droite. Le père rumina cette leçon, finit par la comprendre, par céder, à condition d'être accompagné lorsqu'il ferait la demande à Marcel Cubizolles, le père d'Odile.

— Accompagné de qui ? demanda le prêtre.

— De vous-même.

— C'est facile, pourvu que vous payiez mes pas.

Les choses furent arrangées ainsi : un lundi, le curé arriva sur son âne, qui ressemblait à Baptistou. Celui-ci fut attaché à la croix et les trois conjurés – Touche-Bœuf, Jean et Antonin – se dirigèrent vers la maison des Cubizolles, à l'autre extrémité de Combret. Voyant arriver cette délégation, Yvonne, la mère d'Odile, ouvrit des yeux comme des culs de bols. Elle était infirme et se déplaçait seulement avec deux cannes.

— On voudrait vous parler, fit le prêtre. A vous et à votre homme.

— Mon homme ? Il est derrière, en compagnie des cochons. Vous le reconnaîtrez sans peine : c'est celui qui porte un chapeau.

Munis de ce signalement, ils contournèrent la borie, se dirigèrent vers la soue, d'où provenaient des couinements aigus, et trouvèrent Marcel, agenouillé au milieu de ses gorets, en train de les anneler. De leur fixer, au moyen d'une pince spéciale, un anneau de fer dans le groin pour les empêcher de fouir le sol. Levant la tête, il distingua ces trois ombres, interrogea dans son français à lui :

— Quoi qui n'y a ?

— Je suis le curé de Venteuges et j'accompagne ces deux paroissiens. On a des choses à vous dire. Lavez-vous les mains. On vous attend dans la maison.

Un moment après, ils s'y trouvèrent réunis, autour de la table. Quatre individus obligés de s'entre-regarder. Se balançant sur ses cannes, Yvonne écoutait de toutes ses oreilles. Dans sa cage, un chardonneret s'arrêta de chanter. Le prêtre commença de la façon qui convenait à ses fonctions :

— Avant d'aller plus loin, je voudrais que nous récitions ensemble un *Notre Père*. Levez-vous, je vous prie. Otez le chapeau.

Les trois hommes obéirent, se signèrent, marmottèrent en chœur :

— Notre Père qui êtes aux cieux, que votre nom soit sanctifié. Que votre règne vienne sur la terre comme au ciel. Donnez-nous aujourd'hui notre pain quotidien. Pardonnez-nous nos offenses comme nous pardonnons à ceux qui nous ont offensés...

— Halte ! cria l'abbé. Répétez avec moi : « Pardonnez-nous nos offenses comme nous pardonnons à ceux qui nous ont offensés. » Encore un coup : « Pardonnez-nous nos offenses comme nous pardonnons à ceux qui nous ont offensés. » Avez-vous bien compris ces paroles ? Comment osez-vous demander à Dieu votre pain quotidien si vous ne tenez pas votre promesse ? Je sais qu'entre les Poudevigne et les Cubizolles existe une discorde vieille de cent ans. Ne croyez-vous pas que le moment est venu de l'oublier ? Etes-vous des chrétiens ou êtes-vous des suppôts de Satan ?

Eux baissaient le nez, consultant la pointe de leurs sabots. Touche-Bœuf les laissa un long moment dans cette attitude. Puis il reprit la parole :

— Je m'adresse à vous ici présents, et aux autres membres des deux familles absents. Vous allez, en votre nom, au nom de vos parents vivants et à venir, vous réconcilier devant moi et devant Dieu. Si vous refusez, je ne mettrai plus le pied dans vos maisons, même lorsque vous m'appellerez pour recevoir les derniers sacrements.

Cette menace les fit frissonner. Affronter le Juge suprême sans s'être lavé la conscience dans l'extrême-onction les remplissait de terreur anticipée. Le prêtre vit leur crainte et leur fléchissement ; il ordonna :

— Donnez-moi la main droite tous les trois. Tous les quatre. Et dites ces simples mots : « Je vous pardonne vos offenses. »

Après quelques secondes d'hésitation, les trois paysans obéirent. Leurs mains se serrèrent. Ce contact de trois paumes rugueuses remplit chacun de stupeur et d'émerveillement. Yvonne fut admise à se joindre à ce nœud vivant et chaud. Le prêtre fit dessus un signe de bénédiction.

Puis ils se dénouèrent. Fouillant au plus profond de son cœur, Jean Poudevigne se rendit compte que, malgré ses recherches, il n'y découvrait plus la moindre trace d'aversion contre ses voisins. Un large sourire s'épanouit sur son visage. Tourné vers Marcel, il leva la main, leurs deux paumes claquèrent pour une patche d'amitié :

— Sacré farceur !

— Sacré farceur !

Cubizolles se leva, disposa sur la table des verres et une bouteille, le vin bleu coula, les gobelets trinquèrent, l'horloge sonna, le chardonneret fit cui cui, tout le monde éclata de rire. L'abbé reprit la parole :

— Voilà une bonne chose de faite. Mais ce n'est pas tout.

Le silence se rétablit. De nouveau, les autres s'entre-regardèrent.

— Jean Poudevigne, à toi de parler.

L'interpellé se racla la gorge, releva ses moustaches avec le dos d'une main, ne sachant trop de quelle façon commencer. Il lui était plus facile de négocier une vache. Il considéra Marcel un long moment, finit par lâcher :

— Devine.

— Devine quoi ?

— Ce que je viens te demander.

— Est-ce que tu es venu pour jouer aux devinettes ?

Saisissant son fils Antonin par l'épaule, il réussit enfin à s'expliquer :

— Mon garçon a regardé ta fille.

— Regardé ?

— Tu ne t'en étais pas aperçu ?... Elle lui plaît. Il veut la prendre en mariage... J'ai tout dit. Est-ce que tu donnes ton consentement ?

Marcel se tourna vers sa femme :

— Tu étais au courant ?

Elle fit un geste qui signifiait : « Naturellement. Les mères sont au courant de tout. »

— Et Odile, qu'est-ce qu'elle en pense ?

Second geste d'Yvonne, pour dire : « Si elle n'était pas d'accord, tout ce monde ne serait pas ici. »

— C'est bon, c'est bon. Y a que moi qui ne savais rien.

— Alors, reprit Jean, ta réponse ?

— Faut que j'entende la drôlette. Sa réponse sera la mienne. Odile ! Odile !

Elle devait écouter derrière la porte, car elle parut tout de suite. Son père lui rapporta la demande en mariage, qu'elle accepta sans se faire prier, toute rougissante.

— *Amen !* fit le curé. Vous vous arrangerez pour les détails.

Un moment après, chez les Poudevigne, il se mit à table avec le reste de la famille. C'est ce qu'il appelait « payer ses pas ».

La noce se fit six semaines plus tard, Tonin alla vivre chez les Cubizolles qui n'avaient que cette fille. Ainsi fut réglée la querelle de partage entre les deux frères : l'aîné eut une femme, le cadet une bicyclette.

L'ennui était qu'à Saugues il n'existait aucun marchand qui vendît cette sorte de machine. Maurice dut descendre l'acheter à Langeac, chez Chambon qui tenait boutique dans la Grand-Rue. Sur la vitrine, une pancarte disait : *Leçons gratuites à tout acheteur.* Il choisit une Hirondelle, fabriquée à Saint-Etienne.

— Avez-vous besoin de leçons pour vous en servir ? demanda Chambon.

— Aucunement. J'ai appris au 92 de Clermont, dans la compagnie des éclaireurs cyclistes.

— Dans ce cas, je vous fais une remise de deux du cent.

Il restait quand même à payer trente-sept francs et vingt-cinq centimes. Maurice sortit son boursicot, aligna les pièces sur le comptoir. Naturellement, le vendeur fit sonner les écus. Sitôt qu'il fut dehors, Maurice s'assit sur la selle, freins serrés, le pied droit encore par terre, dans la position « départ » que recommandait l'adjudant Siméoni. Puis il lâcha les manettes, appuya sur la pédale gauche et la bicyclette l'emporta sans effort grâce à la légère déclivité qui durait jusqu'au carrefour de Pinols. A tout venant, même à ceux qui le regardaient du trottoir, il envoyait un coup de sonnette, drinn drinn. Déjà le vent de la course bourdonnait à ses oreilles.

Il y eut ensuite un long morceau de plat qui suivait le cours de l'Allier. Après le pont du chemin de fer, il fallut pédaler dur, décoller le derrière de la selle et monter « en danseuse ». Les deux kilomètres que dura la grimpée lui en firent suer une belle. Mais ensuite, il redescendit tranquillement, traversa Chanteuges encombré de vaches et de cochons que son drinn-drinn n'impressionnait nullement, franchit le passage à niveau. Ce furent alors des tournants et une côte fort raide à travers le bois de Coupe-Gorge. Plus d'une fois, il dut mettre pied à terre, sentant son cœur qui, sous sa veste, dansait la capucine. « Je manque d'entraînement. Faudra que je m'y mette. » Un peu marchant, un peu pédalant, il atteignit le col.

— Quand ça descend, je monte. Quand ça monte, je descends. Telle est, proclamait Siméoni, la devise des bons à rien.

Enfin, tournant à main droite, il enfila le chemin de Venteuges. Il traversa la paroisse en distribuant ses coups de sonnette ; revint sur ses pas ; traversa de nouveau. Il eut la satisfaction de voir de nombreux visages éberlués. Même les enfants de l'école collèrent le nez aux barreaux de la grille. Il leva un bras pour les saluer, prouvant ainsi qu'il était capable de tenir le guidon d'une seule main. Il lui fallut bien, ensuite, prendre l'épouvantable chemin qui menait à Combret. Il zigzaguait entre les pierres, craignant pour ses pneumatiques. Le village semblait abandonné, car tout le monde était aux champs, travaillant aux trifoles. Seul, Lulu Lonjon, assis sur son muret, le regarda sans comprendre.

Il fut enfin devant sa maison. Drinn drinn ! Sa mère et sa sœur sortirent, poussant des cris d'enthousiasme.

Valentine ne se décidait pas à se marier. « Je n'y ai pas le goût », prétendait-elle. Elle eût plutôt songé à se faire béate, à prendre la suite de Marie Rampal, le moment venu. Elle savait lire, écrire, compter, faire la dentelle, soigner les malades, elle avait toutes les capacités nécessaires ; mais Marie Rampal ne se décidait pas à avaler son chapelet. Pour la sortir un peu, Maurice voulut l'emmener à la fête patronale de Saugues, le 8 juin, jour de la Saint-Médard. Elle refusa, disant qu'elle n'avait rien à se mettre. Il y alla seul, remisa sa bécane chez Martin, son oncle sabotier. Il y rencontra Isidore Pigouli et d'autres célibataires de même espèce.

Après la procession nocturne du jeudi saint, le reinage du 8 juin était pour le bourg le plus grand événement de l'année. Chaque famille invitait ses parents éloignés, à qui elle offrait le meilleur de sa cuisine : lentilles aux saucisses, riz au gras, pot-au-feu, *impastyis*, sortes d'énormes chaussons fourrés aux pommes, aux poires ou aux pruneaux. Des balançoires, des manèges à sièges volants, des chevaux de bois, des casse-pipes occupaient les places et les carrefours. Les limonaires moulaient leurs musiques mécaniques :

Sous les ponts de Paris, tagada, tagada,
Lorsque descend la nuit, tagada, tagada...

Des jeux amusants attiraient les dégourdis : ascension du mât de cocagne, course en sac, *biches* et *bichous* suspendus à une corde qu'il fallait briser avec une perche, au risque d'en recevoir le contenu sur la tête. Le plus drolatique était sans conteste celui du *sarsou*[1]. Ce produit s'obtient en chauffant le petit-lait qui reste dans la baratte après la formation du beurre. Il en résulte une pâte blanche plus épaisse que la crème ou la caillée, plus fluide que la tomme. Egouttée, enrichie d'ail et de poivre, moulée, elle peut donner le gaperon, petit fromage limagnais en forme de puy de Dôme.

Le jeu se pratiquait par paires – le donneur et le mangeur –, à quatre, à six, à huit. Armé d'une écuelle et d'une cuillère de bois, le donneur enfournait dans la bouche du mangeur d'énormes cuillerées de sarsou. Le couple qui le premier vidait l'écuelle emportait la mise. Pour arriver à ce résultat, le mangeur ouvrait le bec comme un corbillot. Bientôt, le sarsou lui remplissait la bouche, débordait sur les joues, le nez, les yeux, le cou, les vêtements, les souliers. Il s'étouffait, éternuait, vomissait, les concurrents profitaient de ses projections, le public se tordait de rire. Un arbitre décidait du gagnant.

Tous les participants sortaient de l'épreuve plus ou moins *ensarsounés*. Heureusement, la fontaine n'était pas loin. Ils couraient s'y débarbouiller de tout ce babeurre.

Pendant ce temps, on dansait dans les cafés, les granges, aux sons d'un accordéon diatonique. Les bourrées à la bonne franquette, en troupeau, chacun levant le genou, tapant du talon, avançant, reculant,

1. Dans le Forez, le Lyonnais, le Dauphiné, on dit *sarassou*.

comme cela se présentait. Les polkas, les mazurkas exigeaient de se mettre en couples, les garçons devaient inviter les filles.

Observant celles qui faisaient tapisserie, Maurice reconnut Joséphine Armilhon, la fille des instituteurs de Venteuges ; après trois années d'études à l'école normale de Vals, près du Puy, elle enseignait à son tour les enfants d'Esplantas. Il l'avait rencontrée fillette, adolescente. A dix-neuf ou vingt ans, elle était restée petite et il se dit qu'elle lui conviendrait bien pour quelques polkas. D'abord, il la considéra en frisant les bouts de sa moustache. Ensuite, il osa lui faire la courbette d'invitation. Vêtue d'une longue robe blanche qui essayait de la grandir, elle se leva, lui tendit la main droite, il entoura sa taille tout en restant éloigné d'elle autant que l'exigeait la décence.

Un, deux, trois... Un, deux, trois... Un, deux, trois... La polka est une danse toute bête, même Lulu Lonjon saurait pratiquer ces sautillements. Pas comme la bourrée, qui exige de la réflexion, de l'examen, de l'à-propos, de l'enthousiasme ; les femmes pincent leurs jupes, les hommes lèvent les poings en l'air, poussant des ya-hou forcenés.

Or ce qu'il craignait se produisit. Il eût aimé gambiller en silence ; mais elle se mit à lui parler, usant du tutoiement, peu répandu en Margeride, puisqu'on disait vous aux chiens et aux vaches :

— Je te reconnais : tu es Maurice Poudevigne, n'est-ce pas ?

— Oui.

— Tu étais dans la classe de mon père. Te voilà, je suppose, revenu du service ?

— Oui.

— Où l'as-tu fait ?

— Au... au... à Clermont... au... au... 92.

Elle n'alla pas plus loin, craignant sans doute de lui rire au nez. Ils terminèrent la polka sans rien ajouter. Il sentait sa petite main pelotonnée dans la sienne. Lorsque le musicien cria : « Embrassez vos cavalières ! », elle tendit ses joues poudrées, parfumées. Elle regagna sa place. Mais lorsqu'il l'invita une seconde fois, elle secoua la tête :

— Non, merci. Je me sens un peu fatiguée. Il fait si chaud !

Fatiguée ? Comment pouvait-elle l'être après une simple polka ? Dépité, il sortit de la grange, fit quelques pas dehors en regardant le ciel. Quand il revint, il observa par la *pousterle*, le fenestron qui donnait du jour à l'intérieur, et put constater que Joséphine avait accepté l'invitation de Jean Tardif, simple agriculteur aussi, mais qui ne bégayait point. Il les vit même faire ensemble plusieurs danses, rire et converser. Il s'éloigna.

En d'autres lieux, il retrouva son copain Pigouli. Ils burent chopine. Puis ils participèrent à des bourrées, dans lesquelles il fit montre de son agilité, de son adresse à croiser les pieds, de l'à-propos de ses talonnades. Il embrassa trois fois des filles simples aux bonnes joues rouges qui ne craignaient pas de lui parler dans le langage de la Margeride. Il prit bien chaud et but avec l'un, avec l'autre quelques chopines supplémentaires. Au milieu de la nuit, il rentra un peu saoul à Combret, à pied, menant sa bécane par l'oreille.

Le 23 juin 1905, il lia ensemble la lame et le manche de sa faux, les attacha au cadre de sa bicyclette, disposa le sac de ses vêtements sur le porte-bagages. Et en route pour Ardes-sur-Couze. Son frère Antonin avait renoncé à l'estive, ayant assez d'ouvrage dans son nouveau domaine.

La descente jusqu'à Langeac fut des plus agréables. Ensuite, il y eut des plats et des côtes. Plus d'une fois, il dut mettre pied à terre. Il arriva en fin de journée chez Alphonsine qui, après une si longue absence, le combla de toutes sortes d'égards. Dont certains parfumés à la violette.

Dès le lendemain, il fut sur la place de la loue, où sa machine suscita bien des curiosités. A cause d'elle, c'est à peine si le coare de la Goupilière le reconnut en passant devant lui. Maurice dut le saluer.

— Bien le bonjour, monsieur Magne.

— C'est donc toi, Maurice ? Tu es venu monté !

— Je me suis payé une bicyclette parce que, au régiment, j'étais dans une compagnie d'éclaireurs cyclistes.

— Et ton frère ?

— Il s'est marié. On a besoin de lui à Combret.

— Ça m'arrange. Trois hommes me suffisent.

Les deux autres furent des oiseaux connus : Yrondel et Panefieu. Après la triple patche, ceux-ci prirent place dans la voiture, tandis que Maurice enfourchait sa machine. Ce fut un curieux voyage, cette compétition entre le cheval et la bécane. Tout le long du chemin, ils jouèrent au lièvre et à la tortue. Tantôt le Gévaudanais filait devant, tantôt il se laissait précéder, tantôt il s'accrochait d'une main à la ridelle. Mais enfin, ils arrivèrent ensemble à la borie. Madame Magne embrassa Maurice et le trouva grandi. Le vieux Lessandre le trouva forci. La servante du moment, Emilienne, était vieille et un peu sourde. Songeant à Félistine, la jeune Gauloise, il eut un pincement au cœur.

Les fils s'émerveillèrent de la bicyclette et tous voulaient qu'il leur donnât des leçons. Mais le père s'opposa :

— Rien ne presse. Vous ferez comme lui : vous apprendrez au régiment. Vous n'avez pas besoin de ça pour faucher ni garder les vaches.

Dès le lendemain, les trois ouvriers commencèrent la fauche, Maurice occupant la seconde place. L'herbe trempée de rosée se couchait à merveille. Durant les pauses, Yrondel, qui avait aussi fait son temps à Clermont, racontait d'anciennes prouesses. Comment, ordonnance d'un capitaine d'artillerie, il avait un jour vu « en peau » l'épouse de son officier. Comment il fréquentait la rue des Trois-Raisins et celle des Petits-Fauchers où il trouvait des femmes pour pas cher ; elles se disputaient même ses faveurs. Comment il avait rendu service à une Clermontoise dont le bébé manquait d'appétit et qui, par voie de conséquence, produisait trop de lait. Quel genre de service ? D'abord, en la tétant. Toutefois, comme il n'y avait pas beaucoup de goût, il avait craché le liquide dans un saladier. Oui, un saladier, parce que c'était une forte laitière. Ensuite, poussant plus loin l'expérience, il s'était procuré de la présure, y avait laissé tomber quelques gouttes. De sorte qu'à la fin des fins il avait obtenu un fromage de femme.

— Et qu'en as-tu fait ? interrogea Maurice.

— Je l'ai mangé, pardi ! Et je vous le recommande, il est meilleur que la fourme du Cézallier.

Incroyable, mais vrai. Les deux autres faucheurs se tenaient à l'écart de cet individu qui avait mangé du fromage de femme, le considérant comme une sorte d'anthropophage.

Yrondel ne pouvait d'ailleurs ouvrir la bouche sans parler sexe. Maurice se rappelait la haine qu'il avait nourrie contre lui, naguère, lorsqu'il le voyait poursuivre la jeune Félistine. En lui, l'envie de le tuer ne s'était pas complètement éteinte.

La différence avec le passé, c'est qu'à présent il jouissait d'un vélo. Le dimanche après-midi, au lieu d'aller jouer aux quilles à la Cabane, il parcourait les alentours. Il descendit jusqu'à Compains dont le clocher était couvert de bardeaux. Chose singulière qu'il devait retrouver plus tard en Suisse et dans la Forêt-Noire. Les habitants étaient spécialisés dans la fabrication des lanternes. Il vit Espinchal dont la moitié des maisons portait encore un chapeau de chaume. Il connut La Godivelle et ses deux lacs. Au retour de ses randonnées, il rentrait fourbu, la tête remplie d'oiseaux, de tourbières, de sonnailles, de burons.

Quelqu'un, à la Goupilière ou dans ses environs, devait le jalouser. Un jour, il trouva crevés les deux pneus de sa machine. Il procéda à la réparation.

— Nos chemins ne sont pas faits pour les bicyclettes, expliqua le coare. Ils sont pleins d'épines.

Et en effet, la semaine suivante, il trouva ses pneumatiques encore crevés. Comment identifier l'auteur de ces attentats ? Tout de suite, il soupçonna le Parisien ; mais il ne put jamais le prendre en flagrant délit. Il ne fit la seconde réparation que le matin de son départ, après la foire de Brion. Lorsqu'ils se séparèrent, monsieur Magne lui déconseilla de revenir l'année suivante avec cette machine.

C'est donc ce qu'il fit en 1906 et en 1907. L'orange de toute vie peut comporter des tranches amères qu'il faut avaler avec patience. Pour se consoler, il se disait de temps en temps, parlant patois dans sa tête : « Je suis jeune. Je suis encore jeune. » En regardant autour de lui les vieux et les vieilles qui consommaient leurs derniers taillons.

En 1908, les gendarmes de Saugues apportèrent une convocation des autorités militaires lui enjoignant de rejoindre le 92e RI pour une période d'exercice allant du 15 juillet au 6 août. Ne pouvant remonter à la loue, il écrivit à monsieur Magne pour s'en excuser. A la caserne d'Assas, il espérait retrouver son ami aveyronnais Ernest Allary ; mais celui-ci ne participait point à la même période. Ses supérieurs vérifièrent qu'il savait toujours pratiquer le garde-à-vous, qu'il les respectait toujours en dehors et en dedans, qu'il se tenait bien à bicyclette. Il fit la connaissance d'une arme nouvelle appelée mitrailleuse, capable de tirer trois cents coups à la minute, fabriquée à Saint-Etienne. Son alimentation posait toutefois un problème. Le chargeur, en forme de couronne, contenait seulement cent cartouches de fusil Lebel ; elle ne pouvait donc cracher que durant vingt secondes consécutives, avant d'être rechargée. Une deuxième mitrailleuse devait prendre le relais.

Les officiers ne croyaient d'ailleurs pas beaucoup à l'efficacité de cette arme inconstante ; ils lui préféraient toujours l'intelligence de la baïonnette.

Les députés, même, ne croyaient plus à une guerre contre l'Allemagne. Ils venaient de réduire à deux ans la durée du service militaire. Ils sabraient à tour de bras dans le budget de la défense. Paris ne s'intéressait qu'à la mode, au théâtre, à la peinture, à la musique.

Clermont-Ferrand vivait aussi dans une heureuse tranquillité. Sur le modèle de la Samaritaine parisienne, un grand magasin, les Galeries de Jaude, y attirait les foules depuis 1906. La même année, un petit train à vapeur avait commencé son service depuis la place Lamartine jusqu'au sommet du puy de Dôme ; chaque jour d'été, les familles s'y entassaient avec enthousiasme.

La ville avait aussi plusieurs salles de spectacle où venaient se produire les artistes consacrés par la capitale, Paul Delmet, Félix Mayol, Maurice Chevalier, Esther Lekain. L'entreprise Michelin occupait des bras de plus en plus nombreux ; de même sa concurrente, celle des frères Bergougnan. Aux élections municipales de 1904, le maire sortant, monsieur Louis Renon, proclamait : « Pendant les quatre années de mon mandat, il n'a été touché à aucune taxe. Pas un centime additionnel n'a été imposé aux contribuables. » Clermont-Ferrand vivait aussi sa belle époque.

Les réservistes du 92 menèrent donc joyeuse vie. Au cours d'un quartier libre, Maurice Poudevigne se laissa entraîner dans les rues mal famées de la ville. N'osant refuser d'imiter ses camarades de goguette, il accepta les faveurs d'une fille et paya cinq francs un plaisir qui ne valait pas deux sous.

A la caserne, en revanche, il fit connaissance avec la salle de police parce qu'il manquait six clous à l'un de ses brodequins.

— On commence par perdre six clous, proclama le sergent-chef Perbène. Puis on perd ses cartouches. Puis on perd la guerre.

Il coucha sur une planche, se réveilla avec des douleurs dans les côtes, déjeuna d'un morceau de pain et d'eau claire.

Lorsque, démobilisé, il rejoignit Combret, il était trop tard pour partir à l'estive. Il employa ses bras au petit domaine des Poudevigne. Il moissonna aussi chez des voisins, à charge de revanche. Une main lave l'autre et toutes deux lavent la figure.

Au terme d'une chaude journée chez les Cubizolles, Emilie proposa un soir de danser une bourrée sur les éteules du seigle fraîchement coupé. Cela engage la terre à bien produire l'année suivante. De plus, chacun sait qu'il n'y a rien de tel qu'une belle bourrée pour reposer les membres après un rude labeur. Il y avait là ses deux fils, Valentine, son homme, Odile, Cubizolles et son chapeau. Elle-même ne dansait pas, mais elle fournit la musique. C'était merveille de voir cette femme burinée par les peines, tannée par les vents et les soleils, cette vieillarde de cinquante ans produire des notes criardes qu'elle dirigeait en plaçant ses deux mains devant sa bouche à la manière d'un porte-voix. Pour varier les sons, elle se pinçait les joues, se tapotait la gorge. A elle seule, elle devenait tout un orchestre pendant que les moissonneurs gambillaient lourdement sur les chaumes. A la fin, les hommes ôtèrent leur chapeau et plantèrent trois baisers dans les joues des femmes. Emilie reçut sa large part.

Vinrent ensuite les temps de faucher les regains, d'arracher les trifoles, les raves, les choux-raves. Tout cela nourrissait les animaux et la famille, mais rapportait peu d'argent. Une année qu'ils n'avaient que deux veaux mâles, « bons pour la mort », Maurice suggéra d'acheter des génisses afin de les engraisser, puis de les faire couvrir et de les revendre pleines. Pour ce, il se rendit à bicyclette à Thoras, où se tenaient les plus grosses foires de la région ; il en ramena deux bêtes qui durent marcher quatre lieues pour atteindre Combret. Les gens souriaient au passage de cette étrange quadrette composée de deux vaches, d'un homme et d'une bécane.

En 1909, il repartit pour Ardes-sur-Couze en utilisant les anciens moyens de transport, diligence, train, âne de Saint-François. Sur la place du beffroi, monsieur Magne l'engagea en même temps qu'Yrondel et le Brivadois Panefieu.

Le 14 Juillet fut célébré à Saint-Alyre par un défilé des pompiers et de leur pompe à bras tirée par deux chevaux fleuris de tricolore. Dans la cour de l'école – située entre l'église et le cimetière – fut donnée une fête patriotique : les garçons firent, avec leurs fusils de bois, une démonstration de leurs aptitudes militaires ; les filles, coiffées en Alsaciennes et en Lorraines, chantèrent avec eux *La Marseillaise*. Puis le tambour de ville annonça pour l'après-dînée un grand concours de fauche qui aurait lieu dans un pré au communal du Fraud. Un jury présidé par le maire jugerait du temps et de la qualité du travail.

A quatre heures, au plus chaud de la journée, ils se trouvèrent une douzaine de concurrents devant une herbe si mûre qu'elle fleurissait de partout. Donc, difficile à tondre. Chaque faucheur devait, pendant une minute chronométrée, abattre le plus de surface possible. Les curieux assistaient de loin à la compétition, retenus par une corde sur des piquets. Le premier par ordre alphabétique, un gars de l'Argillier, se présenta, manches relevées. Au signal de « Vas-y ! », il courut vers l'herbe, fit sa besogne avec tant de précipitation qu'il laissa derrière lui tout un troupeau de « truies ». Il s'arrêta quand le maire cria : « Halte ! », d'une façon très militaire. Le jury observa le résultat, et chaque juge attribua une note. Poudevigne passa le huitième et sa daille, minutieusement battue et affilée auparavant, lui fit honneur. Yrondel fut le dernier, à cause de l'Y de son nom.

Après une longue délibération, le maire, monsieur Goyon, se leva, chaussa ses lunettes, ôta son chapeau, toussota :

— Voici le résultat de notre concours de fauche. Premier prix, une médaille de bronze et un saucisson d'un mètre cinquante : Poudevigne Maurice.

Applaudissements du public. Le vainqueur, éberlué, croyant avoir mal entendu, n'osait bouger de sa place. Ses concurrents durent le pousser. Il s'avança timidement, monsieur Goyon lui passa autour du cou un ruban au bout duquel pendait une rondelle de bronze ; elle représentait à l'avers le profil de la République et portait au revers cette mention : premier prix. Sans autre précision. Le maire lui remit aussi le saucisson géant avec lequel, par plaisanterie, Maurice prit la posture du Présentez-armes.

Onze autres prix furent ensuite décernés, car chaque concurrent eut le sien. A la quatrième place, Yrondel reçut un saucisson d'une coudée. Le jeune Panefieu en reçut un plus court. Ces trois saucissons remontèrent ensuite à la Goupilière, où ils furent reçus triomphalement. Pendant un mois, il y eut du saucisson à tous les repas de midi.

Autre effet du concours de fauche. Lorsque Yrondel et Poudevigne se retrouvèrent devant l'herbage à couper sur les pentes de Chassidouze, le Parisien offrit au Gévaudanais de prendre la première place :

— Elle te revient, puisque tu as eu le premier prix.

Maurice refusa, affirmant que leur disposition durait depuis des années et que seul monsieur Magne pouvait la modifier. Consulté, le coare décida qu'Yrondel conservait sa priorité, par l'âge et l'expérience ; l'ordre ne fut point changé.

Le 25 août, Maurice reprit le chemin de Combret. Sa médaille y produisit beaucoup d'effet. Elle fut accrochée au mur à côté des deux certificats encadrés.

Combret n'était pas un village perdu. Avec les hirondelles, il voyait arriver des travailleurs ambulants, commerçants, bricoleurs qui réparaient les parapluies ou la vaisselle, rétamaient les bassines, aiguisaient les ciseaux, achetaient les chiffons et les peaux de lapin. Au printemps de 1910 parut un colporteur chargé d'une véritable armoire, retenue à ses épaules par des sangles comme le sac des fantassins, et pourvue d'une multitude de petits tiroirs.

Son chapeau haut de forme quelque peu affaissé montrait cette enseigne majuscule : SAMARITAINE. L'homme fit le tour des maisons, balançant devant chaque porte une clochette au bout d'un manche :

— Aujourd'hui, le plus grand magasin de Paris, la Samaritaine, célèbre dans le monde entier, est parmi vous. Elle vous propose les marchandises les plus utiles, aux meilleurs prix : aiguilles, ciseaux, dés à coudre, rasoirs, peignes, savons et savonnettes, fils de lin, de soie, de laine et de coton, boutons, chapelets, couteaux, fourchettes, cuillères, médailles, bagues, boucles d'oreilles, colliers, rubans, mouchoirs. Tout ce qui manquait à votre bonheur, la Samaritaine vous l'apporte.

Il terminait avec un clin d'œil canaille :

— On peut me payer en pièces, en billets ou en nature.

Il s'installa au centre du hameau, entre la fontaine et la croix, posa son armoire par terre, secoua sa cloche à tout rompre. Une femme s'avança pour jeter un coup d'œil, puis une autre, puis une troisième. Bientôt, ce fut un attroupement. Emilie dit à sa fille :

— Accompagne-moi.

Elle n'avait besoin de rien, mais la curiosité la dévorait. Le colporteur tira ses tiroirs, les aligna sur le socle de la croix, toutes les femmes penchèrent le nez dessus, poussant de joyeuses exclamations, touchant d'un doigt timide les bobines, les fusettes, les pelotes.

— J'aimerais bien un ruban, dit Valentine.

— J'ai de la moire, du satin, du velours, de la siamoise.

La mère et la fille choisirent une demi-aune de veloutine qui leur coûta douze sous. Près d'elles, d'autres femmes s'intéressaient aux pendentifs, aux boucles, aux médailles de la Sainte Vierge et d'autres saints. Comme elle y portait aussi les yeux, Emilie reçut une surprise. Au milieu de ces petites croix, le profil de la République ! Non pas seul, mais parmi une demi-douzaine de ses frères. Elle en retourna un, lut la mention : premier prix. Le colporteur la regardait.

— C'est du bronze ? demanda-t-elle. Comme les cloches ?

— Si l'on veut.

— Comment, si l'on veut ?

— Disons que c'est du fer bronzé.

— Combien ?

— La médaille vaut dix sous. Mais je vous la laisse à huit.

— Merci bien. Je suis servie.

Maurice avait donc gagné une médaille de huit sous ! Elle se demanda si elle devait lui apprendre ce bon marché. Après réflexion, elle garda pour elle le secret, pensant que l'honneur de la victoire n'avait pas de prix.

Et les choses se poursuivirent ainsi jusqu'au vendredi 31 juillet 1914.

1914-1916

Ce jour-là, Maurice et son père descendirent au marché. L'affluence y était pareille à celle des autres vendredis. Avec cette différence : une foule se pressait devant la maison de monsieur Villeret. Celui-ci était le banquier du canton comme l'indiquait une double enseigne au-dessus de sa porte :

Crédit Lyonnais
Caisse d'Epargne

Aidé d'une employée aux écritures, il prenait l'argent, comptait les liasses en mouillant son index, faisait sonner les écus, versait les intérêts. Or les clients ce jour-là n'avaient qu'une pensée : retirer leurs fonds, à cause des rumeurs de guerre. Sitôt servis, ils s'en allaient les investir en sucre, café, chocolat, huile, macaroni, farine, conserves. Il s'agissait, naturellement, de fonctionnaires, rentiers, médecins, notaires, gendarmes ou leurs épouses, gens de calculs et de précautions. Aucune blouse paysanne dans cet attroupement. Les épiciers faisaient des affaires d'or.

Vers onze heures, monsieur Villeret parut sur le seuil de sa boutique pour haranguer la queue restante :

— Je n'ai plus de numéraire. Vous m'avez dévalisé. Je ne peux plus servir personne. Revenez la semaine prochaine.

Protestations, exclamations, malédictions. Mais la foule dut se disperser.

Les Poudevigne, eux, ne craignaient pas de manquer : leurs finances étaient bien au chaud derrière la pile de draps, le blé poussait, les trifoles grossissaient, les poules pondaient. Ils vaquèrent à leurs occupations en s'efforçant de ne pas croire à cette guerre. Ils savaient que la France n'était pas seule comme en 1870, mais alliée à l'Angleterre et à la Russie. Ils pensaient que l'Allemagne n'oserait pas attaquer ces trois puissances. Maurice, personnellement, ne se sentait pas trop pressé d'aller délivrer l'Alsace et la Lorraine.

La matinée du samedi se déroula tranquillement. Ils s'employèrent à moissonner leur orge. Mais vers trois heures de l'après-midi, les cloches de Venteuges se mirent à sonner. Non pas sur un rythme joyeux, comme pour annoncer vêpres, mais sourdement, avec de longs intervalles. Qui donc enterrait-on ? Après elles, ils entendirent au loin celles de Saugues. Et puis d'autres, faibles, mais distinctes, venues de Grèzes, de la Besseyre, d'Auvers, du fond des horizons. Tout le ciel était en enterrement.

— Je vais voir à Venteuges, dit Maurice.

Il enfourcha sa bicyclette. Comme la veille devant le Crédit Lyonnais, il y avait foule devant la mairie. Monsieur Armilhon lisait à voix haute le texte de l'affiche blanche qu'il venait de placarder :

ORDRE DE MOBILISATION GENERALE. Par décret du président de la République, la mobilisation des armées de terre et de mer est ordonnée, ainsi que la réquisition des chevaux, voitures et harnais nécessaires au complément de ces armées. Le premier jour de la mobilisation est le dimanche 2 août 1914. Tout Français soumis aux obligations militaires doit, sous peine d'être puni avec toute la rigueur des lois, obéir aux prescriptions du fascicule placé dans son livret...

Des femmes pleuraient. Les hommes serraient les dents. Des enfants demandaient ce que cela voulait dire. Les cloches poursuivaient leur funèbre concert. Maurice revint à Combret. Il examina son fascicule rouge :

Le titulaire du présent ordre se mettra en route sans attendre aucune notification individuelle. Il se présentera le deuxième jour de la mobilisation avant 10 h à la gare la plus proche de son domicile et sera tenu de prendre le train qui lui sera indiqué par le chef de gare. Il descendra à la gare de Clermont-Ferrand, se mettra aussitôt à la disposition du chef de police qui le fera diriger sur la caserne d'Assas.

La diligence de Saugues n'arrivait à Langeac que vers midi. Pour s'y trouver avant dix heures, il se mit en route à quatre heures du matin, à la première odeur du jour. Il portait au cou, sous la chemise, une médaille de saint Roch que sa mère lui avait donnée. Une fois encore, il refit cette route qui le conduisait naguère à la loue d'Ardes-sur-Couze. Son frère était parti en diligence le dimanche soir vers Le Puy, où il devrait coucher à la caserne du 86e RI avant de prendre le train pour la Savoie.

Au quartier d'Assas, la cour était pleine de paysans de son espèce qui parlaient de leurs travaux interrompus :

— Cette charogne de Guillaume aurait bien dû se tenir tranquille jusqu'à la fin des moissons !

Tous, du moins, semblaient persuadés qu'ils rentreraient au pays pour la Noël.

Dans la même journée, ils furent pourvus de leur équipement. A la compagnie cycliste, Maurice reçut la bécane et le mousqueton. Un mot commençait à courir de bouche en bouche, avec un sens nouveau et terrifiant : le « front ». Jusqu'alors, il désignait cette partie de la tête où l'on pose la main pour commencer le signe de croix. Dès lors, il désigna cette partie de la France ou de l'Allemagne où deux armées s'entre-tuaient.

Le 4 août, embarquement. Les bécanes entassées dans des fourgons, les hommes dans des wagons de voyageurs. On partait en voyage. Pour le front. Le convoi s'arrêtait à toutes les gares. Et même à certains passages à niveau. Un jeune troubade s'était donné pour fonction de renseigner ses camarades sur l'itinéraire. A chaque station, il sortait la tête par la portière, criant :

— Les gars, on est à Aigueperse !... A Randan !... A Vichy !... A Moulins !...

Pour passer le temps plus que par faim, ils mangeaient le biscuit de guerre, qui offrait quelque ressemblance avec les petits Lu : en plus sec, en plus insipide, en plus mité. Les civiles les acclamaient et chantaient *La Marseillaise*. Les dames de la Croix-

Rouge distribuaient du café, des cigarettes, du papier à lettres.

Vinrent des gares dont Maurice n'avait jamais entendu parler : Digoin, Chagny, Beaune, Nuits, Dijon, Vesoul, Epinal... On entra dans la nuit, les noms se firent illisibles. Mais le front approchait : on entendait au loin gronder le canon. On s'efforça de dormir sur les banquettes dures.

Manœuvres, coups de sifflet, lanternes balancées. On repart. On roule à trois ou quatre kilomètres-heure. Rien ne presse. On ne sait plus où l'on est. Aucune importance.

A partir de là, Maurice ne comprit plus rien au déroulement des choses. L'intendance oubliait de les ravitailler. Heureusement, des civils leur apportaient encore du pain. On se bagarrait un peu pour le partager. Après tout, ce n'était peut-être pas le canon qu'on entendait, mais un orage. Il plut à torrents. Poudevigne songeait à son seigle pas encore faucillé. Valentine, aussi forte qu'un homme, s'en chargerait. Cette pluie favoriserait l'herbe et ferait pousser de beaux regains.

Le jour revint. D'autres biscuits de guerre et du chocolat noir furent distribués. Sur le quai des gares, on s'attroupait autour des fontaines, comme les vaches de Combret autour de la bédouire.

Des avions ronronnaient entre les nuages. Des boches : on distinguait des croix noires sous leurs ailes. On roule encore, à petite allure. A Thaon, enfin, tout le monde descend. La compagnie cycliste récupère ses machines. On campe en rase campagne. Cela forme une marée bleu et rouge. Le soleil tape sur tous ces coquelicots. Biscuit et chocolat, eau claire à volonté. Cette fois, c'est bien le canon qu'on entend au loin, du côté des Vosges.

Pendant quatre jours, d'autres troupes débarquèrent. Des généraux dans leurs automobiles ornées de fanions tricolores. Un régiment de cavalerie venant du nord, des chevaux fourbus, des hommes affamés. Les trains amenèrent des véhicules en tous genres : omnibus, fourgons de la Samaritaine, du Louvre, du Printemps, de Potin. On eût dit un carnaval. En attendant de partir pour le front, on astiquait les armes, les boutons et les cuirs. Les colonels passaient en revue comme à la caserne. La nourriture, du moins, s'était améliorée, grâce aux cuisines roulantes, aux bêtes réquisitionnées sur place et sacrifiées.

Quelques jours plus tard, on déménage. Direction Rambervillers. Les cyclistes devant, en éclaireurs. Le reste de la troupe suit, la tête rentrée dans les épaules, parce que l'artillerie donne de plus en plus de la voix. On croise des convois de blessés, transportés par les fourgons du Louvre ou du Printemps. D'autres refluent à pied, sur des béquilles, clopin-clopant. Des Lorrains avertissent ceux qui montent :

— Les Allemands sont dix fois plus nombreux que vous. Et ils ont dix fois plus de canons.

Heureusement, les Français ont leurs baïonnettes. A Badonviller, ils trouvent une ville détruite par le fer et par le feu. Les Bavarois l'ont occupée pendant dix jours avant de se retirer. On raconte de cette occupation tant d'horreurs qu'il y a de quoi se boucher les oreilles. Quelques maisons seulement ont été épargnées : elles portent sur leurs façades la majuscule D à la craie : *Deutscher*. Leurs habitants se sont proclamés allemands. Puis ils ont suivi les Bavarois dans leur reflux. On bivouaque dans une ville déserte. Aux alentours, on entre dans ce qu'on croit être un champ de melons. Ce sont, en fait, des têtes humaines. Elles appartiennent à des blessés civils enterrés vivants, puis achevés à coups de sabre. Maurice sent naître en lui un sentiment inconnu jusqu'à ce jour : la haine.

Comme il faut bien se nourrir, on rafle dans les maisons ce que les Bavarois n'ont ni bu ni mangé. Celles qui montrent un *D* souffrent spécialement de ce pillage nécessaire. Le lendemain, on repart. On marche au canon. A Cirey, on trouve des poteaux-frontière portant des aigles noirs que l'on renverse.

— Soldats ! crie le lieutenant Morlet. Nous entrons sur le territoire ennemi, sur le département de la Moselle que les Prussiens nous ont pris en 1871 !

Cris de joie. Ils durent peu, car des obus se mettent à pleuvoir, soulevant d'énormes gerbes de terre, répandant une odeur de poudre.

— A plat ventre ! crie le lieutenant. Armez vos mousquetons !

On n'a plus besoin de bicyclette : on avance en rampant. Mais un peu plus loin on se relève, on court pliés en deux, avec l'espoir qu'en allant vite on échappera aux projectiles. On rejoint d'autres troupes, on se confond avec elles. De temps en temps, des obus tombent en plein milieu : des bras, des jambes volent en l'air. Si on apercevait au moins ces salauds de Boches ! Si on pouvait les canarder ! Mais on s'enfonce dans une fumée opaque, traversée d'éclairs.

Au milieu du tonnerre des gros calibres allemands, on distingue très bien à présent les claquements rageurs, précipités des 75 français. Puis on descend vers le canal de la Marne au Rhin. On discerne enfin les casques à pointe des ennemis. On tire à cœur joie...

De l'autre côté s'étend une ville, aux cheminées décapitées par notre artillerie. Maurice en demande le nom au lieutenant :

— Sarrebourg.

Toute sa vie, Poudevigne se rappellera ce lieu où il a reçu le baptême de la guerre. Et il le répétera en secouant la tête :

— Sarrebourg, Sarrebourg... Je connais. Je connais...

1914... 1915... 1916.

Comment vécut-il ces années inqualifiables ? Ballotté par les débandades, les regroupements, les avances, les reculs. Successivement en compagnie de chasseurs alpins, de zouaves, de Noirs africains qui ne pouvaient plus tenir leurs fusils à cause de leurs mains gelées, de Russes qui jouaient de la balalaïka, d'Anglais qui ne songeaient qu'à se raser et qu'à boire leur tisane. Où se trouvait-il ? En Argonne ? En Champagne ? Sur la Meurthe ? Sur la Moselle ? Sur la Meuse ? A Morhange ? A Nomeny ? Au bois des Caures ? A Bois-Sabot ? Au Bois-le-Prêtre ? Il n'avait aucune carte à sa disposition, se contentant d'obéir aux ordres de ses supérieurs, qu'eux-mêmes recevaient des grands chefs.

Dans les tranchées où ils croupissaient comme des rats d'égout, il se servait de la pelle et de la pioche plus souvent que du fusil. Il ne comprit jamais rien à ce qui se passait, sauf que sa compagnie recevait des marmites sur la tête, d'énormes calibres de 210 qui creusaient des trous où l'on aurait enterré une maison ; des éclats de shrapnels qui tombaient comme une grêle, dont ils essayaient de se protéger sous leur sac. Et même des envois de nos 75 quand l'artillerie française tirait trop court ; on faisait allonger le tir en lançant des fusées vertes.

Il souffrit du chaud, du froid, de la faim, de la soif, de la pluie, de la neige, de la boue, de la dysenterie, des cris des blessés, des poux, de la puanteur des morts. Il dormit sous les balles, il mangea de la graisse d'arme, il s'abrita sous des cadavres ; comme beaucoup, il leva une main au-dessus du parapet dans l'espoir de recevoir la bonne blessure et d'être évacué ; il n'eut pas cette chance.

On comprenait qu'une attaque était en train de se préparer lorsque arrivaient des chargements de cercueils et de croix de bois. Il lui advint de casser la croûte, de grand appétit, sur une pile de ces caisses encore vides en se disant : « Ce soir, je serai peut-être dedans. »

Au milieu de cet enfer, il y avait tout de même des moments de purgatoire. Au début de 1915, le pantalon rouge et les guêtres à lacets furent remplacés par des culottes bleues et des bandes molletières. L'art d'enrouler ces bandes exigeait de l'adresse et de la patience. Comme la dentelle au carreau. Elles devaient serrer le mollet sans arrêter la circulation. Le bleu horizon avait pour but de moins attirer les balles ennemies. Des pancartes recommandaient : *Essayez de vous rendre invisibles.*

De même, les anciens képis furent abandonnés. Les Allemands avaient donné l'exemple en remplaçant leurs casques à pointe par des espèces de saladiers qui leur couvraient le front, le crâne et la nuque. Les Français furent pourvus d'une coiffure plus seyante, dessinée par un chapelier nommé Adrian. Munie d'une jugulaire de cuir, elle les fit ressembler à Du Guesclin.

— Avec ce chapeau, expliqua un lieutenant, vous ne craindrez aucun coup sur la tête. Démonstration.

Il demanda à un soldat orné du casque bleu de s'avancer :

— Ne bouge pas. Reste au garde-à-vous.

Tandis que l'homme se tenait bien raide devant lui, l'officier saisit un manche de pelle, l'éleva très haut, voulut le laisser retomber sur le casque Adrian. Mais le troubade, par un geste de parade instinctif, écarta la tête, le manche lui tomba sur l'épaule et lui cassa la clavicule.

— Bougre de triple andouille ! Je t'avais recommandé de ne pas bouger !

Il fallut l'évacuer, sous les rires envieux de ses camarades. Cela devint un jeu. Chacun voulut répéter l'épreuve, prenant bien garde de ne pas frémir d'une ligne au manche qui tombait. Maurice reçut sa volée, et il s'émerveilla de ne ressentir, en effet, qu'une simple bourrade. Il envia les compagnons de Du Guesclin qui recouvraient tout leur corps d'une armure. Pourquoi, dans ces conditions, ne pas les copier ?

Ce sont les Boches que l'on copiait. Autre exemple : après avoir reçu dans la figure des grenades allemandes, les officiers réclamèrent des grenades françaises. Les premières furent confectionnées presque sur place, dans les granges, où des forgerons travaillèrent à souder deux par deux des quarts de fer, des quarts à boire, à les remplir de poudre détonante, à les munir d'une mèche qu'il fallait enflammer au briquet. Ces pétards tenaient plus du feu d'artifice que de l'engin de guerre. Mais ensuite les usines françaises fabriquèrent des grenades à fragmentation, très efficaces, qu'on pouvait lancer à la main ou au fusil Lebel coiffé d'un petit tromblon. Il n'y avait plus de grenadiers dans l'armée française depuis Napoléon ; voilà qu'ils reparaissaient. En stratégie, le fin du fin consiste à s'emparer des inventions de l'ennemi, et à les lui renvoyer sur la gueule.

On le vit aussi à propos des gaz asphyxiants. Ce fut un jour un brouillard verdâtre que le vent poussait vers nos lignes.

— Qu'est-ce qui sent l'ail comme ça ?

Plus tard, on lui donna le nom d'ypérite, parce qu'il avait été lancé devant Ypres. Il brûlait la peau et détruisait les poumons. Pour s'en protéger, on employa d'abord des masques de carnaval, des tampons d'ouate sous le nez, des lunettes enveloppantes. Les masques filtrants vinrent ensuite. La nappe gazeuse présentait une faiblesse : en changeant de direction, le vent pouvait la disperser ou la retourner à l'expéditeur. Nos chimistes trouvèrent une riposte : l'obus à gaz, qui répandait son contenu aux bons endroits.

Les Boches firent alors goûter aux joies du lance-flammes. Portant sur leur dos des réservoirs pareils à ceux des vignerons français, ils projetaient des jets de feu sur les lignes ennemies. Toujours imités, jamais égalés dans le domaine des inventions diaboliques. Autrement dit : à ce jeu de cons, ils gagnaient toujours.

De temps en temps se produisait une accalmie. Les officiers supérieurs en profitaient pour distribuer un certain nombre de décorations dans les tranchées. Après lecture des citations, des médailles étaient épinglées sur les poitrines, tandis qu'un peloton présentait les armes. Ça remontait les caracos.

A l'arrière, à quelques kilomètres des lignes, sur des théâtres improvisés, on recevait parfois la visite d'artistes parisiens : Mayol, Paulin, Mistinguett, Bach. Ils chantaient *La Madelon, Elle avait un' jambe de bois, Le pinard c'est de la vinasse.* Le public bleu horizon s'asseyait par terre, ou sur des cercueils ; ou il écoutait debout, l'arme à la bretelle.

La solde avait été multipliée par dix, portée de deux centimes et demi à cinq sous par jour. (Pour compenser cette dépense, la solde des officiers avait été réduite.) Le simple troufion devait quand même thésauriser douze jours pour pouvoir s'offrir une bouteille de gros rouge à trois francs dans les cantines ambulantes.

Quand on avait quelques jours de repos, on couchait dans des granges réquisitionnées, sur de la paille pourrie parce qu'elle avait servi à bien d'autres. On en profitait pour se débarbouiller un peu, se raser, secouer les pièces de l'uniforme sans parvenir à en chasser tous les totos, ces énormes poux de guerre que les Boches élevaient intentionnellement pour nous en faire cadeau : ils portaient sur l'échine des croix noires caractéristiques. On écrivait au crayon encre des cartes à la famille pour lui faire croire qu'on passait du bon temps. Les vaguemestres distribuaient un peu de courrier.

Un certain 24 décembre, le soldat Maurice Poudevigne se trouvait quelque part dans un bois où ne restaient que des squelettes d'arbres. La neige recouvrait tout ce qu'on pouvait voir, la terre torturée, parsemée d'épaves innombrables, casques, bidons, musettes, fusils. Dans la tranchée, des territoriaux, aussi tranquilles que des cantonniers sur les routes, ramassaient dans des toiles les débris humains. Or, depuis le matin, le 77 boche se taisait. On entendait même croasser les corbeaux qui s'appelaient les uns les autres à des festins de chair demi-fraîche. S'enveloppant dans leur capote et leur couverture, la tête appuyée au banchement de la tranchée, les survivants s'efforçaient de trouver un peu de sommeil malgré le froid.

Inquiets de ce silence, les officiers surveillaient au périscope les lignes ennemies, à cinquante mètres de distance, au-delà des barbelés et des épieux. Vers le milieu de l'après-midi, ce qu'ils virent dans leurs lentilles les remplit de stupeur : des écriteaux blancs surgis de la tranchée opposite portaient cette inscription française : *Aujourd'hui et demain, ne tirons pas*. Ces Boches étaient de bons chrétiens qui entendaient célébrer la naissance du Christ. Mieux : ils distinguèrent des têtes non pas coiffées du saladier, mais de ce calot plat et rond qui ressemblait, sans le pompon, et en sombre, au béret de nos marins. On entendit des cris :

— Joyeux Noël ! Joyeux Noël !

Connaissant bien la fourberie germanique, les officiers avertirent leurs hommes :

— Ils nous préparent un tour de cochon. Tenez-vous prêts à riposter.

Mais ni ce jour-là ni le lendemain, il ne se produisit aucune attaque. Mieux encore : au milieu de la nuit, on put entendre un chœur allemand : *Stille Nacht ! Heilige Nacht !...* Auquel les Français répondirent par *Il est né le divin Enfant.* Même ceux qui ne croyaient pas au Christ, mais qui avaient entendu parler de lui, joignirent leurs voix. Pendant ces deux jours, tout le monde eut l'espérance d'un miracle, du retour soudain de la paix. Il ne se produisit pas. Le 26 au matin, la fusillade reprit. On ne sait pas qui tira le premier coup de feu.

Les amitiés entre troubades se nouaient difficilement, car on ne restait pas longtemps ensemble. Chacun tel un mouton dans un immense troupeau, tous condamnés à l'abattoir. Tous pareils, avec leur laine théoriquement bleue, leur casque bossué, leurs godasses immondes, leur moustache ou leur barbe, leur regard résigné, leur familiarité avec la mort. Celle-ci tellement présente, apprivoisée, obligatoire, attendue qu'elle finissait par ôter toute crainte d'elle. Au repos, quand ils avaient un peu repris figure humaine, il leur arrivait d'échanger des confidences, des lettres, des photos.

C'est ainsi que Poudevigne se trouva plusieurs fois à rencontrer un certain Denvaert, prénommé Fidèle, originaire du Pas-de-Calais. Un qui parlait un peu comme lui, non pour raison de bégaiement, mais parce qu'il connaissait mal le français. Cordonnier et célibataire dans le civil. Ils partagèrent du pain.

Maurice prêta son couteau. Leur demi-mutisme les rapprochait.

Au printemps de 1916, Maurice et Fidèle bénéficièrent tous deux d'une permission de six jours, voyage non compris.

— Je m'demande où que j'vas aller passer la mienne, dit le Nordiste. Chez moi, c'est tout z'envahi par les Boches.

— Je t'emmène, dit Maurice sans réfléchir.

— Comment qu'te dis ?

— Viens passer ta perme chez moi, en Auvergne.

— Te veux m'emmener chez ta famille ?

Maurice fit oui de la tête. Fidèle l'embrassa, disant :

— T'es un frère.

Ils partirent ensemble. Dans le train, les permissionnaires côtoyaient les civils, recevaient d'eux des marques d'amitié, du pain, du vin, des cigarettes. Des hommes jeunes s'excusaient de n'être pas mobilisés à cause d'une certaine jambe, ou d'un bras, ou des poumons. Les locomotives étaient conduites par des femmes ou par de très vieux mécaniciens à la barbe fleurie. Il leur fallut soixante-douze heures pour arriver à Saugues, un lundi, jour de marché aux veaux, jadis grouillant d'hommes et de bêtes ; ce lundi-là, les rues étaient désertes. Ils firent tamponner leurs titres à la gendarmerie.

Tout le monde fut bien surpris à Combret de voir Maurice en compagnie d'un soldat inconnu. Ce qui n'empêcha pas Emilie de tomber d'abord dans ses bras, presque évanouie de bonheur. Le père frotta ses grosses moustaches contre ses joues. Puis ce fut le tour de Valentine. Et Fidèle fut embrassé pareillement. Maurice ne trouvait rien d'autre à dire que :

— *Soui akì. Soui akì.* Me voici.

Bonheur de reparler le patois de sa terre. Il demanda des nouvelles d'Antonin. Elles étaient aussi bonnes que possible. Puis il expliqua la présence de Fidèle à ses côtés.

— Nous aurons assez de pain pour lui, dit Jean Poudevigne.

— Pauvre garçon ! fit Emilie. Et votre famille ?

— J'en ai z'aucune nouvelle.

D'emblée, le fils reprit ses habits de paysan ; on en trouva aussi pour le Nordiste, qui se sentit un peu déguisé avec un pantalon trop court.

Pendant ce temps, Emilie faisait bouillir dans sa lessiveuse les deux uniformes imprégnés de guerre et de vermine. Tout le village fit la queue à leur porte pour les voir, leur serrer la main, leur demander des nouvelles de Paul, de Pierre ou de Jacques. Maurice expliqua que le front s'étendait sur six cents kilomètres ; que des millions d'hommes y combattaient ; qu'aucun Saugain ne se trouvait dans son secteur. Les voisins repartaient le visage sombre. Pigouli Isidore était venu précédemment en permission, décoré de la médaille militaire.

— Toi, tu n'en as pas besoin ! Tu en as déjà une très jolie ! l'avertit sa mère, pour le cas où il aurait cherché à faire du zèle.

Il approuva. Son premier prix lui suffisait.

Emilie raconta un accident qui s'était produit à Venteuges. Au cours d'une permission, Jean Servière était monté sur le toit de sa maison pour arranger des tuiles déplacées par le vent. Et voici qu'il en était tombé, se cassant une jambe. Beaucoup de mauvaises langues racontaient qu'il l'avait fait exprès. Les gendarmes étaient venus enquêter, sa permission s'était trouvée allongée d'un mois et demi. Mais ensuite, il avait dû repartir. Six semaines plus tard, on avait appris qu'il était tombé au champ d'honneur. Les chutes au champ d'honneur ne se réparent point.

Maurice rendit visite dans la grange à sa faux. Il l'embrassa.

— Elle t'attend aussi, dit le père. Peut-être seras-tu de retour pour les foins.

— La guerre finira bien un jour.

Parbleu ! Tout finit. Un jour, la terre elle-même finira et volera en éclats comme une grenade. Un jour, le soleil s'éteindra.

Durant cette permission de détente, il travailla comme naguère, sciant le bois, trayant les vaches, nettoyant l'étable. Pendant ce temps. Fidèle le cordonnier revoyait et réparait les chaussures de toute la famille. Maurice demanda s'il manquait des mobilisés.

— On ne sait pas.

On savait, mais on ne voulait pas dire les noms qui avaient été déjà épinglés à la porte de la mairie.

Il se trouva que Valentine et Fidèle s'entendaient bien. Leurs âges s'accordaient, leurs cœurs s'accordèrent. On les vit se promener ensemble, se tenir par la main, peut-être même s'embrasser dans l'ombre. Ils auraient pu brûler les étapes. Ils ne le firent pas. Ils échangèrent seulement des promesses d'avenir.

Un dimanche que les deux hommes se trouvaient à la messe, le curé Touche-Bœuf les salua publiquement, demanda à l'assemblée – composée de vieux, de femmes et d'enfants – de prier pour eux, pour leurs camarades, pour la victoire de la France.

Pendant ces six jours, Emilie les combla de pommes de terre, de choux, de lard, de soupes grasses, de saucisses, de tartes aux pommes et autres nourritures gévaudanaises. Le père, autrefois si ménager de son vin, cherchait à remplir leur verre à tout moment, si bien que Maurice devait poser une paume sur le sien. Six jours d'un triste bonheur. De tremblantes espérances.

Le lundi suivant, ils reprirent leurs uniformes désinfectés. Avec quelque peine, Fidèle écrivit son adresse nordiste sur un morceau de papier ; Valentine écrivit la sienne sur un autre. Il prononça les paroles que tout le monde attendait :

— Après la guerre, je reviendrai. Et nous nous marierons.

Valentine et lui s'embrassèrent publiquement pour sceller leurs fiançailles. Puis les deux hommes bleus s'en allèrent à pied en direction de Saugues.

— Ecrivez-moi ! cria Valentine.

Fidèle leva le bras en signe d'accord. Ils disparurent derrière la haie. On distingua encore un peu leurs deux calots. Puis plus rien.

Poudevigne et Denvaert firent ensemble le chemin de retour vers l'enfer. Ils s'efforcèrent ensuite de ne pas se perdre de vue et d'entretenir leur amitié.

Un jour, on les fit monter dans un camion bâché, en même temps que vingt-cinq autres poilus, comme on disait maintenant. Serrés tels des harengs en caque.

— Où ce qu'on va ? demandèrent-ils au sous-lieut.

— En promenade.

Devant eux, derrière eux, une file ininterrompue de camions, longue de plusieurs kilomètres. Enorme serpent sur une route empierrée. Puis la file s'arrêta, les hommes descendirent et continuèrent à pied, le fusil à la bretelle, six grenades dans la musette, enveloppées de chiffons pour les empêcher de s'entrechoquer, comme des œufs fragiles. Maurice et Fidèle furent séparés, et plus jamais l'Auvergnat ne revit celui qu'il considérait déjà comme son beau-frère.

De Verdun il ne restait que des ruines. Hachées menu comme le persil. Il demeura une journée dans la citadelle, bien au sec. Dehors, il pleuvait. L'offensive allemande durait depuis dix-huit semaines. On jouait aux cartes sous le bombardement. Des nouvelles filtraient par les trous de serrure : le général Pétain avait pris la situation en main, les Boches allaient bientôt renoncer.

« Demain est mon anniversaire », se dit le soldat Poudevigne, né le 18 juin 1880. A Combret, on ne célébrait point ces occasions, c'est à peine si l'on s'en souvenait. Elles rapportaient tout au plus trois baisers sur les joues.

Ce 18, se trouvant sur une colline à l'ouest de Douaumont, il se dit à lui-même : « Joyeux anniversaire, sacré farceur ! »

Jamais il n'avait tant plu qu'en ce printemps 1916. De cette hauteur, il regardait aux environs la terre fouie, bouleversée, assez comparable à celle qui entoure un abreuvoir, piétinée par des centaines de sabots. Mais ici, il fallait en imaginer des milliers, des millions. Et dans beaucoup de ces trous ronds, pleins d'eau, on voyait flotter des cadavres humains comme des mouches dans un bol. L'épouvantable piétinement de l'artillerie continuait. Lui rampant ou sautant d'un cratère à l'autre, ne sachant plus s'il allait en avant ou en arrière, s'il progressait ou reculait.

Soudain, dans cette reptation crapaude, il se trouva en compagnie d'un autre soldat coiffé du casque Adrian. Tous deux agenouillés au fond du trou. Il remarqua que ce compagnon inconnu portait sur la poitrine une croix de guerre. Un fort, un vaillant, un grand patriote. Lui, Poudevigne, n'avait pas d'autre décoration que son premier prix, n'ayant jusqu'ici rien fait d'héroïque. Or il constata que son camarade tremblait de la tête aux pieds, que la croix de guerre grelottait sur sa vareuse, que ce garçon avait encore assez de vitalité pour éprouver de la peur. Lui point, c'était fini, il n'avait pas plus peur de mourir qu'un bout de bois de brûler.

Tout à coup, le héros le saisit par le col, le contraignit à se baisser, le visage dans la boue. Au-dessus d'eux, ils entendirent craqueter et siffler les balles d'une mitrailleuse. Après un moment, elles s'arrêtèrent. Se déterrant, Maurice leva la tête. Il put voir, à une portée de grenade, une Maxim boche, avec son manchon refroidisseur, braquée sur eux. Deux hommes coiffés du saladier les observaient, criant :

— *Kameraden !... Kameraden !*

Maurice comprit qu'ils avaient ce choix : se rendre aux deux Allemands, ou recevoir les pruneaux de la mitrailleuse.

— Qu'est-ce qu'on fait ? demanda-t-il au décoré.

— On se rend.

En même temps, il leva une main, les cinq doigts écartés. La mitrailleuse à manchon les regardait de son œil noir. Maurice fit de même. Ils s'arrachèrent à leur trou, sortirent à quatre pattes, les bras levés.

Vingt fois, Maurice avait vu de près des prisonniers boches. Coiffés de leur calot rond, car ils jetaient le saladier que leurs vainqueurs ramassaient à titre de trophée. L'expression tranquille de leur visage rappelait celle des paysans qui reviennent de la foire où ils ont bien vendu leur cochon. Parfois même rigolards, paraissant dire : « J'aime mieux ma place que la tienne. » Leur musette dans le dos, avec les souvenirs de famille. Et c'était lui, maintenant, le jour de son anniversaire, qui marchait vers la honte et la captivité, qui s'avouait vaincu malgré les recommandations du maître d'école : « Le soldat français doit combattre jusqu'à la mort et ne jamais se rendre à l'ennemi. » Son camarade devait partager ses sentiments, car il le vit arracher sa croix de guerre et la jeter dans la boue.

Sitôt qu'ils furent à la hauteur de la Maxim, un des Boches leur fit signe de descendre dans un boyau où ils trouvèrent une dizaine d'autres prisonniers. Les uns blessés, d'autres en bonne apparence. Tous la tête basse. L'un d'eux, un jeune imberbe, pleurait sous son casque comme un enfant battu. Personne n'essayait de le consoler. Puis leurs gardiens, des territoriaux armés du mauser à la crosse goitreuse, leur firent signe d'avancer. Ils suivirent le boyau, marchèrent, marchèrent, passèrent dans une tranchée dont les occupants, sous leur saladier, parurent les regarder sans haine. Certains même les saluèrent de la main en disant :

— *Heil !*

A présent, ils reconnaissaient la musique des mitrailleuses françaises de Saint-Etienne. Et les coups de gueule des 75. Les territoriaux les poussaient de leur crosse. Ils avançaient pliés en deux, presque à quatre pattes. Et ainsi pendant une heure, deux heures, sans savoir en quel terrain ils se trouvaient.

Puis ils furent sur une route parcourue de camions et de troupes boches. Ils arrivèrent dans un village détruit et furent enfermés dans l'église à ciel ouvert. Comme ils réclamaient à manger de la voix et du geste, leurs gardiens leur firent comprendre qu'ils mangeraient plus tard. Quelques prisonniers, qui mouraient de soif, lapèrent l'eau bénite. Il n'y en eut pas pour tout le monde.

Ils passèrent la nuit dans cette église, à même le sol, au milieu des gravats, des morceaux de cloche. A un mur pendait un Christ décrucifié, retenu à la croix par un seul clou. Lui aussi victime de la guerre. Le lendemain matin, on leur distribua une boule de pain pour huit. D'un pain noir et gluant déjà connu dans les lignes françaises sous le nom de pain KK.

Dehors, ils burent à une fontaine et leur caravane se remit en marche. Chaque pas les éloignait du front. Mais la guerre était toujours autour d'eux, visible dans les maisons incendiées, les convois de munitions, les ambulances, les uniformes vert-de-gris.

Ils entrèrent dans une petite ville presque intacte dont ils lurent le nom sur les bornes : Stenay. On les aligna le long de la rue principale ; et ils formaient un troupeau plutôt qu'une troupe. Un officier leur annonça en français qu'ils allaient être passés en revue. Par qui ? Par le *Kronprinz* lui-même, le fils de l'empereur Guillaume.

Après une heure d'attente au soleil, ils virent s'avancer en effet un peloton de gradés et de civils au premier rang desquels se tenait l'héritier du trône, grand, mince, figure en lame de couteau, yeux obliques, tête de dégénéré, casquette plate, canne à la main. Son regard froid se promena sur les vaincus. Sa canne se leva pour faire taire le bourdonnement de son escorte, et il se mit à les haranguer, traduit par un interprète :

— Salut ! Vous êtes une bande de veinards, puisque pour vous la guerre est finie. Quand vous rentrerez dans vos familles, vous pourrez cependant vous enorgueillir d'avoir participé à la plus grande bataille de tous les temps. Cette bataille, Verdun, c'est moi, Frédéric-Guillaume de Hohenzollern, qui l'ai voulue. Or je vais vous faire une confidence, à vous qui avez défendu courageusement chaque pouce carré de ce terrain. Sachez que Verdun et ses forteresses n'ont pour nous aucune importance. Que nous pourrons les contourner par le nord ou par le sud quand il nous plaira. Ce que nous voulons, dans cette rencontre, c'est autre chose : nous voulons saigner l'armée française jusqu'à la dernière goutte. Tuer par milliers et milliers vos soldats, afin de pouvoir ensuite achever notre promenade jusqu'à Paris où nous planterons nos aigles sur la tour Eiffel. Estimez-vous donc chanceux d'être nos prisonniers. Vous serez traités chez nous aussi bien que nous le pourrons. Salut !

Par une route de montagne, ils marchèrent encore trois heures. A Montmédy, ils furent embarqués dans des wagons à bestiaux. Alors commença un voyage ferroviaire de deux jours à travers une Bochie pimpante, fleurie, bien cultivée, qui formait un contraste indicible avec nos régions martyrisées. Les jardins débordaient de choux et de salades, les blés verts ondoyaient, les cloches chantaient, les femmes et les enfants se rendaient à la messe, le bonheur était partout. Dans les gares, pas une dame de la Croix-Rouge pour les soutenir ; seulement de vieux employés à casquette rigide qui les regardaient avec des yeux de haine et crachaient sur leurs wagons.

A Karlsruhe, ils étaient au moins deux mille sur les quais, sales, barbus, dépenaillés, sanguinolents. On leur donna des pommes de terre bouillies qu'ils dévorèrent sans les peler et du pain KK. Puis ils furent conduits dans une caserne où chacun déclina son nom, son âge, le régiment auquel il appartenait, sa spécialité militaire, sa profession civile. Ils purent prendre une douche, se raser, s'épouiller. Les loqueteux reçurent des vêtements vert-de-gris marqués dans le dos de deux lettres noires : *KG Kriegsgefangener.* Prisonnier de guerre. On soigna les blessés et les malades.

Huit jours plus tard, nouveaux embarquements, par petites quantités. Vers les quatre points cardinaux. Dans le wagon de Poudevigne, une trentaine d'hommes, tous agriculteurs comme lui. S'orientant au soleil, ils virent que leur train se dirigeait vers le sud. Il traversa une belle plaine, couverte de cultures. A Bühl, ces voyageurs descendirent. On les transborda dans des camions qui s'attaquèrent à un massif montagneux couvert de forêts, pareil à celui des Vosges. Roide et sinueuse, la route était bordée de sapins ébouriffés et de hêtres corpulents, comme la vallée de Rentières. « Je monte à l'estive ! » se dit Maurice. Après une grosse heure de grimpées et de descentes, ils arrivèrent au terminus : Freudenstadt, sur un balcon, au cœur de la Forêt-Noire.

1916-1918

Le *Kommando* était une ancienne baraque de bûcherons, au milieu d'une clairière. Tout y était de bois, les murs, les planchers, le toit, le mobilier. Elle comprenait un dortoir, un bureau, un magasin, une chambre où couchaient les gardiens. On faisait bouillir les pommes de terre dehors, dans un chaudron suspendu à un faisceau métallique. On pouvait aussi les faire griller sur les braises. Le menu était réglé jusqu'à la fin de la guerre : pain KK et pommes de terre, pommes de terre et pain KK. Les territoriaux se fournissaient aussi en saucisses qu'ils rôtissaient à la broche ; les KG n'en avaient que l'odeur.

Ils n'étaient pas, d'ailleurs, destinés à rester longtemps ensemble. Dès le lendemain, des fermiers, des entrepreneurs de la région, qui avaient réclamé cette main-d'œuvre gratuite, vinrent choisir leurs hommes. Ils prenaient les plus grands, les plus costauds. Avec ses cinq pieds de stature, Maurice tarda à trouver preneur. En attendant, les rebutés bricolaient dans la baraque, suivant les indications des gardiens. Ils faisaient connaissance les uns avec les autres. Le plus proche voisin de Poudevigne était un Berrichon nommé Georges Sigaud, cordier de profession, originaire d'un pays où il se faisait une grande culture de chanvre.

— Si tu veux te pendre un jour, proposa-t-il à Maurice, je te fournirai le nécessaire. Et tu m'en feras des compliments.

Il n'avait que vingt ans et ces propos ne s'accordaient pas avec sa jeunesse. Certaines nuits, l'Auvergnat l'entendait pleurer et renifler dans son lit. Il lui demanda le motif de ce chagrin.

— C'est que…

— C'est que quoi ?

— J'en ai fait une grosse. Elle m'empêche de dormir.

— Quel genre ?

— J'ai fusillé ceux qui m'avaient sauvé la vie.

Il lui fallut encore de longs silences, des hésitations, des mots bredouillés. Maurice finit cependant par tout comprendre. La chose s'était produite dans un creux de terrain appelé Thiaumont. Sigaud s'y battait dans les effectifs du 337e depuis deux jours. Les quatre cinquièmes des hommes y avaient déjà perdu la vie. Voyant qu'il ne restait plus rien à espérer, deux lieutenants nommés Harduin et Milan avaient ordonné aux survivants de se replier. Ainsi le Berrichon avait-il eu la vie sauve. Mais une fois retirés de la partie, ils avaient été tenus par leur commandant pour des lâches et des traîtres. Il avait traduit les deux lieutenants devant un rapide conseil de guerre, dans une grange, qui les avait condamnés à mort. Par un surcroît de dureté, il avait désigné douze hommes parmi les trente-cinq survivants, dont lui, Georges Sigaud, pour former le peloton.

— Tu pouvais tirer à côté, objecta Poudevigne.

— Le commandant nous surveillait, le pistolet au poing. J'ai fermé les yeux. Je ne sais pas où sont allées mes balles.

Un long silence. Maurice décréta :

— Tu n'es pas coupable.

— Et qui est coupable ?

— La guerre. Ceux qui l'ont voulue.

Le dimanche qui suivit, ils entendirent sonner les cloches. Par signes de croix, les prisonniers firent comprendre à leurs gardiens qu'ils souhaitaient se rendre à la messe.

— Messe ? Messe ?

— *Ja, ja.*

Requête acceptée. Tous firent toilette, même ceux qui juraient cent fois par jour le saint nom de Dieu. Alignés par rangs de deux, laissant leurs coiffures au *Kommando*, ils descendirent vers Freudenstadt et ses deux clochers surmontés de lanternes. Leur entrée dans l'église fit sensation parmi les femmes, les enfants, les vieillards qui l'occupaient. Tous les regards se tournèrent vers eux, des murmures coururent de bouche à oreille, mais aucun geste hostile ne leur fut adressé. Ils furent des fidèles parmi d'autres fidèles. Lorsque le vieux prêtre parut, annoncé par les sonnettes des enfants de chœur, ils se levèrent comme tous. Ils se signèrent, baissèrent le front, s'agenouillèrent, se frappèrent la poitrine aux moments prescrits. Le célébrant monta en chaire et prononça un sermon auquel ils ne comprirent pas une syllabe.

Poudevigne éprouvait quelque stupeur à entendre ce curé boche user des mêmes intonations, des mêmes mots latins, des mêmes gestes que l'abbé Touche-Bœuf à Venteuges. Comment, s'interrogeait-il néanmoins, ces barbares qui ont envahi deux fois notre pays, volé notre Alsace-Lorraine, détruit nos villes et nos villages, enterré vivants nos blessés, fusillé à Badonviller vingt enfants de quinze ans, comment peuvent-ils invoquer le Dieu d'amour ? Comment osent-ils entrer dans une église ? Comment ce prêtre peut-il dire *"Pax Domini sit semper vobiscum*, Que la paix du Seigneur soit toujours avec vous" ? Comment ose-t-il consommer le corps du Christ ? » Il y avait dans la religion quelque chose qu'il ne comprenait pas.

L'office terminé, ils regagnèrent leur Kommando où ils eurent pour repas dominical cinq pommes de terre par tête. Ce même jour, chacun reçut deux tickets de dix pfennige réservés aux prisonniers de guerre.

— Qu'est-ce qu'on en fait ?

— Vous pouvez les dépenser en ville. Les commerçants qui voudront bien les accepter nous les rapporteront ensuite pour que nous les échangions contre de la monnaie légale.

Ils eurent l'autorisation de sortir jusqu'à dix-sept heures. Si un KG essayait de prendre la fuite et qu'il fût repris, il serait envoyé dans un *Vergeltungsmassnahmenlager*. Traduit dans les instructions écrites : camp de représailles. A bon entendeur salut. Riches de leurs quarante centimes réunis, Sigaud le Berrichon et Poudevigne l'Auvergnat errèrent ensemble dans cette ville dont ils ne connaissaient ni l'âme ni le langage. Regardant aux vitrines ce qu'ils pouvaient acheter. Finalement, ils entrèrent dans un *Gasthaus* où on voulut bien servir à chacun une chope de bière d'un litre, sous les regards ironiques des autres consommateurs. Ils eurent quelque peine à la descendre.

Un peu éméchés, bras dessus, bras dessous, ils continuèrent leur promenade. Ils regardèrent des enfants jouer dans un jardin public. Plus tard, ayant trouvé un recoin sans observateurs, ils vidèrent le trop-plein de leur vessie sur des fleurs boches. A dix-sept heures, ils rentrèrent au Kommando en rigolant comme des crocodiles. Georges Sigaud avait complètement oublié les deux lieutenants qu'il avait passés par les armes.

Leur effectif se réduisait chaque jour. Bientôt, ils ne furent plus que huit sans emploi. Un entrepreneur vint un jour les examiner et il désigna Maurice.

— Quel travail ? demanda celui-ci.

— *Sägewerk.*

L'homme fit le geste de manœuvrer un passe-partout en produisant de la bouche le chuintement d'une scie.

— *Gut, gut,* dit Poudevigne.

Puis il expliqua de son mieux qu'il aimerait travailler en compagnie de son camarade berrichon. *« Nein, nein ! »* dit le scieur. Il avait besoin d'un ouvrier, pas de deux.

Harald Wiener frisait la soixantaine. Sous son chapeau de coutil relevé par-derrière, sa figure avait une rondeur de lune, traversée d'une épaisse moustache grise. Mais son trait le plus remarquable était un ventre exorbitant. Il fit signe à son KG de le suivre, l'emmena vers la grand-place de la ville, où ils trouvèrent un cheval attaché à un anneau. Il monta en selle d'abord, assez lestement, malgré son embonpoint.

— Hop ! fit-il ensuite, désignant une place derrière lui.

Habitué dès son enfance à chevaucher les cochons, les ânes, les mulets, Maurice n'eut pas trop de peine à se hisser. Il posa les mains sur les épaules de son ravisseur, et ils partirent dans cet équipage. Le cheval sortit de Freudenstadt, s'engagea dans une route forestière. Tandis qu'ils s'enfonçaient parmi les sapins, le prisonnier ne pouvait s'empêcher de penser combien il lui eût été facile de saisir le Boche entre ses mains de faucheur, de l'étrangler, de prendre ses vêtements et sa monture, de courir vers la France ou vers la Suisse. Mais ce fut seulement une songerie de passage. Il ne voulait aucun mal à ce gros homme qui le transportait en croupe comme un ami. Pour lui, comme l'avait affirmé fortement le Kronprinz, la guerre était terminée. Il avait fait de son mieux pour libérer l'Alsace et la Lorraine. A d'autres, maintenant, le soin de finir le combat.

A quelque distance du village de Höllenloch et de l'étang qui justifie peut-être son nom – lac de l'Enfer –, la ferme-scierie de Wiener prenait ses aises dans une clairière entourée de sapins, d'épicéas, de chênes, de hêtres. La maison était d'abord composée d'un toit, d'une spectaculaire couverture de bardeaux descendant presque au ras du sol. Tout autour, un rempart de bûches montait jusqu'aux fenêtres fleuries de géraniums. La façade, cependant, s'offrait au soleil, avec son long balcon auquel séchait, accrochée, une lessive multicolore.

En levant la tête, Maurice distingua un crâne de bœuf cloué au sommet du fronton ; comme il l'apprit plus tard, cette amulette protégeait de la foudre et des épidémies. Résidence des hommes par-devant, la maison était par-derrière consacrée aux animaux avec son écurie-étable, la montée du fenil, le poulailler, la soue des porcs. A l'écart, la scierie occupait un bâtiment tout en longueur, devant lequel pouvait tourner une roue à aubes. Entre les deux édifices, protégé de l'ouest et du nord, un jardin potager plein de fleurs, de choux, de salades, d'herbes aromatiques ou médicinales. Cinq ou six vaches à robe pie rouge paissaient dans un pré. Un moment, Maurice crut rêver. D'une certaine façon, il se retrouvait à Combret, dans un Gévaudan enrichi par l'industrie et les géraniums.

Les deux cavaliers mirent pied à terre devant la ferme, accueillis par un chien dont Harald calma l'exubérance. On vit sortir deux femmes et un petit garçon d'à peu près cinq ans. Ces trois personnes regardèrent le KG avec curiosité. Et ce furent les présentations qu'il comprit ainsi :

— Moritz Poudevinng... Ma femme Edith... Ma bru Erika... Mon petit-fils Rudi... Mon chien Drache[1].

Sauf erreur.

Tous le considéraient de la tête aux pieds, sans haine, évaluant peut-être les services qu'il pouvait rendre, cherchant à deviner ses sentiments. Il mit une main sur la tête blonde de Rudi, puis sur celle de Drache. Ce geste de paix fut accepté par les deux

1. Dragon.

mères avec un demi-sourire. Il entendit le gloussement d'une poule, le grognement d'un cochon, qu'il interpréta aussi de la façon la plus favorable.

Harald lui posa une question qu'il ne comprit pas ; mais il entendit parfaitement le geste du scieur :

— Tu dois avoir faim ?

Comment dire non ? On le fit entrer. L'intérieur était étonnant et ne ressemblait en rien, lui, à ceux de Combret. Une vaste pièce entourée sur ses quatre côtés d'une banquette de bois nu et ciré. Elle cerclait de même un grand poêle de faïence, pour le chauffage, et un fourneau de pierre, pour la cuisine, sur lequel fumaient des marmites. Elle épargnait en revanche le devant du four à pain, flanqué de ses pelles de bois, de son *redable*, un balai de bouleau. La table à double rallonge pouvait bien recevoir vingt personnes. Aux murs, une image du Christ et de son Sacré-Cœur ; une pendulette à poids ; et une galerie de portraits au fusain, sous verre et encadrés. Au plafond, des poutres culottées de suie. Maurice devait s'apercevoir que les habitants de la Forêt-Noire nourrissaient le culte de la fumée : elle conservait les bois, les saucisses et les hommes.

On le fit asseoir. Edith posa devant lui une assiette creuse, un gobelet de céramique, des couverts. Harald y ajouta un verre à liqueur, le remplit d'un liquide transparent, en prononçant le mot *Schnaps*. Schnaps de prune. Puis, ayant rempli de même le sien, il le tendit vers son prisonnier. Les deux verres se choquèrent légèrement :

— *Friede !* dit le scieur. (A la paix.)

Il le vida d'une seule sifflée, poussa un soupir de satisfaction :

— *Das totschlägt Spinne !* (Ça tue les araignées !)

Vraisemblablement, cet homme avait des araignées plein la gorge et les intestins. Maurice peinait à en croire ses yeux et ses oreilles : chez ces Boches de la Forêt-Noire, il se voyait traité en invité, non en ennemi vaincu. Il but à petits coups son verre de prune, en disant : *« Gut ! Gut ! »* Ce qui eut l'air de bien amuser la famille. Après quoi, tout le monde se mit à table. Il y eut une soupe froide et vineuse à laquelle il trouva un goût d'airelles ; du boudin ; des pommes de terre persillées. On but du cidre aigrelet que les maîtres appelaient *Apfelwein*, vin de pomme.

L'après-midi, Harald présenta les aîtres à son prisonnier. Le lit où il coucherait, dans l'étable, séparé des animaux par une cloison. La fontaine où il pourrait boire et se laver. La scierie elle-même, embaumée de résine par une réserve de planches et de plateaux et par un tas de sciure. Au seuil de l'atelier, le gros homme leva la main :

— *Achtung !* Gare ! Prépare-toi !

A quoi devait-il se préparer ? Il le comprit tout de suite quand Wiener poussa la porte coulissante. Car ce qu'il vit d'abord, avant les poulies, les courroies, les scies circulaires, la toupie-raboteuse, ce fut une pile de cercueils tous marqués de la croix impériale. Il y en avait bien deux cents. Harald confirma :

— *Särge.* (Des cercueils.)

Deux cents soldats boches seraient enfermés prochainement dans ces caisses, dépecés, éventrés, écrabouillés. Maurice en éprouva d'abord une chaleur au cœur. Puis il se reprocha ce sentiment, se rappelant les saluts fraternels – *Heil !* – qu'il avait reçus dans la tranchée allemande. « Et si... et si... » pensa-t-il en ce moment. Cette idée injuste et imbécile cogna dans la dure coquille de sa tête gévaudanaise, malgré qu'il en eût. « Et si ces soldats morts en vert-de-gris étaient... comment dire ?... comment y croire ?... s'ils étaient des victimes de même que les soldats morts en bleu horizon ? Victimes du Kaiser et de son fils dégénéré ? »

Harald contemplait son effarement, son silence, ses interrogations intérieures. Puis il lui présenta les machines. Il tira sur un levier : la roue à aubes extérieures se mit à tourner sous la cascade du bief ; l'arbre de couche, les poulies tourbillonnèrent ; toute l'usine vibra, ronronna, prête à découper les troncs en long, en large, en travers ; à fournir des planches à meubles, à toitures, à parquets, à cercueils. Sitôt après, recommandant à Moritz d'enlever sa vareuse, il commença de le former. Se touchant les yeux de deux doigts, il recommandait :

— *Blicke !* Regarde seulement !

Il lui montra comment élever un fût de sapin à l'aide du palan jusqu'au niveau de la scie circulaire. Comment le fixer. Comment le débiter, tranche par tranche. Comment le reconstituer au-dehors, en plein soleil, pour qu'il achevât son séchage. Par la vue, par le toucher, par l'odorat, il lui énuméra les diverses essences : le chêne pour les charpentes parce qu'il est le plus fort ; le noyer, le merisier pour les meubles, à cause de leur couleur et de leur grain ; l'épicéa pour les cercueils parce qu'il est le moins cher : aucun mort ne se plaint jamais de lui, ha ! ha ! ha ! Le rire d'Harald lui secouait le ventre et les épaules. Au passage, Maurice logeait dans sa cervelle les appellations correspondantes : *Eiche, Buche,*

Tanne, Fichte. Il approuvait du front et répétait : *Gut, gut !*

Dehors, les vaches blanches marquées de roux, comme les deux grands bœufs de la chanson, paissaient tranquillement dans le pré. Les désignant de l'index, puis se désignant lui-même, Maurice s'assit sur un tabouret imaginaire, fit les gestes de la traite – pchi ! pchi ! pchi ! –, Wiener ouvrit des yeux ronds :

— *Du kannst melken ?* (Tu sais traire ?)

— *Ja, ja.*

Le scieur leva les bras au ciel et partit annoncer la bonne nouvelle à la famille. On voulut le mettre à l'épreuve le soir même. Là surgit une discussion dont il devina le sens, habitué qu'il était à l'humeur des vaches. Celles-ci ne donnent leur lait qu'à des mains familières. Sinon, elles le retiennent, ou envoient des ruades. Une solution fut trouvée : une personne auxiliaire pratiquerait la traite en même temps que l'étranger. Et ce fut la bru Erika que les bêtes connaissaient bien. Une jolie femme, un peu grasse, avec ces yeux bleus, ces tresses blondes inévitables qu'avaient la plupart des Allemandes. Elle boitait à peine du pied droit, ce qui donnait à sa marche un gracieux balancement. Elle tendit au KG un seau de bois et un tabouret. Tous deux entreprirent la même bête, assis face à face. Elle lava les quatre tétines avec une éponge, commença de traire. Les quatre jets firent vibrer en même temps les fonds des seaux. Il arrivait parfois que, dans ces gestes parallèles, leurs mains se frôlassent. Après cette vache, ils passèrent à une autre. Aucune ne retint son lait.

A ce moment, le jeune Rudi accourut tout excité, criant :

— *Milch ! Milch !*

Maurice lui tendit sa seille pleine. L'enfant y but, y gagna une moustache crémeuse.

En cette saison chaude, l'étable était vide, les vaches dormant au pré comme à la Goupilière. Moritz coucha dans le lit de Fritz, le domestique mobilisé, dont l'odeur amère imprégnait les couvertures. Sans doute étaient-elles aussi imprégnées de ses fantasmes : il rêva d'Erika. Un rêve innocent et stupide. Elle lui comptait les doigts et s'écriait avec surprise :

— Vous en avez six à droite et quatre à gauche !

Un effet de leurs vingt doigts embrouillés sous les ventres des vaches.

Une galerie de caricatures au fusain, dessinée par Ludwig, le mari d'Erika, courait le long des quatre murs. On y reconnaissait Harald, avec ses moustaches grises, son ventre majestueux. Il appelait son chien :

— Drache ! Drache !

Or celui-ci, caché sous sa bedaine, lui restait invisible. Ha ! ha ! ha !

Venaient ensuite Edith, sa femme, armée d'une casserole et d'une poêle ; son fils aîné Josef, coiffé d'un chapeau bavarois ; son cadet Ernst, soufflant dans un cornet à pistons ; son troisième, Ludwig l'artiste, devant son chevalet ; Erika couronnée de fleurs mauves, parce que son nom veut dire « bruyère » en latin ; le petit Rudi suçant son pouce ; le domestique Fritz qui avait des rêves impertinents. Moritz comprit ou devina toutes ces identités. Il expliqua qu'il avait aussi un père, une mère, un frère, une sœur, tous dans l'agriculture.

— *Wo ?* Où ?

Il dessina une carte de France avec ses fleuves, mit au milieu un point noir et ce nom : *SAUGUES*. Si bien que Saugues semblait être la capitale de la France.

Les journées se déroulèrent de la façon suivante. Au saut du lit, nu jusqu'à la ceinture, Moritz se débarbouillait de ses sueurs et de ses divagations nocturnes. Edith le recevait dans la cuisine où il déjeunait de café d'orge sans sucre, de pain et de beurre. Il allait ensuite traire les vaches seul, Erika se trouvant occupée aux besognes ménagères. Après quoi, Harald l'accaparait.

A l'angélus de midi, ils quittaient l'atelier, revenaient à la maison, avalaient un petit verre de schnaps pour tuer les araignées. Ils mangeaient en commun. Les deux hommes retournaient à la scierie. Le soir, Moritz était appelé à participer à la seconde traite. Non plus à quatre mains, mais en duo.

Il apprit à fabriquer les cercueils, à assembler les planches épaisses de deux centimètres. Les caisses ne comportaient ni doublure ni capitonnage, mais étaient imbibées de créosote, pour raison d'hygiène. On peignait au pochoir la croix germanique. L'armée française les voulait à six côtés ; l'allemande, à trois seulement, mais pourvues d'un couvercle bombé. Les mains sortaient de cette besogne tout empuanties ; il fallait les frotter à la terre humide. Chaque samedi, entre chien et loup, des fourgons militaires montaient de Freudenstadt prendre livraison. Le transport se faisait aux ténèbres pour ne pas choquer la population civile. En 1914 et 1915, chacune était payée quatre marks à Wiener ; mais ensuite, il dut augmenter la production et ne reçut que trois marks et demi.

Moritz commençait à employer quelques mots d'allemand. Or, dans cet exercice, sa langue trébuchait moins que lorsqu'il voulait parler français. C'est que tout le monde ici eût trouvé normal un certain bredouillement à l'emploi d'un idiome étranger ; alors qu'en France il était sans excuse.

Il fut tout de suite un objet de curiosité pour Höllenloch et les fermes avoisinantes. A tout moment, un voisin, une famille venaient examiner le *Kriegsgefangener*. Pas toujours avec sympathie. Certains vieux, qui avaient fait 1870, lui disaient avec un rire féroce :

— *Frankreich kaputt !... Douaumont kaputt !...*

Il recevait ces nouvelles sans sourciller. Harald prenait sa défense, disant qu'il était un *guter Arbeiter*, un bon ouvrier ; les maldisants se lassaient. La veillée se terminait par une partie de cartes arrosée de cidre aigrelet.

Quand vint le temps des fenaisons, la faux du prisonnier fit merveille. Il entendait à sa droite son maître haleter, et s'arrangeait, au bout de sa fauchée, pour abattre un peu d'herbe à la ligne d'Harald afin de ne pas l'humilier.

Les femmes intervenaient pour retourner le foin avec eux. Erika portait un étrange chapeau en paille de riz à large bord, mais sans coiffe ; de sorte que son visage était protégé, mais non point les cheveux du dessus. Sous l'ardeur du soleil, leur blondeur virait au cuivre. Lorsqu'elle ôtait ce couvre-chef, elle paraissait couronnée de feu.

Un jour, elle poussa un cri, se laissa tomber sur le foin demi-sec en se tenant le mollet. Moritz vit un frelon jaune se tordre dans l'herbe. Il l'acheva du talon. Il savait comment traiter ce genre de piqûre. Sur la peau déjà rouge, il appliqua sa bouche, aspira, cracha un peu de sang mêlé de venin. Il fit durer l'opération jusqu'à ce que la jeune femme cessât de gémir. Il trouvait une douceur extrême à mordre cette chair blanche, à la lécher, à la délivrer du poison.

— Maintenant, intervint Edith, c'est sans doute assez.

Comme il était encore accroupi et avait perdu son chapeau dans la manœuvre, Erika lui posa une main sur les cheveux et l'éloigna d'elle en lui disant merci. Puis elle se releva et, sur le conseil de ses parents, remonta vers la ferme pour appliquer sur la piqûre une compresse de schnaps.

Les dimanches, tous descendaient à pied à Höllenloch pour entendre la messe. Moritz y retrouvait d'autres KG qui, par dévotion ou pour plaire à leurs employeurs, faisaient acte de présence. Ils profitaient de l'occasion pour s'entrechuchoter des nouvelles vraies ou fausses, ramassées on ne sait où :

— Les Anglais se font rosser sur la Somme. Ils vont rentrer chez eux. Nous sommes foutus. La guerre va finir.

Poudevigne allait aussi pointer au Kommando et constater qu'il ne recevait aucune lettre, bien qu'il eût expédié une carte fournie par la Croix-Rouge. A la scierie, le jour du Seigneur était respecté. Le travail se limitait au soin des animaux et des personnes. Il arrivait à Erika de prendre son petit garçon sur les genoux afin de lui enseigner la lecture dans un abécédaire. Un soir, Moritz osa s'approcher et dire, en se touchant la poitrine :

— *Bitte... Ich... lernen.* Moi aussi... apprendre, s'il vous plaît.

Elle tourna vers lui ses yeux véronique, sourit. Bouche fermée, car elle ne semblait pas satisfaite de ses dents. Dès lors, elle eut deux élèves.

Or il se produisit une étrange mutation. Un certain dimanche, alors qu'elle se trouvait occupée à autre chose, Moritz prit l'enfant sur ses genoux. C'est le large index de l'étranger qui, sous leurs illustrations, soulignaient les mots allemands, ces lettres gothiques tout en courbes enchevêtrées : *Apfel, Haus, Kopf, Mann, Pferd, Ring...* Mais c'est Rudi qui les prononçait d'abord : Pomme, Maison, Tête, Homme, Cheval, Bague... Par cet arrangement, ils s'enseignaient l'un l'autre.

Plus tard, le petit commença d'écrire ; et il le fit de la main gauche. Tout le monde trouva la chose naturelle puisque lui aussi était gaucher et qu'aucun instituteur allemand n'interdisait d'employer la main gauche pour écrire. Moritz suivit son exemple. Il écrivit dès lors en français d'une main, en allemand de l'autre.

La grand-mère Edith voyait parfois avec humeur cette amitié naissante s'établir entre son petit-fils et le KG. Certains jours, elle lui commandait sèchement de descendre de ses genoux ; s'il tardait à le faire, une calotte l'y obligeait. Suivait un aigre sermon dont Moritz devinait le sens :

— Cet homme n'est pas ton père. Ne confonds pas. Il s'agit d'un simple domestique. D'un ennemi capturé par nos vaillants soldats pour l'empêcher de tuer des Allemands. Nous le renverrons chez lui sitôt que la guerre sera terminée. Ne confonds pas !

L'enfant s'en allait bouder dans un coin. Il lui arriva de pleurer. Comprenant ces jours-là qu'il était indésirable, Moritz quittait la place et partait travailler. Il trouvait toujours quelque chose à faire. *Guter Arbeiter.*

Pendant ce temps, les massacres se poursuivaient sur le front occidental et sur l'oriental, comme disaient les journaux qui parvenaient à Höllenloch. La France, l'Angleterre, la Russie, l'Italie étaient en pleine déroute. La guerre, qui se livrait chez nous au nom de la civilisation contre la barbarie tudesque, était inspirée ici par l'amour de la glorieuse patrie allemande. Des affiches satiriques montraient un soldat vert-de-gris dans Paris, en train de raser la barbe du président Raymond Poincaré. Harald Wiener participait au combat en fabriquant de plus en plus de cercueils. Chaque samedi soir, les fourgons de l'intendance les emportaient dans la nuit.

L'hiver s'annonça. Les vaches furent rentrées. A partir de la Toussaint, la neige recouvrit la Forêt-Noire. Puis elle fondit. Puis elle revint.

— Hiver précoce, printemps féroce, dit Wiener.

Chez lui comme à Combret, on n'avait rien à en redouter. Le fenil était comble jusqu'au toit, les saloirs garnis à ras bord, les silos remplis de seigle ; à la cave, les pommes de terre méditaient dans l'ombre. Les poules n'eurent le cul cousu qu'à partir de décembre. Chaque semaine, Edith pétrissait et cuisait le pain de la famille, gris mais savoureux, sans parenté avec le pain KK dont se nourrissaient l'armée et les habitants des villes.

— Ah ! soupirait-elle. Si nos soldats pouvaient manger aussi bien que notre prisonnier !

C'est qu'elle avait trois fils sur les différents fronts, sans parler de Fritz le domestique. Erika défendait le KG, disant qu'il prenait ce qu'on lui donnait, ne demandait jamais rien et payait bien sa nourriture en travail. Harald et lui abattaient des arbres dans la forêt. Ils les dépouillaient de leurs branches, gardaient les fûts que le cheval tirait avec des chaînes sur les chemins transformés en glissoires. Moritz liait les branches en fagots. Il ramassait même les pommes de pin qui convenaient admirablement pour allumer les feux de la maison.

Le soir, des vieillards arrivaient des fermes environnantes. Ils prenaient place sur les banquettes, s'adossaient au poêle de faïence, fumaient de longues pipes en porcelaine, ornées de pendouilles. Ils tenaient des propos en dialecte, auxquels Moritz n'aurait pas compris grand-chose si l'un d'eux, l'horloger Walter, qui avait jadis couru toute l'Europe pour vendre ses coucous, ne l'avait aidé de ses traductions.

Ils racontaient les dangers et les peines que supportaient autrefois les *Flössen*, les « flotteurs », lorsqu'ils dirigeaient les grumes sur les eaux de la Murg, puis du Rhin, jusqu'à la Hollande. Les troncs étaient d'abord rassemblés dans une retenue. On liait ensemble avec de l'osier les pièces maîtresses. On ouvrait le barrage, et le flot emportait ces radeaux sur lesquels des hommes, des acrobates, chaussés de bottes cuissardes, se tenaient en équilibre pour les diriger au mieux. Une fois passés les ponts de Cologne, un train de bois pouvait s'étendre sur six cents mètres de long et cinquante de large. Les armateurs de Rotterdam étaient très exigeants sur la qualité et les dimensions. Quant aux Flössen, ils devaient être protégés par des anges gardiens de première force : à tout instant, ils risquaient de se noyer ou d'être broyés.

La Forêt-Noire faisait vivre avant 14 toutes sortes de travailleurs. Les charbonniers cuisaient les branches sous une chape de terre. Les ramasseurs de pommes grimpaient aux sapins jusqu'à quarante mètres de hauteur ; ils remplissaient leurs musettes et parfois, au lieu de redescendre au pied, ils sautaient d'un arbre à l'autre comme font les écureuils. Les résiniers recueillaient la résine, employée dans les peintures et les médicaments. Les forgerons battaient au martinet des hallebardes pour les soldats du pape. Les verriers fabriquaient des verres. Les bûcherons bûcheronnaient.

Le vieux Walter, fabricant de coucous, voulut bien recevoir Maurice dans son échoppe. Elle était pleine d'horloges achevées qu'il refusait de vendre parce que, disait-il, elles formaient à présent sa seule famille. Construites selon des architectures simples ou compliquées, avec ou sans fenêtres, à un ou deux étages. Les poids reproduisaient des cônes de pin ou de sapin. En l'honneur de son visiteur, il les remonta, les mécanismes se mirent à tictaquer. Soudain, un petit oiseau jaillit d'une petite fenêtre, lança son coucou. Quelques secondes après, c'en fut un second. Puis un troisième. Et toute la volière salua le visiteur venu de loin.

Gustav, frère et voisin de Walter, fabriquait des jouets de bois. Un étrange bonhomme, aussi chauve que Socrate, avec deux paires de lunettes sur le nez quand il travaillait. Il fumait une pipe bleue et vivait en compagnie d'une chevêchette apprivoisée, perchée sur son épaule. Comme elle ne bougeait point, Moritz la crut artificielle.

— Elle s'appelle Athéna, dit Gustav. Et elle est bien en plumes. Tu peux la toucher.

Il l'effleura de l'index. Les yeux ronds et profonds cillèrent à ce contact ; mais elle ne se dérangea pas autrement. On ne s'ennuyait pas dans cet atelier. Pour mettre en mouvement les personnages, il fallait tourner une clé qu'ils avaient dans le dos. Alors le soldat faisait le salut militaire, le facteur présentait une lettre, le curé secouait son aspersoir. Et Moritz se demandait si les hommes vivants n'ont pas aussi une clé dans le dos que les présidents, les rois, les tsars, les empereurs tournent à leur gré afin qu'ils se jettent les uns contre les autres.

Gustav aussi avait sa philosophie. Il prétendait que la Forêt-Noire est divisée en deux zones : celle du Bien et celle du Mal. La frontière suivait la ligne des crêtes depuis Lichtental jusqu'à Kniebis. Tout ce qui se trouvait à l'ouest était mauvais, tout bon ce qui était à l'est. Il lui conta la légende du cœur froid. Un pauvre charbonnier qui vivait à l'est, Peter Munk, voulant échapper à sa dure condition, eut un jour l'idée de se faire fileur de verre. Pour établir sa fabrique, il fit appel à un banquier, Mikael le Hollandais, qui habitait à l'ouest. Celui-ci consentit à lui prêter une certaine somme, mais il exigea un gage. Ni plus ni moins que son cœur tout chaud, à la place duquel il mit une pierre froide :

— Tu me rembourseras capital et intérêts dans dix ans, jour pour jour.

Peter gagna beaucoup d'argent dans son industrie. Mais il fut un patron impitoyable, traitant ses ouvriers comme des esclaves, négligeant sa mère, sa femme, ses enfants. A la date prévue, il retourna chez Mikael, rendit la somme empruntée, récupéra son cœur chaud. Dès lors, revenu à l'est, il versa à ses ouvriers les vrais salaires qu'ils auraient dû toucher pendant ces dix ans. Il se ruina en bienfaits dont profitèrent sa mère, ses enfants, sa femme. Il reprit son ancien métier de charbonnier et vécut une misère heureuse.

Comme l'avait prédit Harald, le printemps de 1917 fut féroce. Il gelait encore au mois de mai. Ce fut une année sans pommes, sans poires, sans cerises. Le journal de Freudenstadt *Unser Wald*[1] annonça que les soldats français refusaient de combattre, qu'ils saccageaient les trains en route pour le front, insultaient leurs officiers, criaient : « A bas la guerre ! Vive la révolution ! » Des régiments entiers mettaient la crosse en l'air. La France aurait été mise *kaputt* sans l'intervention américaine. En revanche, quelques mois plus tard, la Russie se retira de la lutte.

Tout cela eût été bel et bon pour les Wiener si le bougmestre de Höllenloch n'était venu, au mois de septembre, apporter une nouvelle épouvantable : son fils aîné Josef venait de tomber sur le front français pour la glorieuse patrie allemande. Toute la famille fut plongée dans la douleur. La mère s'habilla de

1. *Notre forêt.*

noir et pendant des semaines elle n'adressa ni un geste ni un regard à Maurice, comme s'il avait été à l'origine de ce deuil. Il prit le parti de se montrer le moins possible dans la maison, de travailler à la scierie ou dans la forêt. Harald manqua provisoirement d'appétit, ce qui lui fit perdre quelques centimètres de tour de taille ; ensuite, peu à peu, il se remit à manger selon son ancienne faim et à tuer ses araignées. Il ne pouvait d'ailleurs se permettre aucune faiblesse, ayant à honorer ses contrats funéraires. « Peut-être, se disait Poudevigne, que Josef Wiener dort à présent dans un de nos cercueils. »

Rudi, lui, se souciait peu de cet oncle qu'il avait oublié. En cachette de sa grand-mère, il continuait de fréquenter le KG. Avec des chutes de bois, ils construisaient ensemble des maisons, des charrettes, des huttes à foin : ces petites cabanes éparses dans les prairies qui permettaient de nourrir les troupeaux en période de sécheresse.

L'enfant commença de fréquenter l'école. Il y descendait à pied chaque matin, emportant le goûter de la récréation dans une musette. Un peu comme le jeune Maurice lorsqu'il se rendait à Venteuges. Mais la classe se terminait vers une heure et il disposait de son après-midi, six jours par semaine. Rudi maintenant lisait dans un vrai livre, faisant le soir la démonstration de ses capacités :

— *Ich habe ein Buch und einen Bleistifftgekauft... Hier ist das kleine Zimmer wohin ich schlafe... Der Hund verfolgt seinen Schwanz...*[1]

1. J'ai acheté un livre et un crayon... Voici la petite chambre où je couche... Le chien court après sa queue...

Là-dessus, Moritz s'ajouta une queue de corde, bien serrée entre les fesses, toupilla sur lui-même sans y parvenir pour l'attraper. L'enfant riait si fort qu'il parut tomber en convulsions. Edith surgit derrière eux, invectiva contre le prisonnier :

— Tu n'as pas honte de faire rire comme ça ce petit dans une maison frappée par le malheur ? Je ne veux plus te voir ! Retourne au Kommando !

Il se leva, honteux, ne sachant comment s'excuser, prêt à obéir. Il y eut une vive discussion entre la belle-mère et la mère. Harald s'en mêla, ce fut un pandémonium, Edith semblait près de la crise de nerfs. Moritz s'en alla fendre des bûches en attendant que son sort fût réglé. En définitive, on le garda, à condition qu'il mît plus de réserve dans ses relations avec Rudi.

Une lettre arriva enfin de Combret audit Kommando. Ecrite par sa sœur, elle ne contenait que quelques lignes :

> *« Bien cher frère et fils Maurice, Nous savons maintenant que tu es en vie et prisonnier en Allemagne. Nous sommes en bonne santé et espérons qu'il en est de même pour toi. Nous attendons avec impatience ton retour. Reçois de nous tous mille baisers affectueux. Valentine Poudevigne. »*

Ses rencontres avec Erika étaient pleines de silences. Un moment, leurs regards seuls se parlaient, bleu d'un côté, bistre de l'autre ; mais c'est toujours celui du prisonnier qui prenait la fuite. Les meilleures occasions advenaient lorsqu'ils se trouvaient juste ensemble devant une porte à franchir. Premièrement, suivant la règle de politesse française enseignée par monsieur Armilhon, il s'effaçait. Attitude peu courante en Allemagne où les hommes avaient toujours la priorité sur les femmes. Secondement, il ne s'effaçait pas trop, elle était obligée de le frôler de toute sa personne, ce qu'elle faisait sans hâte. Quelques instants, il se trouvait enveloppé par sa présence, par son ombre, par son parfum de bruyère. Car il se persuada, à cause de son nom, qu'elle sentait la bruyère qui ne sent rien. Lui sentait toujours un peu la créosote des cercueils, ce qui ne semblait pas la déranger. A table, s'il lui arrivait de le servir à la place d'Edith, elle le faisait largement. Harald n'y prêtait point attention ou ne voulait pas s'en apercevoir.

Elle occupait souvent ses pensées. Principalement la nuit, dans le lit de Fritz. Y réfléchissant, il retrouvait dans sa bouche la saveur du sang qu'il avait sucé avec le venin du frelon. Ensuite, il se morigénait : « Tu ne vas pas porter les yeux sur cette femme ! Elle appartient à un autre. A un combattant comme toi. De plus, c'est une Bochesse. Dors. Tu es là pour dormir. »

La belle-mère surveillait d'ailleurs son comportement. Il se trouvait bien dans cette maison et n'avait pas envie d'en changer.

Et l'on entra dans un autre hiver, celui de 1917-1918, qui devait être le dernier de la guerre quoique personne n'en sût rien. Sous le poids de la neige, les sapins courbèrent l'échine. On pouvait suivre à la trace le chemin des lièvres, des renards, des blaireaux, et les identifier par leurs empreintes. Les corneilles, qu'on entendait grailler, produisant le bruit d'un verrou qu'on tire, semblaient être les seuls oiseaux survivants. Les maisons restaient bien closes derrière leurs doubles portes et leurs doubles fenêtres.

A partir de la mi-décembre, les Wiener préparèrent Noël malgré la tristesse des temps. On planta au milieu de la salle un petit épicéa, chargé de boules de verre multicolores, de cheveux d'ange, de poudre blanche. Des bougies furent alignées sur les bordures intérieures des fenêtres. Et puis, sur les meubles, aux portes, aux plafonds : des branches de houx, de gui, de lierre, de sapin. Les femmes pâtissèrent des pains d'épice, des craquelins, des gaufres.

Le 20 décembre au soir, Drache se mit à aboyer, signe que quelqu'un approchait. Son nez flairait l'homme à une lieue à la ronde. Bientôt, ses abois devinrent des gémissements au bas de la porte. Tous se regardèrent, se demandant ce que signifiait cette attitude. Enfin, le chien se mit à gratter le bois. On lui ouvrit, il bondit comme une flèche. L'instant d'après, on entendit son dialogue avec une voix humaine. Un soldat vert-de-gris parut dans l'embrasure : Ernst, le second fils, en permission de dix jours. Le bonheur et le malheur tombaient du ciel comme la foudre. Joie, pleurs de joie. Maurice avait fait cette expérience en 1916. Après les embrassades, Harald le désigna de la main :

— Notre prisonnier.

Ernst vint à lui. Il le dominait de la tête. Large, fort, il aurait pu l'assommer d'un coup de poing. Une croix de fer pendait à son cou. Il planta les yeux dans ceux du KG. Moritz ne baissa pas les siens, mais n'y mit aucune haine. Il regarda le soldat ennemi comme il aurait regardé un poteau indicateur. Plutôt avec curiosité. Après quelques secondes de cette confrontation, Ernst tendit sa main droite ouverte. Le KG fit de même. Mais ce n'était pas vraiment un geste de paix : de sa poigne de fer, l'Allemand s'efforça de broyer celle du Français. Pris par surprise, Maurice résista, mit dans son poing de faucheur tout ce qu'il avait de nerf, regrettant de n'avoir pas tendu le gauche, plus vigoureux. Pendant une demi-minute se déroula entre les deux hommes un jeu de force et d'orgueil qui les fit grimacer, sous les yeux stupéfaits de la famille. Dans la tête du soldat de première classe Poudevigne passèrent les noms de batailles auxquelles il avait participé : Sarrebourg, Argonne, Verdun. Mais tout à coup, Ernst lâcha prise, retira sa patte, en frappa joyeusement l'épaule du KG en éclatant d'un rire sonore qui voulait laisser croire qu'ils étaient deux *Kameraden*, victimes d'un conflit qui les dépassait. Dès lors, en effet, il se montra extrêmement cordial.

Ils fêtèrent ensemble la naissance du Christ, mangèrent les petits gâteaux, burent du vin badois. Et Moritz joignit sa voix aux autres quand ils chantèrent *Stille Nacht, Heilige Nacht*. Les cadeaux furent distribués, le prisonnier eut le sien : une paire de chaussettes en laine de récupération. Quand il demanda qui l'avait tricotée, Erika répondit en riant :

— La Sainte Vierge.

Puis il regagna son étable toute parfumée par l'innocente odeur des vaches. Il y dormit aussi bien que l'Enfant Jésus dans sa crèche.

Le 4 janvier, Ernst repartit pour l'Ouest. Pour la zone du Mal. L'hiver continua. La guerre aussi.

Vers la fin de ce même mois, par l'intermédiaire de la Croix-Rouge, arriva une lettre du troisième fils, Ludwig, le mari d'Erika, dont on ne savait rien depuis des mois. Lui aussi était prisonnier de guerre ! En France ! Dans une région montagneuse qu'il ne pouvait préciser. Occupé à creuser dans le rocher un bief qui amenait de l'eau à une centrale électrique. Dès lors, Edith n'eut plus pour Moritz les mêmes yeux. Elle vit en lui comme un double de son fils. Tout le bien, tout le mal qu'il recevait de ses maîtres allemands serait rendu à Ludwig. Le KG tira un grand profit de ce parallélisme.

Le journal *Unser Wald* annonçait toujours des victoires allemandes fracassantes. A l'Ouest, malgré les Américains venus à leur secours, les soldats français périssaient par centaines de milliers pour défendre la barbiche de Raymond Poincaré. A l'Est, un traité de paix avait été signé avec la Russie. Au Sud, les Austro-Hongrois avaient pénétré profondément en Italie. Cependant, malgré ces nouvelles réjouissantes, la fabrication des cercueils ne ralentissait aucunement. En outre, la monnaie se dévalorisait de jour en jour. Une paire de souliers coûtait à présent les yeux de la tête.

L'été de 1918 n'arrangea point les choses. Sur le front occidental, les forces alliées contre l'Empire employaient des armes nouvelles, à quoi les Anglais avaient donné l'étrange nom de « réservoirs ». Derrière ces *tanks*, les fantassins, bien protégés, avançaient irrésistiblement. Les Autrichiens, par la bouche de leur nouvel empereur Charles Ier, exprimaient leur lassitude et cherchaient à obtenir un retour à la paix sans victoire ni défaite.

Dès le mois de septembre, un nouveau fléau s'abattit sur l'Europe : la grippe espagnole. Elle provoquait une fièvre épouvantable, des vomissements, un affaiblissement général, les lèvres bleuissaient. Par quels chemins, dans quelle intention ce virus était-il venu d'Espagne, pays neutre, où il avait commis déjà des milliers de victimes ? Maurice en fut atteint. Un dimanche qu'il se trouvait au Kommando, il fut pris de vertige et tomba évanoui. Les gardiens le firent transporter au *Krankenhaus* de Freudenstadt. Le vieux médecin et son infirmière, très embarrassés par ce mal inconnu, le traitèrent par la diète hydrique et l'aspirine. Bientôt, l'hôpital fut plein de malades civils et militaires dont la moitié moururent.

Mais voici qu'une contagion bienheureuse appelée armistice se répandait sur tous les fronts de guerre. Elle commença au Moyen-Orient où les Turcs signèrent avec les Anglais. Le roi de Bulgarie abdiqua. L'Autriche signa avec l'Italie. Enfin, l'Allemagne signa avec les Alliés. L'empereur Guillaume et son fils s'enfuirent en Hollande. Le 11 novembre, les derniers soldats du Kaiser encore abrités dans les tranchées consumèrent, en signe d'allégresse, toutes leurs fusées devenues inutiles, les blanches, les vertes, les rouges, les jaunes, les chenilles, les globes, les doubles globes. Le feu d'artifice dura toute la nuit.

A Freudenstadt, Maurice, sans force dans son lit, ignorait ces bonnes nouvelles. Le médecin, l'infirmière se penchaient sur lui, prenaient son pouls, secouaient la tête. Ce qui voulait dire qu'ils ne donnaient pas cher de son reste de vie. Il entendait quand même dehors le chant des cloches, les cris des enfants, le gazouillis des moineaux, le graillement des corneilles et se disait : « Je vais perdre tout ça. Je ne reverrai pas la France. Je ne serai pas enterré à Venteuges, mais dans un cimetière étranger où je ne connaîtrai personne, où personne ne viendra jamais me voir. »

Il faisait le revue des gens qu'il avait aimés, ses parents, son frère, sa sœur, ses camarades d'école. Il revoyait quelques femmes qui avaient traversé sa vie sans s'y arrêter, comme on traverse une chaussée de rencontre : Félistine, Alphonsine et surtout Erika. Erika dont il avait mordu la chair et sucé le sang. Une seule main féminine lui fermerait les yeux, celle de la *Schwester*, qui venait dix fois par jour lui tâter le pouls. Quand d'autres ombres se penchèrent sur lui, l'appelant par son prénom, il ne les reconnut pas.

Chaque matin, des malades atteints de la grippe espagnole quittaient la salle les pieds devant. On ne laissait pas aux lits le temps de refroidir : d'autres grippés prenaient aussitôt leurs places.

Le temps passait sans qu'il pût le mesurer. Il ne distinguait pas le jour de la nuit, le soir du matin. Puis on lui donna du bouillon de légumes. Il le but à petits traits, tenant la tasse d'une main tremblante. « A quoi bon, songeait-il, puisque je vais mourir ? »

L'infirmière – une religieuse à cornette – lui mit dans la bouche, une à une, des tranches de carotte, au bout de la fourchette. Il gardait chacune sur la langue, comme une hostie, attendant qu'elle fondît. Elle ne fondait pas, elle ne descendait pas, il la recrachait. La bonne sœur écrasa les carottes, les réduisit en purée.

— Il faut manger pour vivre, disait-elle doucement.

Mais éprouvait-il une réelle envie de vivre davantage ? Toute cette blancheur qui l'entourait lui semblait l'antichambre du paradis. Encore un peu de patience et il s'y présenterait. Il y retrouverait son grand-père Germain le Conquistador, sa grand-mère Thérèse, ses aïeux lointains. Une ribambelle de Poudevigne, éleveurs de chèvres, ramasseurs de bois mort, brûleurs de rôtisses, peleurs de terre, défricheurs de forêts, serfs attachés à la glèbe, qu'il pressentait dans son lignage. Il leur dirait en patois, sans bégayer : « Me voilà ! Maurice Poudevigne, un mètre soixante-six, faucheur à Combret. Bien content de faire votre connaissance ! » Ils s'assiéraient sous les palmiers du jardin et boiraient chopine, servis par les anges.

Or il ne se décidait point à passer carrément l'arme à gauche. La sœur constatait même qu'il lui venait un soupçon d'appétit quand on lui présentait des nourritures fines : pommes de terre écrasées, soupe au pain KK, topinambours bouillis. Un matin, il posa les pieds par terre et fit quelques pas, soutenu par la *Schwester*.

— Bientôt, lui dit le médecin, si tu acceptes de reprendre des forces, si tu manges davantage, tu pourras retourner chez toi.

— Chez moi ?

— Oui. En France. La guerre est finie. Tu n'es plus prisonnier.

Finie, la guerre ? Il en éprouva une sorte d'éblouissement. Il demanda qui l'avait gagnée. Le vieil homme répondit :

— Ceux qui en sont revenus vivants. Tu fais partie de ces vainqueurs.

Deux jours après, il vit arriver dans son mouroir Harald et Edith ! Le scieur et la scieuse ! Simplement, ils venaient le reprendre. Le médecin ne voulait pas le lâcher :

— Il est encore très faible. Il a besoin d'une nourriture légère mais substantielle.

— Nous avons ce qu'il faut.

Ils l'aidèrent à revêtir ses fringues franco-boches, le soutinrent jusqu'à leur charrette, l'enveloppèrent d'une couverture. En arrivant à la ferme-scierie, le jeune Rudi l'embrassa comme s'il eût été de la famille. Erika l'embrassa gentiment, disant qu'elle le trouvait bien maigre.

— Oui, la guerre est finie, dit le maître. Mais on ne peut te renvoyer chez toi dans cet état. Tu ne supporterais pas le voyage.

— C'est vrai, confirma Maurice. Je suis mourant.

Tout le monde se récria.

— Où allons-nous le coucher ? demanda soudain le vieux scieur.

Sa femme et lui se regardèrent. Maurice comprit le dialogue de ces yeux : « Et si on lui offrait la chambre de notre malheureux Josef ? » Mais il ne se sentit pas digne d'accepter le lit du glorieux mort et protesta que celui de Fritz – en attendant son départ pour la France – lui conviendrait parfaitement.

1918-1923

Unser Wald expliquait que le Kaiser et son fils avaient abandonné le pouvoir pour ne pas signer un armistice injuste et honteux ; que l'armée allemande n'était pas vaincue ; qu'elle avait été trahie par des politiciens ambitieux et sans scrupule ; qu'un jour elle se relèverait et reprendrait le combat.

Une vie nouvelle commençait. La scierie Wiener cessa de fabriquer des cercueils ; mais Harald avait toujours besoin d'une aide masculine pour abattre les arbres, les transporter, les débiter. Gavé de soupe, de pommes de terre et de lait, Moritz redevint valide et utilisable. Un traité fut aussi conclu entre Wiener et lui : il resterait au service du scieur jusqu'au retour de ses deux fils et du domestique Fritz ; non plus comme prisonnier, mais comme ouvrier nourri, blanchi, logé. Il refusa des gages en reconnaissance des soins qu'il avait reçus, acceptant seulement qu'on lui fournît son nécessaire en vêtements et chaussures.

Les familles attendaient le retour de leurs soldats. A Freudenstadt, une banderole avait même été tendue pour les accueillir :

Bienvenue à nos glorieux combattants !
Vous n'avez pas été vaincus !

Mais ils arrivaient avec quelque retard. Retenus à Berlin, à Munich, pour contenir la révolution bolchevique ou spartakiste. En revanche, tous les anciens KG quittaient le sol allemand. Fin janvier 1919, le Kommando se trouva complètement évacué. Maurice restait seul. Il aurait pu écrire à Combret pour annoncer son proche retour ; mais le service des postes fonctionnait encore mal ; sa lettre risquait d'arriver après lui. Il s'abstint donc.

Au début de février, il fut frappé par ce titre dans *Unser Wald* : *« Die verfluchten Kriegsgefangenen »* (« Les Prisonniers maudits »). Avec l'aide d'Erika, il déchiffra tout le texte de l'article. Il y était imprimé que les prisonniers français devaient, à leur retour d'Allemagne, exposer devant les autorités militaires françaises en quelles circonstances ils avaient été capturés ; si leurs justifications ne semblaient pas convaincantes, ils étaient considérés comme déserteurs, voire comme traîtres, condamnés au moins à la relégation, c'est-à-dire déportés en Algérie, en Nouvelle-Calédonie ou à la Guyane.

Maurice reçut cette information comme un coup de bâton sur la tête sans casque Adrian. Connaissant son incapacité de langage, il se vit devant le conseil de guerre bégayant, bafouillant, empêché de se défendre. « Pour sûr, tu seras expédié à Cayenne avec les assassins. On n'en revient pas. » Il en discuta avec ses maîtres.

— Ne te presse pas trop de rentrer, conseilla le scieur. Les choses s'arrangeront.

Quelques jours plus tard, le chien Drache se remit à gémir de bonheur. C'était le second fils, Ernst le musicien, qui revenait de guerre. De nouveau, il essaya de broyer les doigts de Maurice qui, tout en résistant, s'efforça de montrer qu'il appréciait la plaisanterie :

— Ma main n'est pas une pomme. A l'écraser, elle ne produit pas de cidre.

Ce furent de grands éclats de rire.

— Tu es donc toujours ici ? s'étonna le démobilisé.

— Nous le retenons comme otage, affirma le père. Nous ne le laisserons repartir que lorsque les Français nous auront rendu Ludwig.

Nouvelle hilarité générale.

Ernst déposa ses vêtements militaires, recommandant à sa mère de bien les poudrer de naphtaline, car il aurait sûrement à les rendosser un jour. Il reprit donc provisoirement ses habits civils, mais non point ses anciennes habitudes. Le travail du bois semblait ne plus l'intéresser. Pas davantage le soin des bêtes et de la terre. Chaque jour, il descendait à Freudenstadt où il retrouvait d'anciens frères d'armes, écœurés comme lui de cette fausse défaite, de cette capitulation du traître Erzberger, des désordres de Berlin et de Munich. Lorsqu'il rentrait le soir, souvent éméché, Edith marmonnait sourdement des reproches que le père interrompait :

— Laisse ce garçon tranquille. Il est comme quelqu'un qui, après quatre ans et demi de maladie, ne peut tout de suite recouvrer la santé. Laisse-lui le temps de guérir.

Après un mois de ce commerce, le fils annonça qu'il avait trouvé un emploi à Freudenstadt, qu'il n'avait pas l'intention de se remettre à la scierie. Quel emploi ? Serveur dans le plus grand *Wirtshaus* de la ville, à l'enseigne du Cerf. Le vieux propriétaire du cabaret lui laissait la responsabilité du bar et de la police de l'établissement.

— Moi aussi je suis vieux, lui fit remarquer Harald.

— Mon frère Ludwig va bientôt rentrer. En attendant, sers-toi de l'otage français.

Dès lors, on ne le vit plus à la ferme que de loin en loin. Si ses parents désiraient le rencontrer, ils devaient descendre au Cerf. Le patron se disait enchanté d'avoir recruté un si glorieux soldat. Il avait en outre de nombreux camarades et savait les entraîner à consommer. Il employait aussi son talent à jouer du piston et à faire chanter la clientèle.

— Si c'est sa vocation, on ne peut le contrarier, soupira le scieur. La guerre lui a fait subir tant de souffrances que je comprends maintenant qu'il souhaite une vie joyeuse.

En conséquence, Maurice redoublait d'ardeur. Il était partout, au four et au moulin. Au bois et à l'atelier. Au jardin et aux champs. Au fenil et aux prés. Il cherchait à se rendre indispensable. Sans gagner un pfennig. Son seul salaire, de temps en temps, un sourire d'Erika, bouche fermée, un frôlement de sa robe ou de ses mains.

Une autre lettre signée Ludwig vint de France. Il se trouvait dans une région appelée Ardèche. Les Français ne parlaient pas de relâcher pour le moment leurs prisonniers de guerre ; ils les faisaient travailler sans salaire en réparation, disaient-ils, des dégâts commis sur leur sol par l'armée de Guillaume. Le parallélisme continuait.

Au mois d'avril 1919, pour la première fois depuis la paix, le jour de Pâques fut célébré avec quelque apparat. Les femmes se coiffèrent du *Bollenhut* traditionnel, un curieux chapeau agrémenté d'énormes houppes, rouges sur les jeunes filles, noires sur les vieilles femmes. Quant aux fillettes, elles portaient une couronne tissée d'une myriade de nœuds jaunes qui les faisait ressembler à des oignons montés en graine. Les hommes montraient des gilets brodés et des chapeaux immenses comme des parapluies. Les maisons furent aussi fleuries. Et pareillement les chevaux et les vaches. Toutes les hirondelles étaient de la fête. Maurice assista debout à la grand-messe, à l'ombre d'un pilier, au fond de l'église.

Les vaches quittèrent l'étable et regagnèrent les herbages. Erika les surveillait d'un œil, tenant l'autre sur son ouvrage de couture. Maurice, arrivant chargé de tabourets et de seaux, la surprit un jour dans cette occupation. Elle avait choisi une pente d'où l'on pouvait voir, très loin, les sommets ronds du Plälzerkopf et du Hornisgrinde, les vallées dissimulées, les lacs voilés de brume.

— Il est un peu tôt pour traire, dit-elle. Les bêtes mangent encore. Asseyez-vous un moment.

Alors que tous les autres membres de la famille le tutoyaient, elle était la seule à lui dire vous. L'herbe poussait bien sous le soleil de mai. Il prit place à côté d'elle, pas trop loin, pas trop près. L'observant de manière oblique, il remarqua qu'elle respirait fort, comme après une course ; que ses doigts tremblaient un peu, entre lesquels l'aiguille scintillait. Il n'osait ni parler ni bouger. Et leur silence était d'une éloquence merveilleuse. Les clarines des vaches sonnaient un doux angélus.

Entre elle et lui, il allongea sa main ouverte, comme une invite. Erika pouvait très bien ne pas la voir, ou faire semblant. Elle la vit. Après un moment d'hésitation, elle enfonça l'aiguille dans le fil ; puis, au terme d'un lent glissement, sa main vint se poser sur la sienne. Dans cette posture incommode qui leur fatiguait le dos, ils restèrent assis sur l'herbe courte. Les deux paumes se joignirent, leurs doigts s'entrecroisèrent. Ce fut une longue et silencieuse étreinte.

Le temps s'écoulait imperceptiblement. Une vache meugla.

— Je crois, dit la jeune femme, qu'elle demande la traite.

Sans brusquerie, elle retira sa main.

Aucune nouvelle de Fritz, le domestique. Au cours de ces cinquante-cinq mois, personne n'avait jamais reçu une ligne de lui. Sans doute fallait-il le compter parmi les *Verschwunden*, les « disparus ». Enterrés par inadvertance. Envolés. Dissous. Pulvérisés. Seuls restaient de son passage à la ferme-scierie quelques nippes dans un placard, de vieux souliers, son odeur dans le matelas. Maurice pouvait occuper son lit sans crainte d'être dérangé.

Ludwig, en revanche, arriva au mois de juin. Maigre comme un cent de clous. Le petit Rudi l'accueillit froidement, ne reconnaissant pas cet étranger qui embrassait sa mère et prétendait lui faire subir les mêmes privautés.

— C'est ton père ! C'est papa ! expliquait Edith.

L'enfant ne parvenait pas à s'en convaincre. Plusieurs semaines furent nécessaires à leur apprivoisement réciproque. Autre désagrément du nouveau venu : il toussait et crachait, à cause, expliquait-il, d'une bronchite attrapée dans la région Ardèche. Quand il se sentait assez d'haleine, il racontait sa captivité :

— On travaillait comme les esclaves d'Egypte pour creuser ce canal dans le rocher. Les pieds dans l'eau même en hiver. Mal nourris, maltraités, mal logés. Cochons de Français !

A l'égard de l'ancien KG, il ne se montrait pas, cependant, très agressif, se contentant de dire :

— Tu as eu plus de chance que moi.

Désormais, Maurice se sentit de trop dans la maison. Harald le garda encore quelques semaines, afin de laisser à Ludwig le temps de recouvrer des forces. Mais un jour, il lui dit doucement :

— Moritz, tu peux maintenant retourner chez toi. Et que Dieu te bénisse.

Il lui glissa même un billet de cinquante marks pour ses frais de voyage. Il expliqua la route qu'il devait suivre :

— Tu marcheras toujours vers le soleil couchant. Impossible de te tromper. Tu atteindras le fleuve Rhin. A Kehl, les autorités françaises s'occuperont de toi.

Il fit ses préparatifs. Serra dans sa musette son peu de linge, son livret militaire, son couteau. Dit à ses anciens maîtres :

— Je vous laisse mon casque. Faites-en un vase à fleurs. Plantez-y une jacinthe. Elle se renouvellera toute seule et durera longtemps, en souvenir de moi.

Il donna l'accolade aux hommes, serra le petit Rudi dans ses bras, lui disant qu'il allait juste faire un court voyage, qu'il serait bientôt de retour. Il recommanda de saluer pour lui Ernst le musicien, retenu dans son auberge. Puis il embrassa les deux femmes. Pendant cette brève étreinte, Erika lui glissa dans la main un billet. Et il partit à pied en direction du soleil couchant.

Quand il eut un peu gravi la pente qui conduisait au *Zuflucht*, il se retourna, vit en bas la ferme des Wiener sous son immense chapeau, les vaches qui paissaient à l'entour, le jardin garni de poiriers et de kirschiers. Il déplia le petit papier qu'il tenait serré dans sa main, y reconnut un brin de muguet dessiné et colorié, lut cette recommandation : *Vergiss mein nicht* (« Ne m'oubliez pas »).

Il traversa la Forêt-Noire dont il ne connaissait que les orées. La lisière en était tapissée d'une large couche de bruyère : *erica*. Il mit en fuite une harde de chevrettes et de faons. Une marmotte sortit de son gîte en bâillant et le regarda passer. Une multitude d'oiseaux accompagna sa marche de leur concert infatigable. Dans les clairières se dressaient des gentianes jaunes et des digitales roses qu'il reconnut bien, toutes pareilles à celles du Cézallier. De loin en loin, il saluait une chapelle de bois surmontée d'un clocheton à bulbe. Il admirait comme la campagne allemande n'avait aucunement souffert des hostilités, et ne s'étonnait pas que certains démobilisés fussent prêts à repartir pour une seconde mi-temps qui écraserait à jamais « le nez à l'arrogance française ».

Il marcha quatre heures de suite. Alors, il s'assit au pied d'un bouleau. La route commençait maintenant à descendre vers la plaine, vers les terres à vigne. Il mangea deux œufs durs et un morceau de pain que la main d'Erika avait glissés dans sa musette. Il fit une sieste d'une demi-heure ; puis il se releva et repartit.

Des vignes, des vignes, des vignes. Les ceps aussi parfaitement alignés que les soldats de l'armée allemande. Une nuée de vignerons occupée à biner, à lier, à sulfater, à poudrer. Des maisons blanches à colombages noirs. Une propreté sans faute. Des enseignes de fer-blanc sur la porte des auberges : *L'Ange, Le Soleil, Le Croissant, La Trompette*. Les ateliers ronronnaient, les boutiques offraient toutes sortes de marchandises, les horloges publiques donnaient la bonne heure, les enfants allaient à l'école. Tout fonctionnait à la perfection. On lorgnait son calot bleu décoloré, on lui tournait le dos.

Soudain, il fut à Kehl, occupé par les Français. Le Rhin était devant lui, immense, boueux, chargé de péniches. Des gendarmes l'arrêtèrent :

— Qui es-tu ? D'où viens-tu ? Où vas-tu ?

Sans tous ces points d'interrogation, le plaisir eût été grand d'entendre parler français. Il dut répondre, sortir son livret militaire.

— L'armistice est signé depuis sept mois. Pourquoi te présentes-tu maintenant ?

— J'ai eu la grippe espagnole.

— Prouve-le.

Il n'avait pas de preuve. On lui fit, accompagné, traverser le pont. Il vit Strasbourg, la flèche rose de sa cathédrale. L'Alsace-Lorraine était délivrée. Il y avait contribué, jusqu'au 18 juin 1916. Il avait vidé une trentaine de cartouchières, donc tiré quatre cent cinquante cartouches ; jeté trois douzaines de grenades. Sans aucun doute, il avait tué un certain nombre de Boches.

— Ton cas va être étudié.

Son cas ? Il était bon pour la Guyane. On l'enferma dans une caserne. Il avait le droit de se promener dans la cour et les bâtiments, mais non point de sortir. Au rata, il mangea celui de la classe 19. Les recrues le regardaient de travers, mais évitaient de lui adresser la parole. Elles pensaient voir en lui un déserteur ou un traître. Elles étaient toutes prêtes à le fusiller.

Le lendemain, il se leva avant la sonnerie du clairon. Il descendit aux cuisines. Les murs étaient encore couverts d'inscriptions allemandes, vaguement barbouillées de plâtre. Il réussit à se procurer un tablier et une veste blanche. Deux heures plus tard, il poussait une charrette remplie d'ordures. Grâce à elle, il franchit la porte de la caserne sans obstacle. Il l'abandonna dans une rue, se débarrassa de son déguisement.

Il marcha vers le Rhin. Son idée était de monter dans une péniche, de se faire engager, de s'éloigner au plus vite de l'Alsace-Lorraine.

Il atteignit le port : un embrouillamini d'embarcations de toutes sortes. Tant d'hommes s'y agitaient qu'on ne le remarqua point. Il retourna son calot bleu pour s'en faire un étrange couvre-chef, assez ressemblant à une barrette de curé. Parmi les barges, gabarres et péniches, il choisit un vaisseau helvétique, reconnaissable à sa croix blanche sur fond rouge : l'*Aargau*. Une passerelle le reliait au quai sur laquelle trois débardeurs faisaient des aller et retour, sous la surveillance d'une casquette galonnée. En un mélange de français et d'allemand, c'est à celle-ci qu'il s'adressa :

— Où allez-vous ?

— En Hollande.

— Combien mettez-vous de temps ?

— Quatre jours.

— Ça me convient.

— Vraiment ?

— Pourriez-vous me prendre à votre bord ? Je travaillerai. Je sais porter les sacs. Pas besoin de salaire. Rien que le transport et la nourriture.

— Vous êtes un évadé de prison ?

— Non point. Je veux seulement connaître le monde.

Le Suisse hésita un moment, considéra les mains, les épaules de son homme. Et cette étrange barrette ecclésiastique.

— *Sofort !* Tout de suite ! Au travail !

Maurice n'eut qu'à se joindre aux débardeurs. Ils coltinaient des sacs de potasse. Après deux heures de cette besogne, le chargement fut terminé. On leva la passerelle, un remorqueur hala le bateau suisse jusqu'au milieu du Rhin. L'*Aargau* mit en route son propre moteur et commença sous un ciel tout bleu sa descente vers la Hollande. Autour d'eux, les mouettes criaient éperdument.

L'équipage comprenait le capitaine, les trois mariniers – à présent quatre –, un chien, un chat et un serin. Le capitaine pilotait lui-même la péniche au moyen d'un volant hérissé de poignées. Il révéla fièrement au Français qu'il filait six nœuds. Le Rhin, peu fréquenté à Strasbourg, s'encombrait à chaque port d'embarcations nouvelles. L'équipage se nourrissait de pain, de salade, de fromage et de chocolat. Ils s'arrêtèrent à Mannheim où ils passèrent la nuit.

Ils repartirent à l'aube dans les vapeurs du fleuve. A Mayence, ils côtoyèrent des bateaux-mouches propulsés par des roues à aubes, remplis de soldats français ou belges. Cet ancien mode de locomotion laissait croire aux passagers qu'ils naviguaient en 1860 sur le Mississippi. Ils passèrent sous le rocher de la Lorelei, une sirène fluviale aux cheveux d'or qui, par le charme de sa voix, distrayait les bateliers et provoquait des naufrages. Dès lors, le fleuve se faufila à coups d'épaule entre des rochers puissants couronnés de châteaux en ruine. Après Bonn, au contraire, il s'étala dans son lit.

De Cologne, Moritz ne vit que les deux flèches de la cathédrale ; elles lui rappelèrent, en moins noir, celles de Clermont-Ferrand. Le front des villes défilait devant eux comme un spectacle de lanterne magique, silencieusement ; ils n'entendaient que le clapotis de l'eau, le ronron de leur moteur, les cornes des autres navires, les criailleries des mouettes.

En aval d'Emmerich, le *Rhein* allemand devint le *Rijn* hollandais. Pendant quelques encablures. Car presque aussitôt il se partagea en deux artères, une étroite, côté nord, le Lek, et une très large, côté sud, le Waal.

— Je ne veux pas aller à Rotterdam, avertit le passager. Je n'aime pas les grandes villes. Je voudrais que vous me débarquiez en pleine campagne. Ou du moins dans une petite ville.

Ce fut fait à Nijmegen, un port modeste entouré de remparts dont les pieds trempaient dans l'eau. Maurice salua ses compagnons de voyage, remercia le capitaine et profita de la confusion qui régnait sur les quais pour échapper aux douaniers. Il traversa la ville dans toute sa longueur, marchant d'un bon pas, comme quelqu'un qui sait où il va, ne demandant son chemin à personne. Après une heure, il se trouva dans des faubourgs industriels. N'espérant pas y trouver de travail à sa convenance, il s'enfonça dans une plaine sèche, infinie, parsemée de moulins à vent, dominée par de modestes collines couvertes de bruyère. Les routes étaient pavées de briques jaunes.

Après avoir marché une autre heure, il s'assit sur une borne qui portait l'indication *Rosendorp 8 km*. Ce qui lui parut signifier qu'il se trouvait à huit kilomètres du village des Roses. Il tira de sa musette le morceau de pain que lui avait donné le capitaine suisse, plaçant dessous une main ouverte pour en recueillir les miettes. Il fit ainsi, comme on dit en Auvergne, un « repas d'âne ». Un repas sans boire. Mais il espéra trouver audit village de l'eau, car il n'est pas de village sans fontaine.

Il allait se remettre en route lorsqu'une charrette s'arrêta devant lui. Sur le siège, une sorte de prêtre, à en juger par sa soutane noire, son chapelet, sa barbe et un étrange bonnet tronconique, plus large du sommet que de la base. Il tira sur les rênes de son cheval, adressa la parole en néerlandais à Maurice qui répondit en allemand :

— *Nicht verstehen*. Pas comprendre.

Le barbu lui répondit dans le même langage :

— Où allez-vous ?

— Je ne sais pas.

— Quelle est votre nationalité ?

— J'étais français.

— Vous ne l'êtes plus ?

— Je ne sais pas.

— Votre religion ?

— Chrétienne.

— Que cherchez-vous ?

— Du travail.

— Qu'est-ce que vous savez faire ?

— Faucher l'herbe, traire les vaches, abattre les arbres, scier les troncs, travailler la terre, faire des cercueils.

— Montez.

Il le fit asseoir près de lui. La voiture repartit. Pendant qu'ils roulaient, Maurice expliqua sa situation de « prisonnier maudit », sa crainte de passer devant un conseil de guerre à son retour en France. Le barbu approuvait de la tête. Après une demi-heure de route et avant d'atteindre le village des Roses, ils furent devant quelque chose qui tenait de la forteresse par la muraille d'enceinte, et du hameau par le clocher qui en surgissait, surmonté d'un bulbe de cuivre.

— *Unsere Abtei*, dit le barbu.

— Votre quoi ?

— *Abtei*. En français : abbaye.

Comme Maurice put ensuite le comprendre, il s'agissait en effet d'une abbaye de religieux orthodoxes, d'obédience moscovite. Une douzaine de moines venus de Russie pour échapper à la révolution bolchevique étaient arrivés en ces lieux en 1917. Non point les mains vides, mais pourvus de certaines richesses négociables. La plus précieuse : une icône représentant la Mère de Dieu, dite *Znaménié*[1]. Sous sa protection, ils s'étaient installés en plein pays catholique romain. Aidés par d'autres exilés, secourus par la reine Wilhelmine, ils avaient construit une chapelle et des bâtiments communautaires en brique et en pisé.

Mais le monastère était riche aussi d'une étable-écurie, d'une fromagerie, de magasins et même d'une auberge. Ne se contentant pas de la prière et de la méditation, ils pratiquaient l'agriculture et le commerce ; cultivaient des jardins ; élevaient des vaches et de la volaille ; fabriquaient de la mimolette ; recevaient des retraitants désireux d'échapper quelques jours aux angoisses du siècle. Les amateurs venaient de loin acheter leurs légumes, leurs poulardes, leurs fromages à pâte jaune. L'abbaye Znaménié nageait en pleine prospérité.

— Nous avons à présent besoin de main-d'œuvre laïque, expliqua le moine. La Sainte Vierge vous a mis peut-être sur ma route.

— S'il vous plaît, dit Maurice, j'ai soif.

— Que voulez-vous boire ?

— N'importe.

— Nous faisons nous-mêmes de la bière sans alcool.

— D'accord.

Dans l'abbaye régnait une activité extrême. Leur robe protégée par un long tablier, en chapeau de

1. Du Signe.

paille, chaussés de sabots, les religieux s'affairaient telles des abeilles dans une ruche.

— Je vais vous présenter au père Barsanuphe, notre supérieur.

Ils le trouvèrent occupé à piler une banche de terre glaise destinée à un agrandissement de la maison principale. Les deux moines confabulèrent d'abord en langue russe. Puis le père supérieur s'adressa en français au nouveau venu, l'interrogea sur son âge, ses origines, le cours de son existence. Maurice répondit de son mieux, en bégayant. Cette hésitation de langage sembla plaire au religieux.

— Nous allons vous garder une semaine à l'essai.

Ainsi commença pour le Gévaudanais une vie à la fois hollandaise, russe et monastique. Elle devait en fait durer quatre ans. Logé dans une cellule avec une chaise, un lit et une icône pour seul mobilier, il n'était pas tenu, en qualité d'étranger, de se lever avant l'aube pour assister au premier office. Mais dès six heures, il participait à la première « réfection corporelle », sous la forme de pain, de thé et de lait. Au mur du réfectoire, une phrase de saint Paul en caractères cyrilliques : *Soit que vous mangiez, soit que vous buviez, faites tout pour la gloire de Dieu.* Après quoi, il se livrait aux travaux qu'on lui confiait.

C'était pour lui comme un retour au pays natal, sauf qu'ici la terre était grasse et lourde, non pas légère comme celle de Combret. Il la bêchait, la ratissait, l'ensemençait. Il nourrissait et trayait les vaches. Il apprit à faire la mimolette, à laver ces boules, chaque matin, avec de la petite bière. L'été, il servait les retraitants au réfectoire. Il fauchait les prés et rentrait le foin. Il fut aussi maçon, charpentier, couvreur. Les religieux de Znaménié n'avaient pas besoin de cercueil : ils se laissaient enterrer dans un simple linceul. Le cimetière, derrière la chapelle, était ombragé par une haie de fusains.

Les offices se chantaient en langue slavonne. Maurice y assistait le dimanche au calendrier julien et il apprit à se signer de droite à gauche. Une sorte de barrière, l'iconostase, séparait la nef du chœur. L'Annonciation et les quatre évangélistes y étaient peints. Et aussi l'image de la Mère de Dieu, la tête auréolée, le visage sombre, les bras ouverts, vêtue d'une sorte de chasuble pourpre et portant sur la poitrine le Signe, la représentation de son Fils. Le tout encerclé de lettres cyrilliques comme d'un vol de colombes.

Les moines appréciaient le travail, la soumission, la piété du Français. Pour leur ressembler, il avait laissé pousser sa barbe. Ils renouvelèrent ses vêtements et ses chaussures. Pendant la journée, il était tout à sa besogne. Mais après l'office du soir, seul dans sa cellule, il se remettait à penser à la France. « Un jour, je rentrerai chez moi. Quand les gendarmes auront oublié les prisonniers de guerre. » Il s'abstenait d'écrire à ses parents afin de ne pas révéler son adresse aux autorités militaires. Il ouvrait ensuite son livret, y lisait pour la millième fois la recommandation d'Erika : « Ne m'oubliez pas. » Comment aurait-il pu l'oublier après avoir bu de son sang ?

Il contribua à bâtir une colonne de brique à l'entrée de l'abbaye, haute d'environ quinze mètres. Au sommet fut scellée une statue de la Mère de Dieu en terre cuite. Son inauguration donna lieu à une fête à laquelle se trouva invitée la population environnante. Des pâtisseries gratuites furent distribuées ; mais la quête consécutive rapporta deux mille florins.

Maurice possédait toujours son billet de cinquante marks, avec lequel il espérait un jour acheter un ticket de chemin de fer pour la France. Mais quand ? Enfermé dans son bégaiement et son ignorance du russe et du néerlandais, il se trouvait bien au milieu des moines orthodoxes. Chaque jour, il s'agenouillait devant l'icône du Signe, demandant à la Vierge de protéger la vie et la santé de ceux qu'il aimait (il en faisait l'énumération complète) et de lui accorder le bonheur de les revoir un jour.

Les retraitants étaient de toutes les nationalités. Jamais plus d'une douzaine à la fois, ils restaient quelques jours dans un bain de silence, se nourrissaient de soupe aux pois cassés, puis retournaient à leurs vacarmes. Ni par eux ni par les moines, Maurice n'apprenait rien du monde.

Les choses durèrent ainsi jusqu'en 1923. Date à laquelle le père Barsanuphe mourut et fut enterré derrière les fusains. Son remplaçant, le père Inozemtzev, convoqua Maurice et lui parla en ces termes :

— Il n'est pas sain que, dans notre grande pauvreté, nous ayons un domestique salarié.

— Mais, mon père, je ne touche aucun salaire.

— C'est vrai. Mais nous devrions t'en verser un, les lois civiles nous y obligent. Alors, je te laisse le choix entre deux solutions. Ou bien tu prends la soutane de moine convers, ce qui t'oblige à rester parmi nous jusqu'à ton décès. Ou bien je te verse un petit pécule et tu nous quittes. Réfléchis à cela.

Il y réfléchit une semaine. En lui veillait toujours l'espoir de rentrer à Combret, de retrouver ses parents, sa terre, sa faux. Il répondit qu'il choisissait de partir. Le père Inozemtzev lui versa cent soixante florins pour quatre ans de gages.

— Cela couvrira tes frais de voyage jusqu'à la France.

Maurice s'en montra satisfait, ajoutant qu'il possédait aussi une coupure de cinquante marks. Le père demanda à la voir. Quand il l'eut examinée, il la rendit :

— Elle ne vaut pas un pet de lapin. Il faut maintenant deux mille marks pour acheter un timbre-poste, un million de marks pour acheter un poulet. Le florin, lui, reste une monnaie solide et acceptée de tous.

Maurice prit ses meilleurs vêtements, ses bons souliers, sa casquette bleue à visière, sa musette. Une charrette le transporta jusqu'à Nijmegen où il pourrait prendre un train qui, à travers la Belgique et le Luxembourg, le transporterait vers la France.

Il resta seul, ses florins en poche, sur le quai de la gare. Il étudia soigneusement les lignes que lui proposaient les panneaux indicateurs. Il décida, dans son voyage de rapatriement, de faire un petit détour par Düsseldorf, Karlsruhe et la Forêt-Noire.

1923-1925

Comme il montait à pied de Höllenloch, personne chez les Wiener ne reconnut ses vêtements quasi neufs, ses bottines, sa casquette de navigateur. Seul le chien Drache aurait pu identifier son odeur, mais il était mort et enterré, remplacé par deux aboyeurs auxquels il dit en allemand un mot de paix :

— *Leise ! Leise !* Doucement !

On entendait ronfler les machines de la scierie.

C'est Edith qui la première marcha vers lui, le voyant en arrêt au-delà de la barrière. Il avait rasé sa barbe orthodoxe, gardé son ancienne moustache horizontale. Il ôta sa casquette. Elle ouvrit les yeux comme des culs de bol :

— Est-ce que je rêve ?

— Bonjour, madame Edith.

— Vous êtes... tu es...

— Moritz Poudevigne, avec quatre ans de plus.

— Et tu nous reviens ?

— Je ne suis que de passage. Je rentre en France. J'ai fait un coude pour venir vous saluer.

— Comment ça, un coude ?

Il fallut tout lui expliquer : son arrestation par les gendarmes de Strasbourg, sa fuite en péniche, les années passées en Hollande au service des moines russes.

— Et maintenant ?

— Maintenant, madame Edith, je retourne en France. Promis, juré. Mais sans courir, car j'ai toujours peur des gendarmes.

Pendant ces propos, un garçonnet était sorti de la maison.

— Rudi ! cria Moritz, les bras ouverts.

Mais l'enfant ne s'y précipita point. Cette longue absence avait bien effacé le KG de sa mémoire. Sur l'ordre de sa grand-mère, il alla seulement chercher le reste de la famille. Le scieur vint d'abord, toujours précédé de son ventre, épanoui, rubicond, la moustache un peu plus blanche. Puis son fils Ludwig l'artiste, à qui la paix n'avait pas rendu beaucoup de substance ; il avait en outre perdu presque tous ses cheveux. Enfin la dernière, la plus attendue, parce qu'elle avait pris le temps de s'attifer un peu, de prendre un tablier fleuri : Erika. Rose comme la bruyère. Toujours belle, toujours émouvante. Elle lui tendit une main qu'il sentit trembler. Ernst ne jouait plus du piston à Freudenstadt ; il s'était lancé dans le commerce, possédait une automobile, voyageait à travers l'Allemagne pour vendre des tableaux. Les gens achetaient n'importe quoi afin de placer leur monnaie de singe. Un cochon se vendait quatre mille deux cents milliards de marks ! Dans les villes, on allait au marché avec deux paniers, l'un pour les provisions, l'autre pour les billets de banque.

— Naturellement, dit Harald, tu couches ici ce soir.

Il retrouva avec plaisir son lit dans l'étable. Réflexion faite, Fritz n'était pas sorti de sa disparition. Chez les Wiener, on ne souffrait pas de la faim et le dîner fut copieux : soupe au riz, saucisses, boudin blanc, pommes de terre, gâteau au fromage. Pendant tout le repas, Ludwig ne cessa de tousser et de cracher dans une petite boîte à couvercle.

Le lendemain matin, le maître lui fit une proposition surprenante :

— En ce moment, j'ai une grosse commande de charpentes. Ludwig ne m'aide guère, la sciure l'incommode. Et si je te demandais de rester quelques jours avec nous, aux meilleures conditions ?

Maurice crut entendre carillonner les cloches de Noël. Pour la forme, il demanda ce qu'étaient ces meilleures conditions.

— Nous réglerons ce détail à la fin de ton séjour. Est-ce qu'un milliard de marks tous les matins te conviendraient ?

— Vous avez raison. On en reparlera.

C'est ainsi que recommença pratiquement son ancienne vie, à l'étable et aux champs, mais surtout à la scierie. Il retrouva des connaissances : Walter, le vieux fabricant de coucous ; Gustav, le fabricant de jouets. La frontière entre le Bien et le Mal suivait toujours la ligne de crête. Erika lui souriait dans l'ombre, ils se frôlaient dans le vide des portes.

Unser Wald donnait des nouvelles du monde. Le pays vivait maintenant en république, ce qui aurait dû le rapprocher de la France. Mais il n'en était rien. La haine les séparait toujours. L'Allemagne refusait de porter seule la responsabilité de la guerre et le poids des réparations. Les ouvriers, les mineurs de la zone occupée par les troupes françaises résistaient par la grève et par les émeutes. Sous le nom de « communistes », les bolcheviks noyautaient les syndicats et terrorisaient la bourgeoisie.

Outre ses travaux de scieur, Maurice faucha le regain de 1923. Harald et lui s'entendaient comme père et fils. Il lui arrivait de confier au maître :

— Ici, je me sens comme chez moi. Gardez-moi seulement cet hiver. Je vous promets de repartir au printemps.

Le vieux y consentit. C'est que son troisième fils n'arrivait pas à se remettre de ce mal qu'il avait attrapé dans la région de l'Ardèche. Seuls lui convenaient vraiment les travaux d'écriture, de comptabilité, de dessin. Rudi peu à peu reprit avec Maurice des relations amicales. Lorsque vinrent les mois neigeux, l'ancien KG lui construisit une luge. Ensemble, ils édifièrent un bonhomme de neige qu'il coiffa de sa casquette de navigateur hollandais. Au cours des veillées, sous la lampe à pétrole, ils se penchaient de nouveau sur des livres. Erika tricotait en les couvant des yeux. Ludwig se mit à peindre à l'huile ; ses tableaux représentaient des paysages qu'il n'avait jamais vus, l'Afrique avec ses gazelles, l'Asie avec ses éléphants, l'Amérique avec ses bisons. C'était sa façon d'échapper aux sapins de la Forêt-Noire.

Le gouvernement de la République institua une monnaie nouvelle, le Rentenmark ; les anciens billets furent tous annulés. Désormais, un poulet ne devait pas se vendre plus de deux marks et cinquante pfennige ; trois décilitres de vin dans une *Weinstube* : cinq pfennige ; un chapeau de feutre masculin : dix à douze marks. L'Allemagne allait être sauvée par monsieur Gustav Stresemann, un homme politique très astucieux, qui, négociant avec les Anglais et les Français, espérait bien les rouler dans la farine.

A moins que le salut ne vînt de monsieur Adolf Hitler, champion de la méthode forte, fondateur du parti national-socialiste, qui promettait de relever l'Allemagne et de brûler le traité de Versailles.

Chez les Wiener, Maurice participa à une autre fête de Noël. Tout le monde – excepté Ludwig qui préféra rester au coin du feu – descendit à Höllenloch entendre la messe de minuit. Le chemin était verglacé, Rudi tomba cinq ou six fois sur le derrière, il semblait le faire exprès. Pour s'empêcher l'un l'autre de glisser, Erika et Maurice se prirent étroitement par le bras ; leurs épaules, leurs flancs se touchaient ; leurs mains s'étreignaient ; leurs souffles formaient ensemble devant eux une nuée blanche. Edith et Harald suivaient d'assez loin, attentifs où ils posaient les pieds. L'église était pleine de lumières et de chrétiens. Ils s'assirent tous sur la même banquette, aussi serrés que possible pour se tenir chauds. Ils revinrent sous la neige, aveuglés par les flocons.

Arriva le printemps redouté.

— Mon garçon, dit le scieur, il est vraiment temps que tu retournes chez toi. Ta place n'est plus ici, mais auprès de ta famille.

— Et si les gendarmes de Strasbourg m'arrêtent encore ?

— Tu n'as qu'à passer par la Suisse. Venant d'un pays neutre, on ne te cherchera pas d'histoires.

Riche idée ! On consulta une carte. Entre Höllenloch et la frontière helvétique, il n'y avait pas plus de soixante-dix kilomètres « à vol d'oiseau ». Il est vrai que ces kilomètres-là pouvaient être accidentés ; mais Poudevigne ne craignait ni les montées ni les descentes. Ils établirent un itinéraire par Schaffausen, Zurich, Neuchâtel, Pontarlier.

Et de nouveau, la séparation. Cette fois, Maurice s'arrangea pour glisser un billet dans la main d'Erika : *Si vous avez un jour besoin de mes services, écrivez-moi, je viendrai. Voici mon adresse...*

— Au revoir ! cria Ludwig en français pour prouver qu'il avait rapporté quelque chose de l'Ardèche, éclatant de rire, comme s'il venait de lâcher une bonne plaisanterie.

— Au revoir ! répondit Maurice, quoiqu'il ne crût point à cette revoyure.

A chaque pas, il se retournait pour contempler le pays qu'il laissait derrière lui. Il aurait pu prendre le train ou les autobus ; mais il n'était pas pressé de s'éloigner.

A Stuhlingen, il raconta, en la simplifiant, son histoire aux gendarmes qui portaient une croix blanche sur le képi. Non, il n'avait point de passeport. Oui, il était un ancien prisonnier de guerre retenu en Allemagne par la grippe espagnole ; désireux de ne pas rapporter en France les germes de cette épidémie, il avait attendu sa complète extinction. S'il passait par la Suisse pour rentrer, c'est qu'il voulait profiter du voyage pour visiter ce pays dont on lui avait dit le plus grand bien. Il n'était pas sans ressources : il possédait cent florins hollandais et soixante rentenmarks.

— *Tourist ?* demandèrent les Helvètes.

— *Ja, ja, Tourist.*

Impressionnés, ils lui ouvrirent les portes de leur Confédération.

Il marcha et marcha. Tantôt vers l'ouest, tantôt vers le sud, tantôt vers le sud-ouest. Il traversa des villes, des rivières, des pâturages. Il faisait du tourisme.

Quand il arriva presque au fond de sa bourse, il implora l'hospitalité d'une nuit. Ou un morceau de fromage. Ou une barre de chocolat. On ne lui refusait pas ces aumônes, pourvu qu'il consentît ensuite à s'éloigner rapidement.

Un matin, sortant d'une grange où il avait dormi, il sentit une odeur pyridique. Près de là, des ouvriers étaient en train de bitumer une route. Une chaudière sur roues, tirée par un cheval, fluidifiait le goudron. Ce liquide visqueux arrivait ensuite au bout d'un tuyau qui le répandait sur la caillasse. D'autres hommes éparpillaient dessus des pelletées de gravillon, avec le geste auguste du semeur amplifié par la longueur de la pelle. Jusqu'à former dessus une couche grisâtre. Quand ce magma s'était refroidi, venait le rouleau compresseur. Le travail était infect, puant, malsain. Les bitumiers portaient une cuirasse de toile cirée et des bottes de caoutchouc. Le vagabond proposa ses services. On l'accepta sans difficulté au salaire journalier de trois francs suisses.

Il ne connaissait rien à la technique. On le chargea des tâches les plus viles : décharger et rouler les fûts de bitume ; les vider dans la chaudière ; éloigner les fûts vides ; alimenter le feu ; répandre le goudron fondu dans les coins avec un arrosoir. En fin de journée, il se débarbouillait au pétrole. Il songeait aux voies auvergnates. Blanches, poudreuses, hérissées comme la bête du Gévaudan, elles méritaient à peine le nom de « routes ». Grâce à leur goudronnage, les routes helvétiques étaient des rubans noirs et lisses, sur lesquels les véhicules roulaient sans le moindre cahot.

Maurice Poudevigne travailla quatre mois dans le bitume. Puis ses narines en eurent assez des vapeurs pyridiques et il chercha d'autres emplois. Près de Solothurn, il fut embauché aux fenaisons et aux moissons, sa véritable spécialité. Un jour, au marché de cette ville, il acheta à un bouquiniste une *Nouvelle grammaire allemande* quelque peu usagée, par Emile Otto, revue par Marius Nicolas, publiée chez Jules Groos, éditeur à Heidelberg. Il passait les jours de pluie le nez dans cet ouvrage.

Il cueillit des pommes dans la vallée de l'Aar. Dans le canton d'Unterwald, il partagea la hutte et le macaroni *alla carbonara* de charbonniers italiens originaires des Abruzzes. Lorsqu'il tomba malade, en février 1925, toussant, crachant, tremblant de fièvre, ces hommes noirs le soignèrent comme un frère, lui frottant la poitrine avec une eau-de-vie qu'ils appelaient *grappa*. Il resta deux semaines entre la vie et la mort. Puis il alla du bon côté, ne gardant de sa pneumonie qu'une toux sèche fort agaçante. Peppino, un des Abruzzais, lui acheta une boîte de pastilles Valda, « souveraines contre les maux de gorge, laryngites, enrouements, irritations, rhumes, bronchites, catarrhes, grippes, asthmes, etc. ». Il en suça quelques-unes, constata qu'en effet elles calmaient sa tousserie et lui remplissaient la bouche d'une sensation d'air pur.

N'empêche qu'il sortit de la forêt fatigué. Il prit alors la résolution de cesser de jouer le Juif errant et de regagner enfin la France, même si les gendarmes devaient l'arrêter. Son bagage s'était enrichi de plusieurs centaines de francs suisses et d'une boîte de pastilles vertes.

C'est alors que lui revint à l'esprit l'image du mari d'Erika, Ludwig, qui passait ses jours à tousser et à cracher. Il se demanda si lesdites pastilles n'étaient pas, comme l'affirmait leur étiquette, le remède souverain contre ce mal de poitrine. Aussitôt, sa conscience lui dicta son devoir : il devait le lui apporter. Pour ce, il suffisait, sur son chemin de retour, de faire un crochet par la Forêt-Noire.

Il embrassa ses amis abruzzais, acheta, en traversant Alpnach, une seconde boîte, prit le train pour Zurich et Stuhlingen. Les gardes-frontières allemands lui demandèrent la raison de son voyage. Il fournit dans son jargon des explications si compliquées qu'ils n'y comprirent goutte ; mais comme il n'avait pas la tête d'un spartakiste, d'un communiste, d'un Juif, d'un Nègre ni d'un romanichel et qu'il portait de l'argent suisse, ils le laissèrent passer. Il arriva à Freudenstadt le 4 avril 1925.

Cette fois, les deux roquets le reconnurent. De furieux qu'ils étaient d'abord, leurs abois se firent joyeux et accueillants. Edith parut sur le balcon. Reconnaissant la casquette bleue, elle poussa le cri de l'alouette :

— Jésus-Christ !

— C'est encore moi, répondit-il, le bras levé.

Rudi était à l'école, Erika gardait les vaches, Ludwig semait des petits pois dans le jardin, Harald était dans la forêt avec Johan.

— Qui est Johan ?

— Un autre domestique que nous avons.

Elle descendit, vint l'accueillir à la barrière. Il expliqua qu'il arrivait de Suisse où il avait travaillé tout un hiver dans le charbon de bois ; qu'il se rendait maintenant en France ; mais qu'il avait jugé bon de faire un petit crochet par Höllenloch pour apporter à Ludwig des pastilles Valda.

— Un petit crochet ? Tu appelles ça un petit crochet ?

— Oui, madame Edith. Mais ensuite, vous ne me verrez plus. Je le jure devant Dieu. Sauf si vous m'appelez.

— Pourquoi t'appellerais-je ?

— En effet... En effet...

A ce moment parut Ludwig l'artiste, en costume de jardinier. Un sourire édenté lui fendit la figure.

— Bonjour ! dit-il en français.

Les deux hommes se serrèrent la main. La belle-mère expliqua que Maurice arrivait de Suisse tout exprès pour lui apporter des pastilles.

— A moi ? Des pastilles ?

— Tu tousses toujours ? demanda Poudevigne.

— Oui, j'ai attrapé la crève chez ces cochons de Français de la région Ardèche.

Et il toussa. Maurice sortit immédiatement la boîte de Valda, l'ouvrit, la tendit. (Ainsi faisait jadis son grand-père Germain, offrant sa tabatière et disant : « Ça te fera éternuer. On n'éternue jamais assez. » Il prisait de manière raffinée, formant d'abord sur le dos de sa main gauche une petite pyramide de poudre ; ensuite, il la humait avec gourmandise, moitié par la narine droite, moitié par la gauche. Un peu de tabac moulu restait en permanence sur sa moustache. On aurait pu, dans l'obscurité, le suivre à l'odeur.)

Ludwig prit une pastille verte.

— Ne la mâche pas, ne l'avale pas, laisse-la fondre.

Et le miracle se produisit : tout le temps de sa dissolution, Ludwig cessa de tousser.

— Ce sont, précisa l'ancien KG, des pastilles fabriquées en France. Si tu n'en trouves pas en Allemagne, écris-le-moi, je t'en enverrai d'autres.

Un moment plus tard, quand une nouvelle quinte lui revint, il puisa dans la boîte métallique, et le miracle se répéta.

Harald et Johan revinrent en fin d'après-midi. Le maître parut embarrassé de revoir son ancien prisonnier :

— Ton lit est pris. Où vais-je te faire coucher ?

— Dans le fenil, si vous voulez bien. La chose m'est déjà arrivée.

Ludwig retourna au jardin. Maurice demanda plus tard comme une faveur d'aller traire au pâturage. Erika eut à le revoir une telle surprise qu'elle tomba sur le cul. Littéralement. Au revers du talus où leurs deux mains, un jour, s'étaient prises. Il l'aida à se relever. Elle lui sourit, bouche fermée.

— J'étais certaine, dit-elle, de vous revoir un jour.

Pour la première fois, ils se jetèrent dans les bras l'un de l'autre. Comme un frère et une sœur.

Au cours de la veillée, ils parlèrent de mille choses. D'Ernst qui courait l'Allemagne pour placer ses tableaux. Des récentes élections au Reichstag où le parti de monsieur Hitler avait obtenu trente-deux élus sur six cent sept députés. De l'ex-Kaiser qui s'ennuyait dans son château de Doorn en Hollande et venait de publier ses Mémoires ; il y révélait l'origine du bras atrophié qu'il avait dissimulé toute sa vie : un accouchement raté. *Unser Wald* racontait l'histoire d'un habitant de Munsterberg qui, après avoir violé sa fille tous les lundis, avait fini par l'étrangler. Le tribunal lui avait demandé quelles étaient ses distractions habituelles. A quoi il avait répondu :

— Je lisais la Bible à voix haute, en famille.

Harald en conclut qu'il ne savait plus si la frontière entre le Bien et le Mal existait toujours.

Maurice dormit dans le foin. Du sommeil profond des consciences pures.

Le lendemain, un dimanche, il descendit avec les Wiener à la grand-messe de Freudenstadt. Dans son homélie, le curé tint des propos étonnants :

— Mes très chers frères et sœurs, il existe un parti en Allemagne qui fait en ce moment beaucoup de bruit. Il nous engage à persécuter les Juifs qui seraient, d'après lui, la cause de tous les maux dont souffrent les chrétiens. Il prétend que la race juive corrompt depuis des siècles la germanique. Je voudrais souligner ici, mes très chers frères et sœurs, que le fondateur de notre religion, Jésus de Nazareth, était juif, fils du Juif Joseph et de la Juive Marie. Que tous ses apôtres étaient des Juifs. Qu'il fut crucifié par des non-Juifs, le Romain Ponce Pilate et ses soldats. Comment donc les congénères de notre Sauveur pourraient-ils corrompre les Allemands qui ont adopté sa foi ? Tous les chrétiens sont des fils spirituels du Juif Jésus de Nazareth. N'écoutez pas, mes très chers frères et sœurs, les paroles de haine que répandent ces aventuriers. Croyez aux paroles de paix et de fraternité universelle. Amen.

Maurice resta deux jours à Höllenloch. Puis il fit pour la troisième fois ses adieux à la famille Wiener.

— Est-ce un adieu définitif, s'enquit Edith, ou seulement un au revoir ?

— Comme Dieu voudra.

— Envoie-moi des pastilles Valda de temps en temps, recommanda Ludwig.

Et il se prit à tousser, prouvant ainsi qu'il en avait grand besoin.

— A bientôt ! cria le jeune Rudi.

— Quand j'étais enfant, leur confia Maurice, je croyais que je n'étais pas fait pour les voyages.

1925-1926

A Combret, il fournit aux siens toutes les explications nécessaires. Il raconta comment, devant Verdun, il avait été obligé de lever les bras avec un camarade à cause d'une mitrailleuse braquée sur eux. Comment il avait été envoyé chez un scieur de la Forêt-Noire qui fabriquait des cercueils. Comment les Wiener l'avaient guéri de la grippe espagnole. Comment il avait lu dans un journal allemand un article portant ce titre : *Die verfluchten Gefangenen*, ce qui veut dire « Les Prisonniers maudits ».

— Tu sais donc parler boche ? s'étonna le père.

— Il a bien fallu que j'apprenne un peu. (Il montra sa grammaire usagée.) Le journal disait que les prisonniers de guerre français passaient en jugement devant le conseil de guerre pour justifier leur capture ; que s'ils s'expliquaient mal on les envoyait en Algérie ou à Cayenne. J'ai pris peur. Mon patron était d'ailleurs content de me garder, parce que j'avais bien appris le travail du bois. Un jour, enfin, je me suis décidé à partir.

— Tu aurais pu écrire !

— Je l'ai fait, deux ou trois fois. Mes lettres ont dû se perdre.

Le père secouait la tête, convaincu à moitié. La mère s'écria qu'après tout l'important était qu'il fût revenu vivant. Tant d'autres n'avaient pas eu cette chance.

— Et Fidèle ? demanda sa sœur Valentine.

— Quoi... quoi... fidèle ?

— Fidèle Denvaert ?

— Nous nous sommes perdus en revenant de notre permission. Et plus jamais retrouvés.

— Je n'ai jamais reçu de ses nouvelles.

— Sans doute, comme moi, qu'il n'était pas très porté sur l'écriture.

— Il est sûrement mort.

— Il faut espérer que non.

Et elle, farouchement :

— Je l'espérerai toute ma vie. Mais je sais bien que je suis destinée à rester fille. Pour soigner les autres. Pour être la servante de la famille.

— Eh bien... eh bien... marie-toi.

— Avec qui ? Il n'y a plus d'hommes ! Ceux qui sont revenus étaient déjà mariés. Mais un jour, peut-être, je me ferai sœur. Ou béate.

Elle sortit en claquant la porte. Que répondre à cela ? Quelle consolation lui offrir ?

Le plus urgent était de rendre à Maurice une figure humaine. Depuis un mois, ses joues n'avaient pas fréquenté le rasoir. Comme il avait coutume de faire depuis 1914, il l'affila sur son ceinturon. Il tailla la moustache avec les ciseaux de sa mère. Lorsqu'il eut enlevé les dernières traces de savon, elle lui demanda l'« étrenne » : elle l'embrassa follement ; enfonça le nez dans ses joues creuses :

— Tu as maigri. Mais je veux t'engraisser telle une caille.

Elle le tenait au bout de ses deux bras tendus, comme un peintre regarde son œuvre.

— Ah ! je suis bien contente, conclut-elle, que la guerre ne t'ait pas abîmé. Tant d'autres sont revenus estropiés, ou la figure détruite. Ainsi ce pauvre Passelaigue.

— Raymond Passelaigue ?

— Il fait peur à voir. Je ne t'en dis pas plus.

— Oui, j'ai eu beaucoup de chance.

Il refit connaissance avec la borie et ses entours. Le chien le prit tout de suite en amitié, sentant sur sa personne une odeur de famille. Les premières mouches zonzonnaient dans l'étable qu'habitait seul un veau, dans sa loge. Les poules s'exerçaient les ongles sur le tas de fumier. La fontaine privée coulait peu, mais suffisait aux besoins des personnes et des animaux. L'herbe poussait verte entre les pierres de la cour. Le chat dormait sur le bassoir de la fenêtre. Maurice caressa de la main le rude granit des murs, que le mica parsemait de scintillements.

Dans la cuisine, il retrouva l'odeur de la suie, des fromages, du pain de seigle. Sa médaille de bon faucheur, « premier prix », clouée au mur. Le portrait de la Vierge Noire du Puy dans son immense houppelande d'où sortait, pour faire coucou, la frimousse de l'Enfant Jésus. Le calendrier des Postes de l'année 1925, illustré de la tour Eiffel. La table, les bancs, les dalles mal jointoyées entre lesquelles se perdaient les aiguilles. Les deux lits-placards où dormaient, d'un côté ses parents, de l'autre Valentine. Le buffet de bois blanc, œuvre du grand-père conquistador, auquel le temps avait conféré une couleur de toupie. Le trou dans le mur contenant la bibliothèque familiale : des livres de messe, des almanachs, un catéchisme.

A l'étage, il retrouva la fenière à demi pleine. Sa faux pendue à une cheville. Ternie par neuf ans d'inactivité. Son chapeau de paille, qu'habitaient une araignée et sa toile. Sa bicyclette aux pneus plats. Et puis sa chambre, ses vêtements de travail accrochés à des clous, son costume du dimanche dans l'armoire, parfumé de mélisse pour éloigner les mites. Après avoir été un autre, un guerrier, un combattant de la boue, un prisonnier, un frère convers, un domestique, un Juif errant, il se sentait redevenir lui-même, Maurice Poudevigne, agriculteur à Combret.

Au crépuscule, il sortit dans le village. Il rencontra du monde. Tous s'étonnaient en le reconnaissant, on le croyait mort, son nom était écrit à l'église de Venteuges sur la liste des glorieux soldats tombés pour la France. Ils voulaient des nouvelles de tel ou tel pas encore revenus. Mais non, il ne savait rien d'eux.

— Je me demande, fit Jean Poudevigne, s'il est prudent que tu te montres comme ça. Mais c'est bien simple : demain, je vais en causer aux gendarmes de Saugues.

Il endossa sa blouse neuve, bien empesée, bien raide et se mit le chemin entre les jambes. Après deux petites heures, il vit le clocher de Saint-Médard. A la gendarmerie, il exprima son désir de parler au brigadier.

— C'est à quel sujet ? s'enquit le gendarme de service, avec l'accent de la Lozère.

— Un sujet personnel. Et important. Pouvez me croire.

Quand le brigadier fut devant lui, il posa la même question.

— Supposons, répondit Poudevigne, qu'un soldat de la guerre soye été ramassé par les Boches à Verdun en combattant. Comme qui dirait : fait prisonnier. Supposons qu'ensuite il revienne par ici. Qu'est-ce que vous allez lui faire ?

— Rien du tout.

— Il ne risque pas d'être envoyé à Cayenne ?

— Il y a longtemps que les anciens prisonniers ne passent plus en jugement. Depuis l'amnistie.

— La menistie ?

— Ça veut dire : le pardon. La République lui pardonne. Même s'il a déserté. Même s'il s'est rendu coupable de bavardages.

— C'est bien vrai ?

— Tout ce qu'il y a de plus vrai.

Jean Poudevigne acheta chez le boulanger un de ces pains fendus qui ressemblent à un grain de blé, si blancs qu'ils valent de la brioche ; et il reprit le chemin de Combret ; sautant d'une pierre à l'autre comme un enfant qui joue à chat perché.

— On te pardonne ! cria-t-il à son fils. Tu peux sortir sans crainte !

— Qui me pardonne ?

— La République. Elle a fait une menistie.

Maurice sentit la joie lui gonfler le cœur. Bonheur d'être pur. Comme autrefois lorsqu'il sortait, enfant, du confessionnal où il avait abandonné ses péchés. Il put dès lors se promener en plein soleil, aux yeux de tous, des curieux, des jaloux, des indifférents. Il rencontra la béate, Marie Rampal, devenue bien blanche, bien voûtée, un chapelet en guise de collier autour du cou.

— Bonjour, ma sœur. Est-ce que vous me reconnaissez ?

Et elle, levant ses yeux rougis par la conjonctivite :

— A moitié.

— Maurice Poudevigne, le fils de Jean et d'Emilie.

— Oui, oui, maintenant je te remets. C'est que, toi aussi, tu as changé, pour sûr ! Tu n'avais pas de moustache en ce temps-là. Mais... mais... il me semble que tu ne bégayes plus ?

— Ça m'a passé. Quasi complètement.

— A présent... à présent... c'est moi qui bégaye. La vieillesse ! Et je ne vois pas bien clair non plus.

Il lui fallut raconter une autre fois sa captivité, la Forêt-Noire, la grippe espagnole, les prisonniers maudits. A chaque personne rencontrée, c'était la même rengaine. Cinq fois, dix fois, vingt fois.

La vie reprit son cours comme avant 1914. Sauf qu'il manquait beaucoup d'hommes. Sauf que plusieurs demoiselles se trouvèrent condamnées comme Valentine à rester filles. Sauf qu'on ne chantait plus en labourant et qu'on ne dansait plus après les moissons. On avait trop à pleurer. Le dimanche, l'église de Venteuges était remplie de femmes en noir.

Maurice décrocha sa bicyclette, l'épousseta, huila les rouages, gonfla les pneus. Mais les chambres à air, abandonnées depuis onze ans, ne gardaient plus la pression et demandaient des remplaçantes. Tenant sa bécane par l'oreille, il reprit donc à pied la route de Saugues. A Venteuges, il rendit en passant visite au curé Touche-Bœuf. Il le trouva bien vieilli, il secouait la tête en parlant, comme pour dire non, non, non.

— J'ai appris ton retour sept ans après l'armistice. Voilà qui va redonner un peu d'espoir aux familles de soldats disparus. Tu as dû le voir, on a construit un monument à nos morts. Une simple stèle. Elle porte soixante-six noms. Va falloir que je fasse enlever le tien. Ah ! j'aimerais bien en gratter d'autres !

A Saugues, le forgeron Giral vendait aussi et réparait les bécanes. Pendant qu'il lui plaçait deux chambres neuves, Maurice arpenta les places et les rues que dominaient la tour des Anglais et le clocher octogone de l'église. Le bourg avait déjà son monument aux glorieux morts. Il représentait, en superbe granit, un soldat auquel ne manquait pas un bouton, avec le sac, la musette, la pelle, la main droite appuyée sur un fusil-mitrailleur à refroidissement. Une image bien propre de ces hommes qui sortaient des tranchées couverts de boue, de sang et de merde, affamés, hagards, étonnés de vivre encore. Mais les horreurs de là-bas n'étaient pas représentables dans les monuments.

Sur la place Saint-Médard, devant la gigantesque croix de mission, dans un cercle ébahi de paysans, de dentellières, de marchands, de gamins, trois chanteurs ambulants s'étaient installés : deux hommes et une femme. L'un jouait de l'accordéon, l'autre du banjo. Ils chantaient des paroles parisiennes auxquelles le public saugain ne comprenait pas grand-chose :

Qu'est-ce qui dégotte le fox-trot
Et même le shimmy ?
Le pas english, la scottish
Et tout ce qui s'ensuit ?

C'est la java, la vieille mazurka
Du vieux Sébasto.
Ch'uis ta nénette, je suis ta gonzesse,
Tu es mon Julot.

De temps en temps, l'homme au banjo lâchait son instrument, posait les mains sur les hanches de la fille, qui plaçait les siennes sur ses épaules à lui. Alors, se tenant à bout de bras, ils se trémoussaient de tout le corps, spécialement du derrière, par petits pas obliques. Les cheveux courts de la danseuse tombaient tout raides sur ses oreilles et sa nuque, sa jupe découvrait les mollets et les genoux. Enseigner la java aux Saugains de 1925 n'était pas une petite entreprise. L'accordéoniste clamait dans un porte-voix :

— Chers amis, la java est la dernière danse de Paris. Vous devez absolument l'apprendre si vous ne voulez pas être pris pour des arriérés. Ce que vous n'êtes pas, assurément ! Lorsque à Paris, à Lyon, à Marseille on parle de Saugues, tout le monde sait qu'il s'agit d'une population moderne, dégourdie, friande de nouveautés. Apprenez donc à chanter et à danser la java du vieux Sébasto !

La fille osa même inviter quelques jeunes garçons après avoir examiné leurs pieds, car la java n'est pas faite pour être dansée en sabots. Ils revenaient de cette épreuve hilares et tout émoustillés. Le groupe réussit à vendre quelques exemplaires de la chanson imprimée ; mais il ne fit pas fortune sur la place Saint-Médard.

Non, en vérité, les Saugains n'étaient pas des arriérés. Les filles commençaient de se coiffer « à la garçonne », à porter des jupes courtes. Seules les vieilles de quarante ans et plus continuaient de sortir en robe longue, coiffées d'un petit chapeau rond en carton bouilli. Les deux médecins possédaient une automobile. Une vingtaine de vélos couraient par les rues. La modernisation de Saugues allait petitement mais sûrement.

Au cours de sa vadrouille, Maurice rencontra des connaissances jeunes ou vieilles. Il dut encore répéter sa biographie. Puis il tomba sur Pierre Vignal, le fils du sabotier, qu'il connaissait depuis l'enfance et qui, après l'avoir entendu, aboutit à cette conclusion :

— Faut que tu t'inscrives à notre association.

— Quelle association ?

— Celle des anciens combattants. C'est gratuit.

Grâce à Vignal, il apprit que ce qu'il y a de plus intéressant dans le sort du guerrier, c'est de se trouver un jour ancien combattant. On a été combattant une, deux, trois ou quatre années ; on est ancien combattant le reste de sa vie. On fait partie d'un cercle très fermé. On défile sous le drapeau le 14 Juillet et le 11 Novembre avec les pompiers et les enfants des écoles. On touche une minuscule pension. On a droit à des places réservées dans les trains, dans les cimetières. On jouit d'une vénération générale. Maurice se laissa donc inscrire, aux côtés de son frère Antonin. La principale activité de l'association était de s'offrir un bon souper à l'Hôtel de France une fois par mois. On y parlait de tout, sauf de la guerre. On lutinait les servantes.

— Et toi, demandait à Maurice un de ces vétérans, le mariage, les femmes, ça ne t'intéresse pas ?

— Lui ? répondait à sa place un ami intime, il préfère les femmes des autres.

— Sacré farceur !

Hilarité générale.

— Yvonne ! Portez une autre bouteille !

On se quittait au milieu de la nuit. Ronds comme des boules de billard. Les deux frères montaient sur la même bécane sans lumière et rentraient dans leurs foyers en zigzaguant.

Pendant ce temps, les seigles poussaient, les prés se couvraient d'une belle herbe, les pommes de terre fleurissaient, le colza montait en graine. Cette plante se répandait de plus en plus dans le Gévaudan à cause de ses vertus oléagineuses. Les moulins faisaient d'abord griller la récolte avant de la soumettre au pressoir. Elle donnait une huile dorée, savoureuse, aussi bonne à la friture qu'à la salade.

Le 18 juin au matin, en se levant, Maurice trouva sur la table un bouquet de lis safranés et de lis blancs que Valentine avait cueillis très tôt au jardin :

— C'est pour ton anniversaire, dit-elle en l'embrassant.

— Grand merci. La dernière fois qu'on me l'a souhaité, c'était en 1916.

— Et qui donc ?

— Des Boches. Avec leur mitrailleuse. Ç'a été un grand jour.

Le reste de la famille s'étonna de ces fleurs ; il fallut les expliquer.

— Quel âge as-tu ? demanda le père, qui n'avait pas la mémoire des dates.

— J'entre dans ma quarante-sixième année, sauf erreur.

— Tu es encore dans ta jeunesse.

Pour se faire pardonner son oubli, le père ouvrit ce jour-là au repas de midi une bouteille de vin bouché. La mère avait fait cuire au pot une poule bréhaigne. Antonin, sa femme Odile et leurs deux enfants furent invités à la fête. Au cours de cette solennité, Maurice annonça son intention de remonter à la loue d'Ardes-sur-Couze.

Un service d'autobus fonctionnait à présent entre Saugues et Langeac. Le chauffeur chargea la bicyclette sur l'impériale. C'est à Lempdes qu'il monta dessus. « Qui sait, se demandait-il en suivant les gorges tortueuses de l'Alagnon, qui sait si Alphonsine tient toujours l'Auberge de la Belette ? »

Lorsqu'il arriva devant, il trouva la maison fort décrépite. Et plus décrépite encore l'hôtesse quand elle parut. Ses cheveux blancs lui pleuvaient sur la figure. Elle le regarda longuement avant de dire :

— Il me semble que je vous connais.

— Maurice Poudevigne ! Le frère d'Antonin !

— Mais c'est mon Biquet ! Comme tu as changé ! Je te croyais mort, pour sûr !

— Nous sommes vivants tous les deux. La guerre nous a épargnés. Il est marié maintenant, avec deux gosses. Moi, je suis toujours garçon.

— J'ai honte... comme j'ai honte d'être aussi vieille !

— Pour moi, vous êtes encore madame Alphonsine qui nous recevait si bien. Est-ce que vous vous parfumez toujours à l'eau de violette ?

— Fini, tout ça. A présent, je suis une vieille chèvre. Je ne tiens plus auberge. Mais je veux bien te recevoir quand même, en ami. En jeune frère.

Et riant de sa décrépitude, elle se mit à fredonner d'une voix qui souffrait de tremblote :

Gardez-vous, fillettes,
De chausser lunettes :
Le temps des amours
N'dure pas toujours...

A la loue des faucheurs, il y avait beaucoup moins de monde que jadis. Observant autour de lui tous ces faucheurs en attente, Maurice ne reconnut personne. Quelques anciens combattants avaient épinglé leurs médailles pour se rendre intéressants. « J'aurais dû, songea Poudevigne, m'accrocher mon premier prix. » Mais les coares, peu nombreux, n'y prêtaient guère attention. Ils examinaient plutôt la charpente des hommes, la largeur des épaules, l'épaisseur des nuques. Quelques-uns avançaient même la main et tâtaient les biceps, comme ils auraient tâté l'échine d'un veau. Deux ou trois considérèrent Maurice, firent une moue, allèrent plus loin. Il se demanda la raison de ce dégoût, se comparant des yeux à ceux qui avaient trouvé preneur. Sans doute avait-il mal fait de se raser le matin même chez Alphonsine. Les maîtres appréciaient peu les délicatesses. Ils préféraient les faucheurs moins soucieux de leur peau.

A mesure que le temps passait, il se disait avec une conviction grandissante : « Ce soir, Poudevigne, tu repartiras pour Combret. » Et puis voici qu'après trois heures de pied de grue il reconnut devant lui monsieur Magne, avec son collier de barbe, ses énormes sourcils, ses cheveux blancs qui débordaient le chapeau de peluche comme une soupe au lait déborde la casserole. Les yeux du coare se promenèrent d'abord sur lui sans le reconnaître.

— Bien le bonjour, monsieur Magne, dit Poudevigne.

— C'est donc toi, Maurice ! Pas possible !

— Vous m'avez cru mort, comme tant d'autres !

— Je l'ai cru, en vérité.

— Me voici bien vivant pour vous servir si vous voulez encore de moi.

— Sans doute, sans doute. Laisse-moi regarder un peu ce qui se présente. Je reviendrai.

Et il le planta là. Dans toute négociation, on doit faire attendre avant de s'engager. Maurice patienta. Deux autres coares le regardèrent ; mais ils ne firent pas marché. Les martinets tournoyaient autour du beffroi. Des faucheurs engagés se fournissaient en sabots chez le proche sabotier. D'autres buvaient chopine avec leur maître chez Vallon. Il vit enfin revenir son coare à la blouse bleue, la main serrée sur le manche de son fouet.

— Explique-moi pourquoi je te revois ici sept ans après la fin de la guerre.

Une fois encore, Maurice dut servir sa biographie et celle de son frère Antonin. Expliquer pourquoi il ne bégayait plus.

— Et comment va votre famille, monsieur Magne ?

— Hélas, hélas. J'ai perdu deux fils à la guerre. Anasthaise, mon aîné, et Philippe, le plus jeune. Il me reste Léon, celui du milieu.

— Et vos anciens faucheurs : Pierre Yrondel ?

— Mort à l'hospice de Massiac.

— Panefieu de Brioude ?

— Pas de nouvelles. Lui aussi a dû y rester, avec mes pauvres gars.

Ils passèrent ensuite à la question la plus chatouilleuse, celle des gages. Maurice crut rêver en entendant Magne lui proposer quatre-vingts francs mensuels. Le coare sourit :

— C'est quatre fois ce que je te donnais autrefois. Mais le franc d'aujourd'hui ne vaut pas le franc d'avant-guerre.

La règle était générale : aucun produit d'à présent n'égalait ce qui se faisait avant 1914. Ni le pain, ni le drap, ni le cuir, ni les haricots. Ah ! les serviettes d'avant-guerre ! Ah ! les souliers d'avant-guerre ! Ainsi, la monnaie elle-même était tombée dans le caca.

— On appelle ça la dévaluation, précisa monsieur Magne. Notre franc perd de sa valeur chaque jour. Personne n'y peut rien.

Maurice accepta sans barguigner. Il récupéra sa bicyclette posée contre un arbre et rejoignit son maître à sa voiture, près de l'église. Deux autres faucheurs avaient été engagés, deux Cantaliens de dix-huit et dix-neuf ans. Ils parlaient le patois de Pierrefort, que le Saugain comprenait mal ; si bien qu'ils durent user du français. Mais les Cantaliens communiquaient ensemble dans leur baragouin, pour se dire sans doute des secrets ou déparler de la compagnie.

Et ce furent les trois heures de route habituelles par la vallée de Rentières. Maurice sur sa bécane précédant la voiture, ou la suivant accroché à elle dans les côtes. Cependant que les deux Pierrefortais le regardaient en bardjaquant et en rigolant tout leur possible derrière leur main.

A la Goupilière, ils furent accueillis comme autrefois par trois chiens, dont une Brigande ; mais ce n'était pas l'ancienne, maintenant décédée. La grand-mère dormait au cimetière de Saint-Alyre. Madame Magne toujours vaillante, grande et ferme comme un gendarme ; assistée d'une servante de soixante ans, Sidonie. Maurice retrouva Léon, le fils survivant, devenu homme à moustaches, qui se préparait à prendre femme. Naturellement, Maurice dut répéter sa serinette, Verdun, la Forêt-Noire, et cetera, et cetera. Lorsque, parlant des prisonniers maudits, il prononça *Die verfluchten Gefangenen*, ces dames eurent le souffle coupé d'entendre un pauvre faucheur auvergnat parler allemand aussi bien qu'un vrai Boche.

— Mais quelle vilaine langue ! s'écria la maîtresse. Et tu as réussi à l'apprendre ?

— Il a bien fallu.

— Et qu'est-ce que tu fabriquais ?

— Des cercueils.

Cris de surprise. Est-ce qu'il en fabriquait beaucoup ? Oui, beaucoup, à l'usage des soldats boches.

— Merci, mon Dieu ! s'écria madame Magne en regardant le ciel, les mains jointes.

Lorsqu'ils eurent déposé leurs bagages dans la chambre commune, il restait encore quelques heures de jour que le coare leur fit employer à scier un tronc de hêtre au passe-partout. Le temps de leur estive, ils devaient occuper chaque minute de manière utile. Ne fût-ce qu'à remuer des pierres, qu'à balayer la cour, qu'à gratter la mousse de l'abreuvoir. Le grand péché en Auvergne est de laisser ses mains oisives. Puis ce fut la traite au milieu du pâturage, sous la direction du vieux Lessandre qui, à quatre-vingt-cinq ans, ne se décidait pas à s'en aller sucer les pissenlits par la racine.

— De toute façon, expliquait-il, je les préfère cuits, dans la soupe.

On s'efforçait, chaque fois qu'on pouvait, de rire de la mort. C'était une façon de lui ôter de sa laideur. Ainsi, l'on se racontait l'aventure de cet habitant de l'Argillier qui enterrait sa femme. Quatre hommes portaient le cercueil sur leur épaule. Derrière eux, le veuf et sa famille. Voici qu'à l'entrée du cimetière, maladroitement, ils cognent leur caisse à la porte de pierre, si fort qu'ils arrachent le couvercle et le font tomber. Soudain, la femme – qui n'était qu'endormie – se redresse, demande :

— Qu'est-ce que c'est que ce meuble ?

On la ramène chez elle. Quelques mois plus tard, elle meurt de nouveau. On la dispose dans une autre bière. Les mêmes quatre la chargent une seconde fois. Et le veuf de leur recommander :

— Faites bien attention, surtout, de ne pas accrocher le montant de la porte !

Ce même soir, après la soupe, Maurice retrouva la chambre commune, les deux lits de fer, la pierre nue des murs, le grignotement des souris dans le grenier. Malgré la présence des Pierrefortais qui ronflaient ensemble, Maurice se sentait solitaire dans cette pièce comme dans la vie. Il regretta de n'être pas resté en Allemagne ou à Combret. Ici, personne n'avait pour lui le moindre sentiment. A quarante-cinq ans, était-il condamné à l'estive perpétuelle ?

Puis la fatigue eut raison de lui, le plongea dans un sommeil plein de cauchemars. Le chant des coqs l'en délivra. L'instant d'après, le bâton du coare cognait au plancher. A la Goupilière, il n'avait qu'une amie véritable : sa faux.

Dans la cuisine, la première chose qui l'accueillit fut le tic-tac de l'horloge.

— Ici, les avertit madame Magne, nous marchons à l'heure vieille.

Depuis 1916, le gouvernement avait inventé, pour économiser sur l'éclairage, une heure d'hiver et une heure d'été. Mais les campagnes refusaient ce changement, à cause de leurs vaches qui s'obstinaient à ruminer, à sécréter leur lait suivant les mêmes horaires.

Quand chacun eut avalé sa soupe, monsieur Magne conduisit ses trois ouvriers vers la prairie. L'herbe luisante de rosée courbait la tête, consentante au sacrifice.

— Maurice Poudevigne, ta place est en tête, ordonna le coare.

Il écarta les jambes, enfonça bien ses sabots, saisit fortement les manettes, leva sa daille, dont la lame brilla au-dessus des têtes, tel le couteau de la guillotine. Et l'herbe tomba, toute raide, avec un bruit d'étoffe froissée. Tout son corps s'employait à cette exécution. Il se sentait fait pour la fauche comme d'autres pour la peinture ou la musique. Ses pieds avançaient alternativement, sans quitter le sol, latéralement, laissant derrière eux une traînée sombre. Quand il fut au bout de la ligne, le maître cria au premier Cantalou :

— Fernand Rieu, c'est ton tour. Et ne laisse pas de truies derrière toi... Pierre Bec !...

Malgré leur jeunesse, les Pierrefortais étaient des faucheurs valeureux. Le coare leur en fit compliment. Poudevigne prit donc la direction de la besogne.

A neuf heures, la servante Sidonie apporta le panier. Assis sur un coussin de foin demi-sec, ils mangèrent le pain, le lard, le fromage et burent le petit-lait. Puis ils se remirent à la fauche et abattirent l'herbe jusqu'aux environs de midi. Ils dînèrent et firent une sieste à l'ombre de leur chapeau. La fenaison se fit avec des fourches de fer qui remplaçaient les vieilles fourches de bois.

La Goupilière aussi se modernisait. Le lendemain soir, grâce au temps favorable, on put rentrer le foin. Pierre Bec, le plus jeune des trois, réglait l'avance du char. Debout devant les bœufs, il caressait chacun de la main, alternativement, pour ne pas susciter de jalousie. Sur le front, à l'endroit où la tête se creuse pour former une sorte de bénitier. Les bêtes jouissaient d'un petit rideau de ficelle attaché aux cornes qui leur tombait sur les yeux et les protégeait des mouches.

Il arrivait, quand l'orage menaçait, qu'on employât pour aller plus vite Pierre Bec au chargement, à côté des autres faucheurs. C'était alors Sidonie qui se tenait devant. Et pour ne pas laisser ses mains en repos, elle tricotait dans les moment d'immobilité.

Et les jours succédèrent aux jours. Tous pareils, sauf quand le ciel changeait d'humeur.

Un seul divertissement eut lieu le jour où le coare demanda à ses ouvriers de l'aider à dresser un bouvillon. On remplit un tombereau de bûches, pour l'appesantir. Du côté gauche, on attela Gaillard au timon, un bœuf déjà domestiqué, pendant que Pierre et Fernand tenaient en l'air l'autre moitié du joug. Le difficile était maintenant d'y amener Tambour, le sauvage, l'indompté. Et il ne l'entendait pas de cette oreille. Il fallut le tirer par les cornes, lui tordre la queue pour qu'il avançât, lui poser enfin la seconde arcade du joug sur le front, la lier avec les *juilhes* de cuir. Et les cris pour le commander :

— Ho, Tambour !... Hardi, brave bête !... Doucement, nom de foutre !

Tout cela en patois du Cézallier car il n'entendait pas d'autre langue. Et le bouvillon de se débattre, d'envoyer des coups de pied en vache, qu'il était bon d'éviter. Il fallut aussi l'habituer aux appels de la voix, aux piqûres de l'aiguillon. Gaillard, son frère de joug, contenait ses tumultes. Après trois jours de dressage, les hommes eurent enfin raison de lui. Il fut dès lors un bon serviteur. Mais il garda cette habitude d'être attelé du côté droit. Les bœufs sont comme les hommes, de deux espèces : les gauchers et les droitiers. Quand on en vend un seul à la foire – chose exceptionnelle car on les négocie habituellement par paire –, l'acheteur se fait bien préciser s'il est de droite ou de gauche.

Cet accord entre les deux bœufs se manifestait aussi hors du labeur. Quand ils paissaient parmi les vaches, ils se tenaient proches l'un de l'autre. Maurice les vit même s'envoyer des coups de langue sur les flancs. Monsieur Magne expliqua ces échanges :

— Ce n'est pas de l'amitié. Ils aiment le sel et chacun lèche la sueur salée de son compagnon.

Entre les trois faucheurs, les relations ne manquaient pas non plus de cordialité. Ils descendaient le dimanche à la Cabane jouer aux quilles et boire chopine. Monsieur Magne les emmena à la foire de Brion, où ils firent ensemble de bonnes ventes. Le 23 août au soir, il leur offrit la *reboule*, le repas d'adieu, avec toute la famille. Sidonie, originaire de Condat-en-Féniers, prépara une *patranque*, une sorte d'aligot où la purée de pommes de terre était remplacée par du pain ramolli. Il fallait la projeter avec la cuillère de bois dans l'assiette comme le maçon projette le mortier à la truelle. Monsieur Magne déboucha deux bouteilles de vin de Boudes et la soirée finit dans les chansons.

L'hiver fut long et très neigeux. Sur la Margeride, on vécut enfoui pendant deux mois comme les Esquimaux dans leurs huttes de glace. Le 24 décembre au soir, tout Combret alla se confesser. Le père Touche-Bœuf, retiré du monde, venait juste d'être remplacé par un prêtre ancien combattant avec une jambe de bois. Ce qui lui donnait une démarche curieuse : il la faisait tourner autour de lui comme la branche d'un compas. Il devait laisser entrouverte la porte du confessionnal, par où sortait son pilon. Au début, les pénitents s'y entravaient et se cassaient la gueule ; ensuite, ils s'habituèrent à ses crocs-en-jambe. A la messe de minuit, il fit prier pour le retour de la paix au Maroc et le triomphe de nos armes civilisatrices sur la barbarie musulmane.

Le temps acheva de ronger 1925, puis entama 1926. A l'occasion du jour de l'an, Maurice envoya une boîte de pastilles Valda à Ludwig Wiener avec ses amitiés ; mais il ne reçut aucune réponse. Il supposa que son paquet s'était perdu ou qu'il avait été détourné par les postes allemandes. Les relations entre les deux pays restaient haineuses. Le journal *Le Moniteur des départements du Centre* rapportait qu'on voyait dans Munich, à la devanture de certaines boutiques, cet écriteau : « Interdit aux Juifs, aux Nègres, aux Belges et aux Français ». En conséquence, sur la proposition d'un autre ancien combattant, André Maginot, devenu ministre de la Guerre, une ligne de défense était en cours de construction le long de notre frontière alsacienne et lorraine : elle devait nous garder à jamais de toute nouvelle invasion.

A Combret, on ne pensait qu'à retourner la terre. Qu'à l'ensemencer. Qu'à prier le ciel pour qu'il envoyât opportunément le sec et l'humide. Qu'à produire des enfants auxquels la béate enseignait les saintes vérités, la dentelle et l'alphabet.

Lulu, l'idiot du village, était reçu dans chaque maison, où il trouvait à sa convenance un quignon de pain, un bol de lait, une tranche de fromage. Rien d'important ne se produisait excepté les décès et les naissances. Ce qui engendrait la fête joyeuse des baptêmes et la fête triste des enterrements. Occasion de revoir le cousinage éloigné.

Pour la Saint-Médard, Maurice descendit au reinage de Saugues, où il retrouva les anciens combattants de l'association. Le 18 juin, il accomplit sa quarante-sixième année sans que personne s'en aperçût. L'indifférence aux solennités faisait partie des traditions familiales. Et quelques jours plus tard, il se prépara pour retourner à la loue d'Ardes-sur-Couze. Sans se douter qu'elle devait être sa dernière.

1926-1929

Bien le bonjour, madame Magne, madame Sidonie. Nous revoici une fois de plus. Une fois de moins.

Sous-entendu : une fois de moins à revenir.

Embrassades.

— Bonjour, Lessandre. Bonjour, Léon.

Poignées de main.

Deux nouveautés. La première : pour suivre un peu la mode, la *coaresse* ne portait plus sur la tête le ressort de cuivre dit serre-malice ; les malices pouvaient désormais s'envoler librement. La seconde : Léon avait épousé une veuve de guerre de Saint-Alyre prénommée Agathe, encore capable de lui donner des enfants. Elle en avait déjà une de son premier mari, prénommée Joffrette en l'honneur du vainqueur de la Marne. Tout de suite, Maurice tomba amoureux de cette petite aux cheveux fous, aux yeux noirs comme deux grillons. Elle n'avait jamais connu son père et ne demandait qu'à s'attacher au premier homme qui s'intéresserait à elle. Ce qui, malheureusement, n'était point le cas de son père d'adoption. Léon avait été, comme on dit, obligé de prendre la vache et le veau ; mais la vache seule lui importait. Il négligeait la petite, n'avait pour elle ni regard ni caresse. Elle souffrait de cette indifférence que les soins de la mère ne compensaient pas assez. Répétant avec elle les exercices qui lui avaient valu l'amitié du jeune Rudi Wiener en Forêt-Noire, Maurice se plaisait le soir à la prendre sur ses genoux pour la faire lire et écrire. Léon finit par s'irriter de cette habitude, par demander au coare :

— C'est un faucheur que tu as engagé, ou un maître d'école ?

Monsieur Magne regarda ailleurs, sans répondre. Agathe, dans un coin, tenait aussi sa langue. Poudevigne comprit qu'il devait ne pas trop s'occuper de cette fillette et réserver aux vaches ses tendresses.

L'estive se déroula quand même normalement jusqu'au 17 août. Ce soir-là, lorsque Léon et Fernand Rieu arrivèrent au pâturage pour la traite avec leurs gerles dans la charrette, le vacher ne vint pas à leur rencontre comme à l'accoutumée. Leurs regards se promenèrent parmi les cent vaches sans le rencontrer. Ils l'appelèrent plusieurs fois. Vainement.

Tandis que Rieu commençait la traite, Léon s'avança au milieu du troupeau. Soudain, il poussa un cri : le vieux vacher gisait dans l'herbe, à plat ventre, les bras en croix. Fernand accourut. Ils le retournèrent doucement, constatèrent qu'il avait vomi son sang, que la barbe et les vêtements en étaient tout souillés, que sa bouche était pleine d'herbe. Bref, qu'il avait toute l'apparence d'un assassiné. Ils l'étendirent sur le plancher de la charrette et Léon le descendit à la ferme. Sur son lit, madame Magne l'examina, déclara qu'il n'y avait plus rien à faire pour lui, qu'à le débarbouiller un peu.

— Non, dit le coare. Laissons-le tel qu'on l'a trouvé. Maurice, saute sur ton vélo et va-t'en chercher à Ardes le docteur Baffoil. Il nous dira s'il faut avertir les gendarmes. Et toi, Léon, retourne traire.

Ainsi fut fait. La femme du médecin répondit à Poudevigne que son mari était en tournée ; que, dès son retour, il monterait sans faute à la Goupilière. Sitôt que lui-même eut regagné la borie, le maître lui ordonna d'aller remplacer Lessandre. Comme il levait un peu les sourcils pour s'étonner :

— Il faut respecter les morts, expliqua monsieur Magne. Mais il faut aussi respecter les animaux qui nourrissent les vivants. Lessandre m'approuverait.

Le vacher se tenait bien tranquille dans sa chambrette, contiguë à celle des faucheurs. Une des trois femmes à tour de rôle lui tenait compagnie. Elles considéraient avec horreur tout ce sang figé. Comment était-il donc mort ? Qu'est-ce qui avait pu le réduire en cet état ? Elles priaient pour le repos de son âme.

Le docteur Baffoil vint sur le soir. Il garda le maître près de lui, recommandant aux autres de se retirer. Ensemble, ils déshabillèrent le vacher. Le médecin trouva son corps tout bleu d'ecchymoses, les côtes et les reins brisés. Il fournit son explication :

— Il a été piétiné par les bêtes. Un homme qui aurait voulu le tuer s'en serait pris d'abord à la tête. Or la tête n'a pas de mal. Ce berger a été assassiné par ses vaches.

Le maître savait bien les coups de folie dont les bêtes sont capables, bien qu'elles soient ordinairement d'un naturel pacifique. Lorsque, par exemple, un taon les pique à l'endroit le plus sensible, sous la queue. Le médecin délivra le permis d'inhumer. Il n'était pas nécessaire d'alerter les gendarmes. Les femmes purent enfin pratiquer la toilette mortuaire. Ce qui leur prit bien du temps. Car il était indispensable que Lessandre comparût devant son Juge en état de parfaite netteté, lui qui avait passé sa vie dans la crasse. Et le vieux vacher s'en alla au cimetière de Saint-Alyre, même s'il n'y avait aucun goût, sucer tout crus les pissenlits par la racine.

Toute la maison fut en deuil, comme d'un membre de la famille. Le vacher en faisait réellement partie, depuis soixante ans qu'il y travaillait. Monsieur Magne le voussoyait en lui parlant, le consultait avant de prendre une importante décision. Il l'avait hérité de son père en même temps que la borie. L'estive s'acheva dans la tristesse. Lessandre manquait à la table, avec sa barbe de prophète, ses proverbes patois pour toutes les circonstances :

— *Al mès de genié, vau mai veyre lou lò dhin los tcham k'oun orne en tchamiso.* Au mois de janvier, mieux vaut voir le loup dans les champs qu'un homme en bras de chemise.

— *Neu de febrey fugi com oun lebrey, s'aresta pa mai ke l'aigo dhint oun paney.* Neige de février fuit comme un lévrier, ne s'arrête pas plus que l'eau dans un panier.

— *Can lou mès de ma dona pa de lo testo, dona de lo coèto.* Quand le mois de mars ne donne pas de la tête, il donne de la queue.

On l'interrogeait sur les questions les plus graves, la vie, la mort, la souffrance, la religion. Un soir, Monsieur Magne lui demanda s'il était heureux.

— Heureux ? Bien sûr que je le suis.

— Et comment faut-il faire, selon vous, pour attraper le bonheur ?

Il réfléchit un moment avant de laisser tomber sa réponse. Toute la tablée avait les yeux sur lui. Chacun dans l'espérance de recevoir le grand secret, le plus important qui soit sur terre. Alors, pesant ses mots, il le livra :

— Le bonheur, c'est comme les haricots. Si on ne les sème pas, ils ne sortent pas du sol. Le bonheur, faut le semer pour le récolter.

— Et la semence du bonheur, qu'est-ce que c'est donc ?

— Il me semble que la semence, c'est l'amitié.

— On ne peut pas avoir de l'amitié pour tout le monde !

— Si vous avez dix haricots, vous récolterez sur dix plants. Si vous en avez mille, vous récolterez sur mille.

Certains soirs, Maurice Poudevigne croyait entendre parler Jésus-Christ.

Qui eut le plus grand chagrin de sa disparition ? La chienne Brigande. Elle reniflait en gémissant toutes les places où il s'était trouvé. Un matin, elle disparut.

— Je l'ai vue filer en direction de Saint-Alyre, dit Maurice. Elle flairait le sol comme un chien de chasse. Je crois savoir où elle est allée.

Il prit une corde, enfourcha sa bécane, pédala jusqu'au cimetière. Il ne s'était pas trompé : il trouva la chienne couchée près de la terre fraîchement fouie. Il la caressa, lui attacha sa corde au cou, la ramena à la Goupilière. Il fallut l'enfermer des semaines dans la grange. A la fin, elle fit semblant d'avoir moins de peine et consentit à sortir, à vivre parmi les vivants.

La veille de leur séparation, monsieur Magne prit Maurice à part. Ils se trouvaient derrière la ferme, à l'ombre d'un sorbier planté là pour attirer les grives, friandes de ses fruits de corail.

— Asseyons-nous, dit le maître. J'ai quelque chose d'important à te dire.

Ils prirent place sur un banc, au pied de l'arbre. Au loin, ils entendaient – courou-tou ! courou-tou ! – roucouler une tourterelle. Monsieur Magne posa sur l'herbe son chapeau, qu'il ne quittait que pour dormir et pour entrer à l'église. Son crâne chauve et blanc parut, au-dessus de la figure couleur de brique. Enfin, il parla :

— Nous avons perdu notre Lessandre. Un serviteur d'une grande fidélité. Respecté de tous. Je te propose de le remplacer.

Maurice resta muet de surprise. Le maître poursuivit :

— Si tu acceptes, tu seras ici mon premier valet. Tu auras autorité sur les autres. Et, naturellement, je te garderai toute l'année. De longues années. Aux gages de huit cents francs par an. Que j'ajusterai si la dévaluation continue. Logé, nourri, blanchi, soigné. J'ai fait mes calculs, fais les tiens.

Nouveau silence de Maurice.

— Qu'en penses-tu ?

— Faut... que je réfléchisse.

— Tu as la nuit pour le faire.

— Faut aussi... que je consulte mes parents.

— Quel âge as-tu donc ?

— Je suis entré dans ma quarante-septième année.

— A quarante-six ans, consulter ses parents est une bonne chose. Je t'approuve. S'ils sont d'accord, si ta réponse est oui, tu peux revenir pour la Saint-Martin. Mais envoie-moi un mot dès que possible, que je sache si je peux compter sur toi ou si je dois chercher ailleurs.

— Je le ferai.

A l'idée de le perdre pour si longtemps, Emilie, la mère, commença de pleurer.

— Mais je ne serai pas perdu ! Moins que pendant la guerre. Je reviendrai vous voir.

— Et comment ferons-nous sans toi pour le travail de notre bien ?

Antonin, le fils aîné, promit son aide chaque fois que ce serait nécessaire. Quant à Valentine, elle restait attachée à la maison. Cette idée d'attache, cependant, la révoltait :

— Et si je trouve un homme ?

— Eh bien, vous seriez ici deux au lieu d'une.

— Et s'il veut m'emmener chez lui ? Par exemple dans le Pas-de-Calais ?

— Si ça se produit, je reviendrai.

A cinquante ans passés, elle continuait de rêver mariage et attendait toujours son Fidèle. L'accord se fit sur ces bases. Maurice envoya le billet promis :

Cher Monsieur Magne, vous pouvez compter sur moi pour votre proposition de premier valet. Je serai chez vous à la Saint-Martin. Salutations empressées. Maurice Poudevigne.

Il lui restait deux mois et demi pour profiter encore de Combret, de Saugues, du Gévaudan. De ce parler qui lui faisait battre le cœur chaque fois que, revenant de loin, il l'entendait dans l'autobus de Langeac. Et voilà donc qu'il allait le perdre quotidiennement puisque, à la Goupilière, il devrait employer la langue de Paris.

Les pluies de septembre firent pousser un beau regain qu'il faucha et rentra avec l'aide de son père. Puis ils s'attaquèrent aux trifoles, dont ils remplirent un tombereau. On en fit deux tas dans la cave, les petites pour les porcs et les poules, les grosses pour le monde. Elles étaient bleues de peau, mais blanches de chair. Près d'elles furent entassés les raves et les choux-raves qui donnent aux vaches le meilleur lait. Le seigle et l'orge furent battus en octobre dans la grange et tout Combret profita du rythme de leurs fléaux. Jamais, au jardin, les légumes n'avaient été si luxuriants, comme si eux aussi cherchaient à le retenir.

Il dit au revoir à ses voisins, puisque voisinage est demi-parenté. A la vieille béate, de plus en plus bossue. Annonçant à tous, avec quelque fierté, qu'il s'en allait dans une grosse ferme auvergnate comme premier valet. Il remplit une grande valise de fibre avec des vêtements, du linge de corps, des chaussettes, un bonnet de nuit. Il l'encorda sur le porte-bagages de sa bicyclette, en compagnie d'une paire de sabots neufs et de sa daille démanchée.

Le 10 novembre, le soleil sortait à peine de ses brumes lorsqu'il embrassa tous les siens.

— Au revoir, sacré farceur ! dit le père. A bientôt. Quand tu pourras. Mais si l'on a besoin de toi tout par un coup, pour raison de maladie ou de mort, qu'est-ce qu'on fait ?

— Vous m'envoyez une dépêche.

La dépêche était ce petit papier bleu qui transmettait les messages des lignes télégraphiques. Les enfants collaient leur oreille aux poteaux pour entendre leur bourdonnement. On redoutait leur arrivée.

Maurice partit en pédalant, sous sa casquette de navigateur. Il ne se retourna point pour ne pas montrer son émotion et ne pas se laisser surprendre par les pierres.

A la Goupilière, tout le monde l'attendait, même la petite Joffrette. Il prit possession de la chambrette où Lessandre avait dormi soixante ans. Sa nouvelle vie commença. Premier valet ? Certes, mais il était le seul en cette saison. Les vaches étaient ses uniques subordonnées. Encore qu'il fût tout autant subordonné à ses vaches. Chaque personne, chaque animal savait dans la maison ce qu'il avait à faire. Son autorité était purement théorique, puisqu'il n'avait point de commandement à donner.

— Prends patience, lui dit le maître. Il n'en sera pas de même quand les saisonniers arriveront.

Le Moniteur apporta durant l'année 1927 la nouvelle de prodigieux événements. Ce fut d'abord l'envolée de deux aviateurs français, anciens combattants du ciel, Nungesser et Coli. Depuis des mois, il n'était question que de traverser l'Atlantique en aéroplane. Chaque pays moderne y préparait des hommes et des appareils. La France espérait bien se placer en tête comme elle l'avait fait pour la Manche avec

Louis Blériot. Les deux aviateurs en question disposaient d'un aéro, l'*Oiseau-blanc*, conçu spécialement pour cette énorme enjambée. Comme la mouette, il pouvait se poser aussi bien sur la terre que sur l'eau. Il décolla le 7 mai du Bourget, avant l'aube, comptant atteindre le sol américain trente ou trente-cinq heures plus tard selon la direction et la force des vents. Des bateaux disséminés sur l'Océan signalèrent plusieurs fois son passage. Dès le lendemain, toute la presse française annonça la merveilleuse nouvelle : *Nungesser et Coli ont traversé l'Atlantique !* Le 9 mai, ces journaux présentèrent leurs excuses : ils avaient été abusés par des plaisantins new-yorkais ; Nungesser et Coli n'étaient pas encore arrivés ; mais on les attendait d'un instant à l'autre. Ils n'arrivèrent pas non plus ce jour-là. Ni les suivants. S'étaient-ils perdus en mer ? Ou posés sur quelque île ? On ne le sut jamais. Ainsi finit l'*Oiseau-blanc*, tombé à l'eau comme tant de rêves. La mère de Charles Nungesser ne se résigna jamais à sa perte. Jusqu'à son dernier souffle, elle espéra le retour de son fils.

Peu après cette malheureuse entreprise, un jeune Américain aux dents longues et au menton fendu, Charles Lindbergh, réussit en sens inverse. Parti seul le 30 mai, il se posa sans escale au Bourget le lendemain soir après trente-trois heures de vol. Pas très sûr de l'endroit où il plongeait, se demandant si c'était la France ou les Pays-Bas. Porté en triomphe jusqu'à Paris, il fut reçu par le président de la République Gaston Doumergue, couvert de fleurs, de décorations, de baisers.

Maurice s'intéressait aux inventions de l'esprit humain. Particulièrement à celles qui concernaient l'agriculture : faucheuse mécanique, batteuse, tracteur, écrémeuse centrifuge.

— Pourquoi n'achetez-vous pas une faucheuse, maître ? demanda-t-il. A elle seule, elle abat autant d'herbe que six hommes.

— Parce qu'elle ne coupe pas l'herbe au ras du sol, ce qui n'avantage pas la pousse des regains.

— Et un tracteur au lieu de vos bœufs ? Ça roulerait plus vite.

— Mes bœufs se nourrissent d'herbe, ce qui ne me coûte rien. Le tracteur a besoin de pétrole. Et il pue, il fait du bruit, il abîme les chemins. Vois-tu, à mon âge, je ne veux pas changer ma façon d'exploiter. C'est comme si tu me demandais de changer ma vieille femme contre une jeune.

Voilà pourquoi il descendit le 24 juin à la loue d'Ardes-sur-Couze et en ramena trois faucheurs. L'estive de cette année 1927 fut des plus prospères. Agathe, la jeune épousée de Léon, en profita pour donner un petit frère à Joffrette qui s'en montra folle de joie. Il fut baptisé Alexis, prénom de son grand-père et parrain monsieur Magne.

A quelques jours de la Nativité, Maurice écrivit à la famille Wiener en Allemagne pour lui souhaiter un *Fröliche Weihnachten* – un joyeux Noël – et lui donner son adresse définitive à la Goupilière. A ses parents de Combret, il expédia d'autres vœux avec un billet de cinquante francs. Valentine l'en remercia. Aucune réponse ne lui vint de la Forêt-Noire.

Trois autres événements dignes de mémoire marquèrent l'année 1928. D'abord, la stabilisation du franc. La monnaie sautait comme un cabri sur les cotes boursières. Conséquence des destructions de la guerre et de la mauvaise volonté que mettait l'Allemagne à verser les réparations. Pour le retenir dans ses cabrioles, le président du Conseil Raymond Poincaré lui attacha à la patte un poids d'or de soixante-cinq milligrammes. C'était bien léger : le cinquième de ce qu'il pesait avant 1914. Dès lors, on eut affaire au franc « de quatre sous ». *Le Moniteur* titra néanmoins : *Le franc est sauvé.*

Un peu plus tard, le ministre des Affaires étrangères Aristide Briand sauva la paix en inventant le pacte de Paris par lequel les quatorze nations signataires s'engageaient à renoncer aux armes pour le règlement de leurs controverses. L'Allemagne, représentée par l'astucieux Stresemann, fut du nombre.

Le plus surprenant vint d'Angleterre, où les femmes reçurent le droit de vote au même titre que les hommes. Les journaux français en firent des gorges chaudes. Mais il ne fallait « s'étonner d'aucune bizarrerie provenant d'une nation habituée à vivre dans les brouillards ; où les voitures roulent à gauche des chaussées ; où les pères serrent la main de leurs fils en les appelant "Monsieur" ; où les hommes ne font pas de service militaire ; où les femmes en font un dans l'Armée du Salut en jouant du trombone à coulisse ».

Maurice travaillait chaque année trois cent soixante-cinq jours. Y compris les jours de fête. Tout au plus le coare lui accordait-il la permission, le matin du 11 Novembre, d'aller saluer la stèle du monument aux morts de Saint-Alyre, avec d'autres anciens combattants. Ce matin-là, figé au garde-à-vous, il pensait intensément à ses anciens camarades tombés au champ d'honneur. Avec ce pacte de Paris et la ligne Maginot, la France était-elle à l'abri d'une nouvelle agression ? Pas sûr. Comme nous-mêmes de 1870 à 1914, les Allemands rêvaient d'une revanche. Une organisation militaire, les Casques d'acier, défilait dans leurs rues en chantant des hymnes guerriers. Monsieur Adolf Hitler s'était doté d'un drapeau épouvantable représentant, sur fond rouge, quatre marteaux noirs soudés par leurs manches. Pourtant, *Le Moniteur* considérait cet Adolf comme un bouffon inoffensif affublé de la moustache de Charlot.

— Peuh ! disait monsieur Thiailler, le maire de Saint-Alyre. Hitler, c'est un furoncle. Il crèvera tout seul.

On attendait qu'il crevât.

Le 30 avril 1929, alors que les vaches avaient déjà gagné les pâtures de Chaussidouze, on vit arriver de bon matin la Marguerite Soulier. C'était une jeune fille prolongée, forte de partout, chaussée de godillots, que la poste employait occasionnellement pour porter les télégrammes. En marchant, elle tirait de sa musette un petit bouquin de la collection « Foyer Roman » et lisait, un œil sur le chemin, un œil sur son histoire.

— J'ai, dit-elle, une dépêche pour Maurice Poudevigne.

Elle tendit le message bleu, empocha les dix sous que lui donna la coaresse, reprit sa marche et sa lecture. Madame Magne considéra longtemps cette enveloppe, tremblant à l'idée de la mauvaise nouvelle qu'elle ne pouvait manquer de contenir. Puis elle dit à Léon :

— Porte-la-lui. Pas besoin de courir. Il la recevra toujours assez tôt.

De loin, le fils Magne vit son vacher occupé à la traite du matin.

— Salut, Maurice.

— Salut, Léon.

— Il est arrivé une dépêche pour toi.

— Une dépêche ?... Ouvre-la, pendant que je termine Fleurette.

Il entendit le froissement du papier, la voix de Léon :

— C'est une triste nouvelle, Maurice.

— Lis quand même.

— MÈRE DÉCÉDÉE – OBSÈQUES APRÈS-DEMAIN QUINZE HEURES – VALENTINE.

Le valet resta comme assommé, la tête appuyée au flanc de la vache. Pensant qu'il allait renverser le seau, Léon le lui prit des mains.

— Tu peux descendre à la borie. Je m'occupe des bêtes. Emporte ta dépêche.

Quand il fut à la Goupilière, l'enveloppe bleue circula de main en main.

— Il te faut partir tout de suite, dit le coare. Tu reviendras quand tu pourras. Descends à vélo jusqu'à Ardes. Va chez le garagiste Therme, qui fait le taxi. Qu'il te transporte jusque chez toi. Je payerai la facture.

Maurice revêtit ses meilleurs habits et suivit exactement les consignes du maître. Il arriva vers les deux heures de l'après-midi à Combret. Les volets de la maison étaient clos, la porte ouverte, la cuisine vide. De l'étage descendaient des gémissements. Il jeta sa casquette sur la table, monta l'escalier de bois. A la lueur d'une bougie, il trouva son père, sa sœur, son frère debout devant le lit qui avait été le sien.

— On l'a montée ici, expliqua Tonin, parce que c'est plus commode.

Il ne vit pas bien où était la commodité ; mais il pensa que de grand cœur il prêtait son lit à sa mère morte. Elle était bien belle, les cheveux entourés d'un ruban de moire, dans sa longue robe, les épaules couvertes d'un châle comme si elle se préparait à descendre à Saugues. Se rappelant les faces horribles, torturées, déchiquetées qu'il avait si souvent rencontrées sur le front, il se dit qu'une mort chrétienne embellit les visages. Sa mère avait fait une mort des plus chrétiennes. Il se pencha, baisa ses joues froides et ses mains jointes. Ses rides même s'étaient effacées. La pénombre adoucissait sa pâleur.

— Donne-lui l'eau bénite, souffla Valentine.

Il secoua sur elle le brin de buis en dessinant un signe de croix. Il se signa aussi, ferma les yeux. Il eût voulu réciter une prière ; mais il ne savait plus laquelle ; il ne retrouvait plus les paroles.

— De quoi... est-elle partie ?

— Le cœur.

— Quel âge avait-elle ?

— Soixante-dix.

— Ça n'est pas vieux.

Il songeait à cette carne d'Hindenburg qui gouvernait toujours l'Allemagne à quatre-vingt-deux ans. A ce cochon de Kaiser qui vivait tranquillement en Hollande, frais comme un gardon. Pourquoi Emilie Poudevigne, qui toute sa vie n'avait fait que du bien autour d'elle, mourait-elle si jeune ? Dieu avait-il vraiment besoin d'elle au paradis, alors qu'elle aurait été si utile encore sur terre à ses enfants et petits-enfants ? Pour la première fois, Maurice vit son père essayer de pleurer. Comme il ne savait pas, il produisait une grimace qui le rendait pitoyable. Il en avait conscience et cachait sa figure derrière sa main épaisse.

La défunte fut transportée au cimetière de Venteuges. Toute la commune suivit son corbillard. Au sortir de l'église, les yeux de Maurice se posèrent sur la liste des « morts glorieux » à droite de la porte. Il constata avec satisfaction que son nom y avait été gratté.

Cette année 1929 fut endeuillée par quatre autres décès au hameau de Combret. Dont celui de Marie Rampal, la béate. Sa cloche resta trois mois muette. Puis vint une remplaçante originaire de Pébrac, nommée Anna Simon. Sitôt arrivée, elle carillonna. Toutes les familles accoururent pour faire sa connaissance.

Le 12 juillet, le facteur de Saint-Alyre, à cheval sur son bidet, apporta à la Goupilière non pas une dépêche, mais une enveloppe plus étrange encore.

— Elle vient d'Allemagne, précisa-t-il. Est-ce que vous pourriez me garder les timbres ? Je suis philatéliste. J'en fais la collection.

— Pour qui la lettre ? demanda Sidonie qui ne savait pas lire.

— Pour *Herr Moritz Poudevigne*. Si je comprends bien. Parce que c'est une drôle d'écriture.

— Je la lui remettrai.

— Et les timbres ?

— Il vous les donnera la prochaine fois.

Le facteur souleva son chapeau de paille, remonta sur son cheval. A midi, la vieille servante informa le premier valet qu'une lettre d'Allemagne était arrivée à son adresse.

— Le facteur voudrait bien que vous lui gardiez les timbres, parce qu'il est philatélique.

— Je le ferai.

Ses mains se mirent à trembler sur cette missive plus qu'elles ne l'avaient fait sur la dépêche de Marguerite Soulier. Il ouvrit l'enveloppe avec la pointe de son couteau, en tira une feuille de papier bleu pâle, dont il déchiffra lentement le contenu.

— C'est écrit en allemand, expliqua-t-il à ceux qui le regardaient. Je crois que je comprendrai.

Ses lèvres formaient les mots, comme celles d'un enfant qui en est à ses premiers essais de lecture.

Mein lieber Moritz,

J'aurais voulu répondre à vos cartes et vous remercier de vos pastilles vertes, mais j'ai été empêchée. J'espère que cette lettre vous atteindra à votre nouvelle adresse. Depuis votre dernier départ de notre maison, il s'est passé chez nous beaucoup de choses. Mon mari Ludwig est décédé de sa maladie de poitrine. Ma belle-mère Edith va bien. Mon beau-père Harald travaille toujours à la scierie, aidé par mon fils Rudi présentement âgé de dix-sept ans. Mon beau-frère Ernst fait beaucoup de politique. Si vous aviez par hasard l'envie de revenir en Allemagne et de passer par Höllenloch, nous serions tous bien contents de vous revoir et de vous recevoir. Cependant, ne venez

pas avant la fin du mois d'août car je suis en train de faire réparer mes dents chez le dentiste de Freudenstadt.
Votre amie dévouée Erika Wiener.

— Bonnes nouvelles ? demanda monsieur Magne quand il eut terminé sa lecture.

— Bonnes et mauvaises. Une famille que j'ai connue là-bas m'invite à y retourner. En visite. Pour quelques jours.

Le coare gratta son collier de barbe, avant d'ajouter :

— Tu sais combien j'ai besoin de toi ici. Il faudra choisir le bon moment. Après les foins, peut-être, quand les pommes de terre auront été arrachées.

Maurice mit la lettre sur son cœur et en sentit la chaleur jusqu'au soir. Une fois seul dans sa chambre, il la lut et la relut, puis la glissa sous son oreiller. Il ne put fermer l'œil de la nuit, se demandant s'il rêvait ou s'il veillait. Il revécut en pensée les moments passés près d'Erika. Lorsque leurs doigts s'étaient entremêlés sous le ventre des vaches. Lorsqu'un frelon l'avait piquée et qu'il avait sucé, avec le venin, une goutte de son sang. Lorsque leurs mains s'étaient jointes sans qu'un seul mot fût prononcé. Lorsqu'il apprenait à lire l'allemand avec l'aide du petit Rudi et qu'elle les enveloppait tous deux du même regard de douceur. Et voilà qu'elle l'invitait à revenir ! Et qu'elle faisait réparer ses dents pour cette occasion ! Mais dans quelle intention exactement ? Ecrivait-elle au nom de toute la famille, ou seulement en son nom personnel ? Tout cela méritait considération.

Il considéra quelques semaines. Au bout de quoi il écrivit sa réponse en allemand et de la main gauche :

Meine liebe Erika,

J'ai été très honoré de recevoir votre lettre, de savoir que vous ne m'oubliez pas comme vous me l'aviez recommandé à moi-même, que votre famille est en bonne santé, excepté le défunt Ludwig. Moi-même, j'ai perdu ma chère maman et j'en ai eu bien du chagrin. Actuellement, je travaille comme premier valet chez un éleveur qui possède une centaine de vaches. J'ai pris bonne note de votre invitation à repasser par Höllenloch après la fin du mois d'août. Moi aussi, je serais très heureux de vous revoir tous et de vous remercier de votre bonne hospitalité. Mais je ne pourrai faire ce voyage avant les premiers jours de novembre, à cause des fenaisons et des pommes de terre. Pardonnez les nombreuses fautes de ma lettre et recevez mes salutations très empressées.

Moritz Poudevigne.

Dès lors, ce projet de voyage occupa toutes ses pensées. Il s'informa auprès de l'instituteur d'Auzolles du chemin le plus court pour se rendre en Forêt-Noire. Monsieur Dastier lui coucha par écrit son itinéraire depuis Arvant jusqu'à Strasbourg.

— Ensuite, je connais.

Chaque fois qu'il avait l'occasion de descendre à Ardes ou à Saint-Alyre, il cherchait et achetait de petits cadeaux : un briquet à mèche pour Harald, un châle pour Edith, un stylographe pour Rudi, un couteau pour Ernst, un flacon de parfum pour Erika.

Ces pensées ne l'empêchaient nullement de bien faire son travail. Le 24 juin, les saisonniers débarquèrent comme les autres années. Pourtant, à cause d'une longue sécheresse, le foin était court et rare. La fenière ne fut remplie qu'à moitié.

— Qu'allons-nous donner à nos bêtes cet hiver ? se désespérait monsieur Magne. Je vais être obligé de me débarrasser de trente ou quarante têtes. Si encore je pouvais acheter du foin !

Mais personne, à une lieue à la ronde, n'en avait à vendre. A Combret, on mélangeait la paille au foin après l'avoir un peu hachée ; les animaux s'en contentaient faute de mieux. Mais où trouver de la paille sur le Cézallier ?

— Il faudrait, suggéra Maurice, aller la chercher dans la Limagne. Là-bas, ils ne savent qu'en faire. Ils la font brûler.

Monsieur Magne écrivit, sans viser si loin, aux maires de Saint-Germain-Lembron, de Parentignat, de Saint-Martin-des-Plains, de Saint-Rémy-de-Chargnat, disant qu'il était preneur de quinze tonnes de paille de blé, orge ou avoine. Il reçut deux réponses positives, se mit en relation avec les producteurs. Deux camions furent affrétés à Issoire. C'étaient des surplus américains, à chaînes et à bandages, qui avaient fait la guerre à Saint-Mihiel. Chacun produisait en roulant autant de bruit qu'un train entier. On les chargea de bottes fermement billées jusqu'à quatre mètres de hauteur. Par fortune, ils n'eurent à passer sous aucun pont. Comme ils occupaient en certains endroits toute la route, ils eurent des difficultés de croisement avec des attelages. On eût dit le cirque Barnum en déplacement. Ainsi, par ce mélange de paille et de foin, la basse Auvergne monta au secours de la haute.

Monsieur Magne paya les bottes dix centimes le kilo, soit mille cinq cents francs les quinze tonnes ; auxquels il dut ajouter huit cents francs de transport.

Total : deux mille trois cents francs. En fait, ayant vu un peu gros, il ne consomma qu'une petite moitié de cette paille. Il en revendit huit tonnes au bon moment à des éleveurs du voisinage, à vingt-cinq centimes le kilo. Total : deux mille francs. De sorte que les sept tonnes mangées par ses vaches ne lui coûtèrent pas plus de trois cents francs.

Il y eut très peu de regain cette année-là. Les bêtes broutèrent les *pâquis* jusqu'à la Toussaint. Les pommes de terre furent d'un rendement moyen, mais d'une belle qualité.

— A présent, dit monsieur Magne, tu peux t'en aller. Je te donne une semaine de permission : deux jours pour l'aller, trois pour régler là-bas tes affaires, deux pour le retour.

Il hésita longtemps à fixer la date de son départ. De même, on éprouve l'envie de fuir sitôt qu'on est dans la salle d'attente du médecin. Il avait quelque peine à rassembler ses affaires et ses pensées. La pluie était enfin venue ; bientôt, sur le Cézallier, elle se transformerait en neige. Il se couvrit de maintes doublures, comme disait sa mère, se coiffa de sa casquette neuve, chaussa ses souliers à tige, enfila la bride de sa vieille musette où il avait rassemblé ses cadeaux. Il descendit à pied jusqu'à Saint-Alyre où il prit l'autobus départemental qui le transporta en deux heures et demie à Clermont.

Il revit cette ville où il avait passé trois années au début du siècle. Comme il avait une longue attente avant le train de Strasbourg, il remonta l'avenue Charras jusqu'à la place Delille. Il fut impressionné par l'énorme monument aux morts en pierre blanche – un lanceur de grenade – qu'on y avait dressé. Le geste du lanceur de grenade était beau, en tout point conforme à la « théorie » ; il donnait certainement envie aux jeunes garçons de le répéter. Ainsi, chaque guerre en engendre une autre, par l'alternance des victoires et des défaites. Pour arrêter cet enchaînement, il faudrait que l'une d'elles se terminât par un match nul, comme certaines parties de football.

1929-1930

A Freudenstadt, quoique les charrettes à cheval fussent encore en circulation, elles devaient partager les chaussées avec de nombreuses voitures ou camions automobiles. Cela donnait une impression de richesse trompeuse, car il eut l'occasion d'assister à un défilé de chômeurs qui réclamaient à grands cris du travail ou la mort :

— *Arbeit oder Tod !*

Comme ils brandissaient le poing, des bâtons ou des fusils, on comprenait toutefois que, dans cette alternative, leur désir était de prendre le travail ou de donner la mort à ceux qui le leur refusaient. Encadrant et encourageant la foule vociférante, des hommes en uniforme kaki, bottés jusqu'aux épaules, marqués du brassard à croix gammée de monsieur Adolf Hitler, saluaient le bras tendu. Les policiers regardaient cette agitation avec indifférence.

Il refit à pied le chemin jadis suivi tant de fois jusqu'à Höllenloch. Il retrouva les beaux épicéas qu'il réduisait en cercueils. Il vit enfin le *Sägewerk*, la scierie, la maison couverte de bardeaux, la tête de bœuf accrochée au fronton, la muraille de bûches, le cordon de la sonnette terminé par un pied de biche.

Il entendit gronder la toupie-raboteuse. Les chiens signalèrent son arrivée. Une femme parut sur le balcon :

— Qui est-ce ?

Il se contenta de lever la tête, d'enlever sa coiffure. C'était *elle*. Erika ! Toujours la même quoique différente, vêtue de noir à cause de son deuil, ses tresses sacrifiées. Elle le reconnut aussi, poussa un cri :

— Moritz !

L'instant d'après, elle était devant lui. La joie et ses dents neuves la rajeunissaient. Il restait à distance. Elle lui tendit les bras. Ils s'étreignirent, brièvement.

— Je vais chercher mes parents.

Retrouvailles. Embrassades. Eclats de rire. Sacré filou ! Il manquait Ernst :

— Il est en « réunion » à Freudenstadt. Il est membre du parti national-socialiste. Là-bas, on le respecte beaucoup.

— Ça ne me surprend pas.

— Tu n'as pas oublié l'allemand !

— Je l'ai étudié dans une grammaire.

— Tu savais donc que tu allais revenir ?

— Je l'espérais.

— Sacré filou !

Nouvelle hilarité.

— Et Rudi ?

— Il a suivi son oncle. Lui aussi est inscrit au parti. Le national-socialisme va régler tous les problèmes de l'Allemagne : le chômage, les réparations, l'inflation, les communistes. C'est pour nous une grande espérance.

— J'en suis bien content.

— Est-ce que la France aussi a des problèmes ?

— Je ne sais pas. Je vis à la campagne. On a eu cette année la sécheresse.

— Ah ! la sécheresse !

Encore des éclats de rire. Quel ennui ridicule, la sécheresse, à côté du communisme et du chômage ! Ici, d'ailleurs, on ne la connaît jamais. La Forêt-Noire arrête les nuages.

— La seule sécheresse est celle de mon gosier quand j'ai trop travaillé ! dit Harald.

Ha ! ha ! ha !

Maurice n'oublia pas de faire remarquer sa promotion : il est à présent premier valet chez un gros éleveur.

— Qu'appelles-tu gros éleveur ?

— Il a une centaine de vaches. Nous faisons des veaux et des fromages.

Cinquième hilarité. Ah ! ces Français qui font des veaux ! Quel peuple extraordinaire ! Maurice sourit, il n'est pas venu ici pour se fâcher. D'ailleurs on le réconforte. On lui offre du saucisson de foie, de la langue fumée, du fromage blanc à la crème, du schnaps qui tue les araignées. Ses petits cadeaux font aussi bonne impression.

Sur le coup de midi parurent l'oncle et le neveu en uniforme. Rudi est devenu un grand gaillard. Ils saluèrent le bras levé. Maurice se rappela qu'autrefois il le prenait sur ses genoux. A présent, c'est Rudi qui pourrait le prendre sur les siens. Sacré filou ! Personne ne lui demanda par quel heureux hasard il se trouvait une fois de plus dans la région. Et quand, l'après-midi, il proposa d'aller visiter la forêt en compagnie d'Erika, personne ne sembla surpris. Avait-elle préparé sa venue ?

Les feuilles mortes bruissaient sous leurs pas. Un merle siffla pour donner l'alerte. Une pie répondit : qu'est ? qu'est ? qu'est ?

— Mon maître, dit Maurice, m'a accordé un congé d'une semaine. Quatre jours sont pris par le voyage. Il m'en reste trois pour rester près de vous.

— C'est peu.

— C'est assez.

Elle resta muette de saisissement. Il avala une gorgée d'air, et se jeta dans des explications. S'arrêtant souvent pour trouver ses mots :

— Erika... Erika... je pense à vous tous les jours... Quand j'étais ici comme prisonnier de guerre, je n'avais pas le droit de vous regarder. Mais je vous regardais quand même... A présent, vous êtes veuve et libre. Votre fils n'a plus besoin de vous, il est au parti national-socialiste avec son oncle... Erika... Erika... voulez-vous venir avec moi en France ? Là-bas, nous nous marierons... Vous serez ma femme...

Elle ouvrit les bras, éclatant à la fois de rire et de pleurer.

— C'est oui, Maurice, de tout mon cœur... J'ai cinquante-deux ans. Nous n'aurons pas d'enfants.. Nous ferons des veaux et des fromages.

La famille ne s'opposa aucunement. Elle semblait même plutôt contente de se débarrasser de cette femme qui n'avait été leur parente que tant que Ludwig avait vécu. A présent redevenue étrangère. Seul Rudi parut contrarié ; mais, ayant pesé les soins maternels qu'il y perdait et la plus grande liberté qu'il y gagnait, lui aussi donna son consentement. Erika remplit une valise de ses affaires indispensables ; elle embrassa son fils, ses beaux-parents ; et son beau-frère les descendit tous deux dans la charrette jusqu'à Freudenstadt.

— Invitez-nous pour les noces ! cria-t-il en leur faisant le salut hitlérien.

Quand ils atteignirent la borie du Cézallier, la surprise fut grande. Au cours des veillées, Maurice avait souvent évoqué ses divers séjours en Allemagne ; mais sans jamais entrer dans le détail des personnes. Il n'était pas homme à se découvrir. La première rencontre, dans la cour, fut celle de monsieur Magne.

— Eh bien ! s'écria le coare. En voilà une raide ! Tu pars tout seul, et tu reviens accompagné !

— Maître, je vous présente ma future femme, Erika. Son nom veut dire « bruyère ».

— Bonjour, madame.

— Elle ne parle pas encore le français. Mais elle apprendra. C'est une dame intelligente. Et vaillante ! Elle sait faire la cuisine, le ménage, la lessive, le jardinage. Et traire les vaches !

— Très bien, très bien. Je suis content pour toi. Et alors ? Qu'est-ce que vous allez faire ?

— Je vous l'ai dit : nous marier.

— Ça veut dire que tu nous quittes ?

— Pas forcément. Je propose que vous nous gardiez tous les deux.

— Tous les deux ?

— Vous n'aurez pas l'un sans l'autre.

— Tu me mets le couteau sur la gorge ?

— Vous pourrez vous passer de moi !

— Faut que j'en parle à la patronne. C'est d'abord elle que ça regarde. N'oublie pas non plus que deux de nos fils ont été tués par les Boches. Et tu demandes à présent que je prenne une Bochesse à mon service ?

— Nous leur avons tué aussi beaucoup d'hommes. Maintenant, il nous faut bien vivre en paix avec nos voisins.

— Les gages... ?

— Prenez-la sans gages pour le moment. Rien que pour la nourriture. Ensuite, vous verrez ce qu'elle vaut.

— La chambre... ?

— Vous lui donnerez la mienne. En attendant que nous soyons mariés, je coucherai dans le foin.

— Ça ferait beaucoup de femmes dans la maison : madame Magne, Agathe, Sidonie, Joffrette, et puis celle-ci. Il est vrai que la servante se fait bien vieille.

— Si vous nous gardez tous deux, vous ne le regretterez pas.

Erika se tenait devant eux, rouge jusqu'aux oreilles, tête basse, comprenant que leur sort était en discussion. Ils restèrent seuls, en compagnie de la valise, pendant que le maître allait s'entretenir avec la maîtresse. Un moment après, ils revinrent ensemble. Madame Magne toisa l'Allemande de la tête aux pieds.

— C'est vrai, demanda-t-elle, la tutoyant tout de suite, que tu sais faire aussi bien les travaux de femme que les travaux d'homme ?

Maurice traduisit. Erika hocha la tête énergiquement.

— D'accord, fit la coaresse. Je la prends à l'essai pour quelque temps, sans gages. Je vais te présenter à la famille. Avance.

Lorsque l'étrangère fit quelques pas, madame Magne cria presque :

— Mais elle boite !

— Si peu ! dit Maurice. Je l'avais même oublié. Ça ne l'empêche pas de courir quand c'est de besoin.

Tous les Magne furent devant elle, alignés comme pour une revue de détail. Etonnés, ironiques ou hostiles. La coaresse raconta qui était cette boiteuse, d'où elle venait, les intentions de Poudevigne, l'arrangement provisoire. Alors, tandis qu'entre eux ils chuchotaient, Erika fit une chose inattendue : elle les salua de la main, et elle leur sourit. Les gens du Cézallier n'étaient pas des personnes sourieuses. S'esclaffer à l'occasion, péter de rire, oui, ils savaient. Mais le sourire ne faisait guère partie de leur ménage. Ils en restèrent confondus. Seule Agathe, la « pièce rapportée », le lui rendit, petitement.

Sans lui laisser le temps de souffler, madame Magne mit Erika à l'épreuve. Dès qu'elle fut redescendue de la chambrette, elle la conduisit dans l'arrière-salle, qui, selon les circonstances, s'appelait le salon ou bien l'*oubradou*[1]. Elle forma devant elle une montagne de linge à ravauder, disposa les bobines, les pelotes, les aiguilles ; et l'Allemande se mit à l'ouvrage. De temps en temps, la patronne revenait pour examiner le résultat, prenait les pièces une à une, les tournait et retournait, approuvait de la tête, ou bien désignait de l'ongle les imperfections. Erika souriait pour montrer qu'elle avait compris. Il lui arriva de dire :

1. Ouvroir.

— *Ja, ja !*

— Oui, oui ! cria la coaresse. Je ne veux pas entendre parler boche dans ma maison. Si tu n'es pas capable de causer français, retourne chez toi !

— Oui, oui, répéta l'étrangère, qui avait compris le sens de l'algarade.

Le repas du soir se déroula dans un demi-silence, les hommes autour de la table, les femmes les servant, mangeant debout, à la dérobée, au coin de l'âtre. Erika se plia tout de suite à ce cérémonial. Agathe lui soufflait les mots français : la soupe, le pain, la cuillère, la louche. A la veillée parurent des voisins assez éloignés ; ayant déjà entendu dire que les Magne venaient d'engager une domestique boche, ils voulaient voir à quoi elle ressemblait. Ils la regardèrent écosser des pois secs, trouvèrent qu'elle s'en tirait bien. En patois, les hommes se chuchotèrent des réflexions qui provoquèrent des rires sales. Elle leur sourit modestement. Elle n'avait que son sourire pour se défendre. Lorsque vint l'heure d'aller dormir, les choses se firent comme Maurice avait voulu, elle dans son lit, lui dans le foin. Madame Magne n'aurait pas accepté non plus qu'elles se fissent autrement.

Le lendemain, Erika continua ses ravaudages, tandis que la vieille Sidonie s'occupait de la cuisine. Le surlendemain, épreuve de la lessive : le poêle à bois allumé en plein air, l'énorme lessiveuse où deux hommes auraient pu tenir, son champignon central qui déversait l'eau chaude additionnée de cristaux de soude. (Madame Magne disait du « cristau ».) Le double rinçage dans les baquets, la torsion de chaque pièce, son étendage sur les cordes de chanvre.

Ensuite, corvée de pliage et de repassage. Erika et Agathe travaillaient ensemble en bon accord. C'est qu'il existait entre elles un point commun : toutes deux se sentaient des étrangères.

Elle mit plusieurs semaines à gagner quelque indulgence du côté de la patronne. Chaque jour, pourtant, elle découvrait une capacité nouvelle. Agathe l'ayant engagée à montrer ses talents de pâtissière, elle fit des pains d'épice, des craquelins, de la brioche au rhum et un gâteau au chocolat précisément appelé Forêt-Noire.

Lorsque le tueur vint saigner, elle vida, gratta, retourna, lava les boyaux des deux cochons aussi bien qu'un vrai charcutier. Le boudin, les pâtés de foie, les saucisses sortaient de ses mains comme par enchantement. Sidonie elle-même, malgré un peu de jalousie, dut reconnaître qu'elle n'était « pas gauche ».

La coaresse commença de se rendre compte qu'il lui était tombé du ciel une perle rare, que les hôtels de Clermont, d'Issoire, de Vichy se seraient arrachée ; que c'était une infamie de l'employer sans autre salaire que trois soupes quotidiennes. Aussi se promit-elle de lui proposer, à partir du 1er janvier 1930, les mêmes gages qu'à Sidonie : six cents « francs de quatre sous » annuels.

Tout en menant son train journalier, Maurice regardait et comprenait qu'Erika avait gagné la partie. Un matin, il osa en toucher quelques mots à monsieur Magne.

— Je crois que tout va bien, répondit le coare. Mais il ne faut rien bousculer. Prends patience. Ma femme a l'air contente de cette personne. A mon avis, elle la gardera.

— C'est que je ne voudrais pas coucher toute ma vie dans le foin.

— Cela est une autre affaire. Vous n'avez qu'à vous marier.

— Il nous faut un peu de toilette.

— Vous trouverez le nécessaire chez Conchon-Quinette, à Ardes. Je vous y descends le prochain jour du marché.

Alors vint le plus compliqué. Les demandes à la mairie et à l'église de Saint-Alyre ; les lettres expédiées aux communes natales de la promise et du promis. Car on n'entre pas dans le mariage comme on entre dans un moulin. Extraits de naissance, attestation de domicile, certificats de veuvage et de célibat, actes de baptême, et cetera, et cetera. Le plus drôle fut la confession d'Erika en sabir franco-allemand. Elle répondit oui à toutes les questions que lui posa le curé ; même lorsqu'il lui demanda si elle avait commis l'homicide :

— Combien de fois ?

— Pas rappelle.

Il comprit qu'il y avait malentendu. Le latin vint à leur secours : *Ego absolvo te...*

L'ensemble de ces démarches prit deux bons mois et ne permit de fixer la cérémonie qu'au 15 février 1930. Les deux familles invitées se récusèrent à cause de la distance et envoyèrent leurs bénédictions par voie postale.

Enfin arriva le « joli jour ». Sans cortège, sans musique, sans fanfreluches. Les fiancés accompagnés seulement par monsieur et madame Magne, Agathe, Léon et leurs deux enfants. Ce furent des noces quasi clandestines. Le maire de Saint-Alyre s'était fait remplacer par un adjoint qui prononça quatre mots de bienvenue avant de lire les articles du Code civil. En revanche, le curé fut bien présent, mais il eut quelque peine à prononcer le nom de la future :

— Madame Erika Schuh… Schuh… Schuhanzieher… acceptez-vous… ?

Aucun gamin ne se trouvant à la sortie, Maurice garda dans sa poche le sac de dragées qu'il avait prévu. A la Goupilière, le repas de midi fut néanmoins abondant et joyeux. Au dessert, monsieur Magne se leva pour porter un toast « au bonheur de Maurice et d'Erika, à l'amitié à venir entre la France et l'Allemagne ».

Dès lors, Poudevigne cessa de coucher dans le foin.

1931-1936

Adolf Hitler faisait de plus en plus parler de lui. Aux élections de 1930, il avait obtenu six millions et demi de voix et cent sept députés au Reichstag. Le quart des sièges. Le pays l'écoutait d'autant plus volontiers qu'il comptait quatre millions de chômeurs. L'Angleterre, trois millions ; l'Italie, deux millions ; la France, trente mille seulement, protégée par ses barrières douanières et la structure familiale de son agriculture ; elle encourageait aussi les immigrés à retourner chez eux ; elle les poussait même légèrement, enfermant par exemple les Polonais dans des wagons scellés pour qu'ils débarrassent nos mines.

A la Goupilière, personne ne chômait. Sidonie, au lieu d'aider, apporta tout à coup un surcroît de besogne lorsqu'elle se réveilla un matin frappée d'hémiplégie. Madame Magne refusa de l'envoyer à l'hôpital. Il fallut dès lors s'occuper d'elle comme d'un nourrisson, la tenir propre, lui donner la becquée, la frictionner, la lever, la coucher. Erika se montra particulièrement efficace dans ces fonctions d'infirmière, lui souriant, la peignant, l'embrassant, la traitant comme une personne, non comme un déchet. Sidonie levait sur elle des yeux implorants qui lui demandaient pardon de son ancienne jalousie.

De petits miracles se produisirent. Elle retrouva quelque peu l'usage de sa langue. Elle sut se servir de la main droite, tenir la cuillère, la tasse ou le bol. Après des mois de patience, on lui posa les pieds par terre. Soutenue par deux personnes, elle put faire quelques pas. On l'installa dans la cour sur une chaise longue.

— N'espérez pas davantage, dit le médecin.

Par sa gentillesse, par son dévouement, Erika semblait en passe de conquérir tout le Cézallier. Excepté deux irréductibles : un facteur retraité et sa femme, les Belleguette, établis à cinq cents mètres de la borie. L'homme passait ses jours à jardiner en usant son vieux pantalon d'uniforme et à capter les émissions radiophoniques au moyen d'un fil tendu entre deux mâts. De sorte qu'il recevait des informations venues de Paris, de Londres, de Bruxelles, de Berlin. Il savait tout ce qui se passait dans le monde. Lorsqu'il lui arrivait de rencontrer par hasard Erika, il levait le bras et criait :

— *Heil Hitler !*

Elle faisait mine de ne rien voir, de ne rien entendre. Elle n'en soufflait mot à son mari. Il s'aperçut pourtant de cette haine un jour que Belleguette, passant devant la borie, vit l'Allemande seule dans la cour et lui adressa son salut hitlérien.

— Qu'est-ce qu'il a contre nous, celui-là ? fit Poudevigne, sortant de l'étable sa fourche à la main. Qu'est-ce que nous lui avons fait ?

— Pas d'importance ! Pas d'importance !

Bien qu'une moitié de sa personne fût morte, l'autre moitié de Sidonie essayait de vivre. Elle en vint à supplier qu'on lui donnât un ouvrage qu'elle pût faire d'une seule main. On lui permit de trier des lentilles. Pendant ce temps, les autres besognaient à leurs emplois ordinaires, comme les organes d'un même corps sous la direction de la tête. Monsieur Magne avait « un bon commandement ». Ses ordres étaient fermes sans dureté, ses remontrances paternelles. On lui obéissait de bon gré. Quoique approchant la septantaine, il avait l'œil à tout. Il tenait ses comptes dans un petit bureau où personne d'autre que lui ne pénétrait, pas même sa femme, mais dont on pouvait apercevoir l'intérieur au hasard d'une porte entrebâillée : les rayons chargés de registres et de livres, l'écritoire avec son encrier représentant une tête humaine dont le crâne se soulevait, le fauteuil de cuir et le petit coffre-fort encastré dans le mur.

Madame Magne ne vieillissait pas non plus, son chignon restait noir, sa taille haute et droite. Léon, le fils survivant, parlait peu ; sa femme Agathe encore moins. Leurs deux enfants, Joffrette et Alexis, grandissaient, jouaient, s'étripaient fraternellement. Chaque matin, ils marchaient jusqu'à l'école d'Auzolles, emportant selon l'usage des campagnes leur manger de midi.

A la loue d'Ardes-sur-Couze, le 24 juin, monsieur Magne continuait d'engager trois saisonniers pour deux mois. Mais en 1933, les faucheuses mécaniques ayant baissé leurs prix, Poudevigne le persuada enfin d'acheter une de ces machines, une faneuse, une râteleuse, et de prendre deux hommes seulement. Le résultat fut si bon qu'en 1934 il en prit un seul.

La France ne songeait qu'à la paix. Qu'à produire des frivolités, parfums, toilettes, chansons, opérettes et films marseillais, automobiles à traction avant. Il y eut bien à Paris quelques désordres sérieux ; ainsi celui de février 1934 lorsqu'une association d'anciens combattants, les Croix-de-Feu, voulut envahir la Chambre des députés ; mais cela ne faisait ni chaud ni froid aux provinces. Pendant ce temps, sous l'autorité d'Adolf, l'Allemagne se préparait secrètement à un nouveau conflit européen.

Vint la folle année 1936. La guerre civile en Espagne. Le Front populaire, la grève générale, les bals musettes dans les usines occupées, les congés payés. Hitler remilitarisa la rive gauche du Rhin interdite par le traité de Versailles ; mais il affirma qu'il voulait vivre en bons termes avec tous ses voisins. Il suffisait qu'on ne lui chatouillât point la moustache. Celle-ci, en définitive, présentait une légère différence avec celle de Charlot : rectangulaire la première, trapézoïdale la seconde.

La Compagnie hydroélectrique d'Auvergne planta des poteaux de bois pour apporter aux campagnes le courant qu'elle produisait. Monsieur Magne accepta de le recevoir, ce qui lui permit d'acheter un poste de TSF Radiola. Ainsi, la musique, le théâtre, les informations instantanées firent partie de la Goupilière. L'éclairage électrique remplaça les vieilles lampes à pétrole.

— Avant de mourir, conclut madame Magne, j'aurai vu toutes les inventions : la bicyclette, l'automobile, le téléphone, le cinéma, la TSF, la faucheuse mécanique. Mais à présent, les hommes sont arrivés au bout. Il ne reste plus rien à inventer.

Les choses allaient donc bien sur le Cézallier. Malheureusement, elles furent perturbées par un Lyonnais, monsieur Bourgeois. Il implanta sur les rives de la Couze un élevage de chevaux. Non point chevaux de trait, mais chevaux de promenade. Les clients apprenaient à monter dans son manège ; ensuite, Bourgeois ou sa femme emmenait ces messieurs-dames en équipée. S'ils s'étaient contentés de suivre les chemins battus, personne n'y eût trouvé à redire. Mais ils en sortaient sans mesure, sautaient les barrières, foulaient et saccageaient les herbages comme les seigneurs du temps jadis. On pouvait les suivre à la trace ; ils étaient souvent jusqu'à sept ou huit.

Un jour qu'ils traversaient une prairie du coare, Maurice leur barra le passage, les bras en croix. Donnant à ses amis la consigne de poursuivre leur route, Bourgeois s'arrêta pour faire face. Botté, coiffé de cette casquette que les cavaliers appellent « bombe » :

— Cette montagne est donc à toi ? fit le Lyonnais, usant d'un tutoiement injurieux.

— Elle est à monsieur Magne, mon patron. J'en ai la garde.

— Depuis quand ce monsieur Magne est-il le propriétaire de ces pentes ?

— Ben... depuis toujours. C'est un bien de famille.

— Et qui donc a fabriqué la montagne ? Qui donc lui a fait ce cadeau ?

— Ben... ben...

Devant son embarras, le Lyonnais éclata de rire. Puis il répondit lui-même par une autre question :

— Est-ce que tu crois en Dieu ?

— En Dieu ?... Naturellement.

— Alors, tu n'ignores pas que Dieu a créé la terre et le ciel. Vous habitez une maison, n'est-ce pas, toi et ton maître ?

— La Goupilière.

— Cette maison a été bâtie par les ancêtres, qui l'ont transmise à leurs descendants. Très bien. Ce droit de propriété-là, je le reconnais volontiers. Mais penses-tu que Dieu, créateur de l'univers, a spécialement fabriqué cette montagne pour qu'elle appartienne un jour à ton patron seulement ?

— Dieu... je ne suis pas au courant.

— Dieu a créé la terre pour l'ensemble des hommes, pas pour quelques-uns. Cette montagne appartient donc à toi, à moi, à tout le monde. Tout le monde a le droit d'y passer, qu'il y ait du foin ou non. Tu réfléchiras à ces choses dans ta petite tête.

Là-dessus, Bourgeois éperonna et rejoignit ses compagnons, laissant Poudevigne éberlué. Il lui semblait que quelque chose clochait dans le discours de l'autre, puisque monsieur Magne était reconnu par tous les habitants de la région comme le propriétaire de ces prairies ; les gendarmes eux-mêmes étaient en mesure de le soutenir. Et pourtant, il était bien vrai qu'au temps d'Adam et d'Eve la gendarmerie n'existait point. Comment la propriété publique était-elle devenue propriété privée ? D'ailleurs, çà et là, subsistaient des parcelles communales. Maurice ruminait ces pensées sous sa casquette tandis que les vaches ruminaient leur herbe.

Consulté là-dessus, monsieur Magne l'introduisit dans son bureau et lui montra des titres de propriété qui établissaient clairement ses droits depuis 1822. Mais avant ?

Sûrs de leur bonne cause, le Lyonnais et ses clients continuaient de piétiner et de galoper où il leur convenait. « Et si je prenais un fusil ? se dit Maurice. Si je tirais en l'air pour leur faire peur, comme aux moineaux ? »

1937-1940

Dernières nouvelles sorties de la TSF : le prix Nobel de la paix vient d'être décerné à un écrivain allemand, Karl von Ossietzky, farouche adversaire du nazisme. Or le lauréat se trouve dans un de ces « camps de concentration » où Adolf enferme ses opposants lorsqu'il ne les élimine pas de façon expéditive. Furieux de cette distinction, le chancelier a pris un décret interdisant à tout Allemand d'accepter un prix étranger. En même temps, il a créé un prix national de trois cent mille marks destiné à récompenser des artistes et des savants favorables à son régime.

De Moscou, on apprend que dix-sept comploteurs, autour du journaliste Radek, sont accusés d'avoir voulu assassiner Staline, inspirés par son ennemi en exil Léon Trotski. Le plus étrange est que ces inculpés reconnaissent les faits avec empressement et réclament pour eux-mêmes la peine de mort. Ils l'ont obtenue. L'Union des Syndicats de la région parisienne approuve cette purge moscovite.

En Espagne, la guerre civile – à laquelle participent une multitude d'étrangers dans l'un ou l'autre camp – fait rage. On y voit non seulement des Espagnols combattre d'autres Espagnols, mais des Allemands contre des Allemands, des Italiens contre des Italiens. Les bombes écrasent les villes.

Au printemps de 1938, les troupes hitlériennes entrent en Autriche comme dans du beurre, sans rencontrer la moindre résistance, applaudies même par la masse de la population. Dès lors, les deux pays n'en formeront plus qu'un. *Le Moniteur* publie les figures des grands chefs nazis : Hitler, sa moustache et sa mèche de cheveux ; Goering et son ventre de barrique ; Goebbels et son pied bot ; Rudolf Hess et ses sourcils broussailleux ; Keitel, le dépendeur d'andouilles ; Himmler le nabot. Tous semblent appartenir à un cirque de monstres. Ils réclament à présent une partie de la Tchécoslovaquie, de la Pologne, de la Suisse, de l'Italie, de la France. Heureusement, Pétain et Daladier, deux anciens de 1914, les ont à l'œil et tiennent nos armes en état de leur répondre.

On commentait toutes ces calamités à la Goupilière, dans les auberges et les cabanes, sur les champs de foire. Les anciens combattants encore mobilisables se disaient :

— Faudra y retourner.

Les jeunes ne semblaient pas trop ardents. Maurice Poudevigne, lui, se sentait protégé par son grand âge – cinquante-huit ans en 1938 – et par des douleurs d'estomac qui lui étaient venues et dont il souffrait même loin des repas. Madame Magne parla d'aller rendre visite au médecin d'Ardes.

— Si ça n'est pas grave, répondit-il, ça passera. Si ça l'est, je saurai bien crever sans l'aide de personne. Gratuitement.

Le seul remède qu'il acceptât était une infusion de camomille, le soir, avant de se coucher.

Ses entrailles ne le retenaient point de surveiller ses vaches, de les traire deux fois par jour. Il se soignait par le travail, selon une vieille coutume auvergnate. De temps en temps, toutefois, il devait s'interrompre pour donner libre cours à un petit vomissement de matières acides et puantes. Après quoi, il s'essuyait la bouche avec une poignée d'herbe et reprenait sa besogne.

Sa femme, en revanche, soignait quatre personnes : lui-même, Sidonie l'hémiplégique, le maître et la maîtresse, qui souffraient aussi de plusieurs incommodités ; ils les réunissaient d'un seul mot : la *doulou*, les douleurs. Des épaules, de l'échine, des genoux chez l'un ; de la tête et des dents chez l'autre. Mais eux non plus n'appelaient pas le médecin, car, une fois que cet homme a appris le chemin de votre maison, il est difficile de l'en détourner.

Il y eut septembre 1938. Le poste Radiola transmit un discours de Hitler, traduit par Erika. Par des braillements épouvantables il exigeait l'annexion à l'Allemagne des monts Sudètes, bordure de la Tchécoslovaquie où vivait une forte minorité germanique. Ces prétentions provoquèrent une mobilisation partielle annoncée sur nos murs par les sinistres affiches blanches sommées de petits drapeaux tricolores qu'on n'avait plus vues depuis 1914. Deux millions d'ouvriers, de fonctionnaires, de paysans, d'épiciers quittèrent leurs domiciles pour rejoindre leurs casernes. Sur l'initiative de Mussolini, Daladier et Chamberlain se rendirent à Munich afin de discuter avec le dictateur des meilleures conditions dans lesquelles ils pourraient lui abandonner les Sudètes. Ainsi la paix fut sauvée et les mobilisés partiels rentrèrent chez eux.

Tous ces événements accentuèrent les brûlures d'estomac de Maurice. Il finit par accepter la visite du médecin. Le docteur Baffoil lui fit avaler une poudre blanche toute pareille au plâtre, affirmant qu'il souffrait d'un ulcère et qu'il faudrait peut-être, un jour, pratiquer « une petite opération ». Il dut renoncer aux nourritures lourdes ; se contenter de laitages, de soupes, de purées.

Les journaux montraient les horreurs de la guerre d'Espagne. Et Maurice, les pieds au chaud en plein hiver, un bon toit sur la tête, avait honte de se plaindre de son estomac, de soupirer pour si peu. Lorsqu'il était à table, il sentait les yeux d'Erika posés sur lui, inquiets, épiant la moindre crispation de son visage. Il levait une main pour la rassurer.

L'appétit de Hitler se montrait sans limites. Les négociateurs franco-anglais lui avaient abandonné les Sudètes comme on jette un os à un chien fou. Mais le 14 mars 1939, le président de la République tchécoslovaque, Emil Hácha, fut convoqué à Berlin. Entre Adolf et Emil cet incroyable dialogue :

— Je vous ai fait venir afin que vous appeliez à votre secours les troupes allemandes.

— A mon secours ? Contre qui ?

— Aucune importance. Ce que je veux, c'est que vous nous appeliez *spontanément*.

— Il n'en est pas question.

— Si vous refusez, nous viendrons quand même. De plus, Prague sera bombardée.

Hácha rentra chez lui. Dès le lendemain, en effet, les troupes nazies franchirent la nouvelle frontière et envahirent le pays tout entier. La Pologne, la Hongrie, la Russie se jetèrent à la curée pour lui arracher pareillement des lambeaux de chair. Le gouvernement français rappela certaines classes de réservistes.

Il fallut faire les foins quand même. Un réfugié espagnol, qui dit s'appeler Jesus, vint proposer ses bras à monsieur Magne. Il fut engagé pour deux mois. Il fauchait bien. C'est lui qui « ouvrait les passages » tandis que Maurice restait assis sur le fauteuil de la faucheuse. Erika conduisait les bœufs. Elle lui lançait de petits gestes d'amitié auxquels il répondait par des clins d'œil. Le soleil du Cézallier l'avait brunie ; mais elle gardait, à soixante ans passés, des yeux d'une fraîcheur étonnante. A présent, elle s'exprimait bien en français et osait répondre, si on l'asticotait sur ses origines :

— Je me sens auvergnate de la tête aux pieds.

L'ancien facteur Belleguette continuait néanmoins de lui manifester sa hargne en levant le bras. Un jour que Maurice l'interpellait sur ce geste, il répliqua :

— J'examine s'il va pleuvoir.

La fenière fut remplie jusqu'aux solives. A la foire de Brion, il y eut moins de monde et moins d'entrain que d'habitude. Jesus prit sa musette en bandoulière et dit :

— A l'année prochaine si vous voudrez de moi.

Cinq jours plus tard, l'Allemagne ayant envahi la Pologne, commença la Seconde Guerre mondiale.

Chaque matin, Maurice buvait le café préparé par Agathe et se dirigeait vers les pâtures de Chassidouze où les vaches et leurs veaux avaient passé la nuit. Il les trouvait couchés dans l'herbe. A chacune, il lançait en patois quelques mots d'amitié. Elles tournaient vers lui leurs mufles humides et leurs immenses yeux innocents. Il se disait que ce qui manquait le plus aux hommes était l'innocence ; que ses vaches auraient pu leur donner des leçons. Puis arrivait Léon Magne avec la carriole, les gerles, les seaux, et ils se mettaient à traire. Le soleil en profitait pour bien se lever. Les bêtes fumaient comme des soupes. Alentour, tout était paix et lumière. Les alouettes répétaient dans le ciel leur habituelle invocation :

— Jésus-Christ ! Jésus-Christ !

A l'horizon, le regard pouvait se promener depuis les têtes du Cantal jusqu'à celles du Sancy. L'herbe était fleurie de trèfle blanc, de sainfoin, des grappes roses de la digitale. L'air avait un tendre parfum de bouses. Comment croire qu'ailleurs, en ces moments, il sentait la poudre et la mort ?

Après la traite, Maurice redescendait à la Goupilière, une main sur l'estomac pour contenir sa douleur. Sous les yeux inquiets d'Erika, il avalait son plâtre dilué ; puis sa soupe. Il demandait ce que la TSF de la veille avait raconté. Tandis que Léon rapportait le « communiqué », le coare répondait souvent :

— Cette guerre ne m'intéresse pas.

En 1914, il était déjà trop vieux pour partir ; et maintenant qu'il approchait de sa fin, le cours du monde le captivait moins que celui des veaux et des fromages. Maurice n'en était pas à ce point. Il comprenait que cette guerre concernait toute l'humanité, parce que c'était un conflit entre l'archange et le dragon, tel que les représentait, dans l'église de Venteuges, une statue en couleurs. Le dragon s'appelait Hitler. En dix-huit jours, il avait conquis la Pologne. Maintenant, il se tenait tapi dans son antre, digérant sa conquête, attendant le moment favorable pour bondir sur une autre proie. L'archange – la France belle et pure – serait-il assez fort pour le percer de sa lance ? C'est pourquoi Maurice demandait les détails du communiqué.

Celui-ci parlait de « corps francs », de « coups de main » en avant de la ligne Maginot. Mais le général Gamelin, commandant en chef des forces alliées, mijotait avec son état-major la grande offensive qui devait anéantir le dragon.

Nouvelle astuce d'Adolf : dans un discours prononcé à Munich, il tendait la main à l'Angleterre et à la France :

— Pourquoi la guerre devrait-elle avoir lieu maintenant à l'Ouest ? Pour la reconstitution de la Pologne ? La Pologne du traité de Versailles ne ressuscitera jamais. Deux des plus puissants Etats de la terre le garantissent : l'Allemagne et l'URSS.

A la suite d'un pacte germano-soviétique, Staline avait en effet envahi les terres orientales de ce malheureux pays.

L'hiver fut long et rigoureux. Dans les fortifications de la ligne Maginot, les soldats français tuaient le temps en assurant la belote perpétuelle. Un autre Maurice vint leur remonter le caraco en chantant :

Et tout ça, ça fait
D'excellents Français
Qui marchent au pas...

Puis la guerre se transporta en Norvège où la route du fer nécessaire à l'Allemagne fut coupée par un discours de Paul Reynaud.

Maurice ne pouvait plus rien avaler de ferme. Ni viande, ni lard, ni fromage. Le pain ne descendait que dissous dans le bouillon. Chaque jour, il maigrissait davantage. « Peut-être, se disait-il, que je devrais accepter cette petite opération que m'a conseillée le docteur Baffoil. » Dans ce cas, il serait hospitalisé à Issoire, à Brioude ou à Clermont. Il avait une préférence pour Brioude, parce que ce serait une sorte de retour à la Haute-Bique. « Une affaire de quinze jours », avait promis le médecin. Mais la plupart des chirurgiens se trouvaient mobilisés, laissant leurs bistouris à de vieux croûtons. Sans doute valait-il mieux attendre la fin de la guerre, qui ne pouvait tarder. Pétain, Gamelin, Daladier, Paul Reynaud s'en portaient garants.

Le 10 mai, il planta des trifoles toute la journée, malgré les souffrances qu'il éprouvait en se baissant. Chaque fois qu'il en recouvrait une de terre, il avait cette pensée : « Qui la récoltera ? » Cela ne le retenait pas d'enfouir la suivante. Depuis toujours, les morts ont l'habitude de nourrir les vivants. Au repas du soir, le communiqué annonça que nos aérodromes étaient bombardés intensément ; que les troupes allemandes avaient pénétré en Hollande et en Belgique ;

que les Belges résistaient bien le long du canal Albert ; que nos soldats, appelés par le gouvernement du roi Léopold, avançaient dans le pays à la rencontre des envahisseurs.

Soudain, l'archange fut mis KO. Le 14 mai, Hitler lança ses divisions blindées, ses milliers de chars, ses bombardiers hurleurs sur le point faible de notre défense : Sedan, de sinistre mémoire. La trahison s'en mêla. Celle du roi Léopold, qui déposa les armes sans consulter ses alliés. Celle des Anglais, qui se retirèrent du combat dès les premiers revers. Celle de Staline, grand fournisseur des usines allemandes. Les populations civiles se jetèrent sur les routes sans savoir où elles allaient. Mais la pire des trahisons au cœur du soldat Poudevigne fut celle du maréchal Pétain. Lorsque, le soir du 22 juin, il apprit sa honteuse capitulation, Maurice alla se coucher sans pouvoir avaler une cuillerée de soupe.

Or, cette nuit-là, son estomac le laissa presque tranquille. Ce qui l'amena à se tenir le raisonnement suivant : « Quand il est vide, les douleurs disparaissent. Pour qu'il guérisse, il me suffit donc de ne pas manger. »

Deux jours plus tard, monsieur Magne renonça à descendre à la loue d'Ardes-sur-Couze :

— Nous essaierons de nous débrouiller tout seuls.

— Je ne vous serai pas d'une grande aide, dit Maurice. J'ai perdu tout mon courage.

Et en effet, il n'avait même plus la force de descendre de son lit. Erika restait à son chevet, gonflée des larmes qu'elle ne laissait pas couler.

— Avale quelque chose, suppliait-elle.

Elle lui apportait des flans, des crèmes, des tisanes. Il en prenait une bouchée, s'excusait :

— Ça ne veut pas descendre. Faudra vraiment qu'on me fasse cette petite opération.

Le docteur Baffoil revint l'examiner.

— Dites-moi ce que j'ai, monsieur le docteur.

— Un embarras gastrique.

— Qu'est-ce que ça veut dire ?

— Que la nourriture circule mal, comme l'eau dans un évier demi-bouché.

— Quand est-ce qu'on me débouche ?

— Bientôt, bientôt.

Dans la cuisine, lorsque madame Magne reparla de cette opération, il secoua la tête :

— Elle me paraît tout à fait inutile.

— Vous pensez donc qu'il va guérir sans ça ?

— Comprenez-le comme vous voudrez.

Le coare et la coaresse montaient souvent tenir compagnie au malade. Il s'inquiéta :

— Comment allez-vous faire les foins, cette année ?

— Nous nous y mettrons tous.

— Heureusement que vous avez la faucheuse. Vous devriez, maître, acheter aussi une trayeuse électrique. Seulement, pour faire le courant dans les herbages, il faut un tracteur.

— Oui, Maurice. J'achèterai tout ça. Une trayeuse et un tracteur. Tu auras vite appris à le conduire. Et ton travail en sera bien soulagé.

De temps en temps, il demandait des nouvelles de la guerre :

— Elle est finie. C'est à présent le maréchal Pétain qui gouverne le pays. Ne te fais pas de souci. Il le gouverne bien.

Erika assistait à ces conversations. Elle souriait un peu pour lui laisser croire qu'il avait encore quelques bonnes années à vivre. Elle avait fait disposer dans leur chambre un lit pliant afin d'y dormir, de se tenir nuit et jour à sa disposition. Une chaleur de four embrasait la campagne ; mais, sitôt le soleil couché derrière le Cantal, il venait un peu de fraîcheur qu'accueillait la fenêtre ouverte.

Un matin, Léon vint l'informer :

— Ça y est : on a commencé la fauche.

— J'en suis bien content.

— Mais sois tranquille : on ne la finira pas sans ton aide. D'ici la fin août, je compte bien venir t'appeler.

— J'ai pas dit mon dernier mot, confirma le malade.

Quelque temps encore, il demeura dans cette attente. Les bruits extérieurs l'informaient des travaux : le frottement de la meule qui affilait les lames de la faucheuse ; le grincement des roues de fer sur la caillasse ; les cris de Léon, les abois des chiens. A sa manière, par les oreilles et la pensée, il participait.

Mais les jours s'écoulaient et on ne l'appelait point. « Faudrait bien, pensait-il, que j'y aille un peu avant que la fauche soit terminée. » Il sourit, et se dit à lui-même : « Avant que je sois terminé moi aussi. »

Une nuit, il se décida. Sa femme, épuisée, dormait lourdement sur sa couche. Avec beaucoup de peine, il s'arracha du lit. Quand il fut sur ses pieds, il sentit fléchir ses genoux. Il se raidit. A tâtons, il trouva ses pantoufles, les chaussa. Il aurait aimé enfiler son pantalon, qu'il savait accroché à un clou ; mais l'effort de lever une jambe, puis l'autre, lui parut redoutable. « Tant pis. Personne ne me verra. » Il avait réussi à ne pas réveiller son infirmière.

Il descendit l'escalier, s'asseyant toutes les trois marches. Il trouva ses sabots à leur place habituelle et entra dedans. Enfin, il fut dehors, en *pantillon*. En chemise de nuit. La fraîcheur de l'air le revigora.

Il leva les yeux, regarda le ciel. Et il vit Dieu. Il le reconnut parfaitement : c'était le Dieu pantocrator dont le portrait illustrait l'église de Venteuges, avec ses trois couronnes superposées. Il ne louchait plus. Les jetant à grosses poignées, il ensemençait d'étoiles le firmament.

Un chien reconnut son odeur et vint à lui en remuant la queue.

Il fit un pas, puis deux, puis trois. Le contact de la terre aussi lui rendait des forces. Avant de monter tondre les pâturages de l'Eternel, il voulait une fois encore faire ici-bas son métier de faucheur, premier prix. Il se dirigea vers la grange où il savait sa daille en attente, toute prête à servir. Il y régnait la bonne odeur des choses agricoles, de la paille, du cambouis, des harnais, de la sueur humaine ou animale. Il décrocha la faux, la coucha sur son épaule. Il n'eut pas besoin d'aller loin : derrière la Goupilière s'étendait un morceau de pré que le maître réservait aux lapins, où l'on abattait chaque soir leur nécessaire.

Il saisit fermement les manettes, donna de l'élan à la faux et frrout ! la lame s'enfonça dans l'herbe.

Trois fois, il répéta ce mouvement ; trois fois l'herbe se coucha. Du haut du ciel, le Dieu pantocrator l'observait en souriant.

Comme il se préparait au quatrième geste, des images lui traversèrent l'esprit. Les figures de tous ceux qui lui avaient fait du mal. Et d'abord celle d'Adolf, le Charlot tragique, avec sous le nez sa moustache rectangulaire. D'un coup de faux bien placé, frrout ! il le décapita. La tête roula dans le foin mouillé.

Puis ce fut le tour de Gœring, ventru comme un verrat de quatre cents livres.

Il toucha le fer de sa lame, la trouva humide de ce sang impur. Il aurait aimé lui rendre du coupant ; mais il avait oublié de prendre la pierre et le coffin. « Tant mieux, se dit-il. Ça les fera souffrir davantage. »

Ensuite vint Goebbels, le diable boiteux. Sa tête tomba comme une pomme pourrie. Himmler le binoclard, le chef de la police secrète, eut le même sort.

— Encore un peu de temps, Seigneur ! Je n'ai pas fini !

Songeant à Pétain, il eut une hésitation. Il avait gagné la première guerre, n'avait pas su gagner la paix, avait accepté de perdre la seconde. *Capitulation en rase campagne : mort et dégradation militaire.* Frrout ! L'élan était si fort que la tête et le képi étoilé volèrent dans les orties. Pendant qu'il y était, il décapita pareillement Daladier et Gamelin, ces incapables.

Il passa à ses règlements de comptes personnels. Ce furent d'abord Belleguette, l'ancien facteur et sa femme, les deux irréductibles qui s'obstinaient à traiter Erika de Bochesse.

Enfin, le Lyonnais, Bourgeois, l'homme aux chevaux, qui prétendait que la terre appartient à tous comme aux temps où Dieu l'avait créée. Alors que tant d'événements ont depuis changé l'ordre des choses. Frrout ! et Refrrout !

Il chercha bien dans sa tête s'il ne lui restait pas d'autre ennemi, et n'en trouva point.

Alors, en sabots et en chemise comme un bourgeois de Calais, il regagna son lit de souffrance. Mais à présent, une immense, une merveilleuse sérénité lui remplissait le cœur.

DU MÊME AUTEUR (SUITE)

Un souper de neige (Presses de la Cité, 2000)
Auvergne encore (Omnibus, 2000)
Les Puysatiers (Presses de la Cité, 2001)
Dans le secret des roseaux (Presses de la Cité, 2002)
La Rose et le Lilas (Presses de la Cité, 2003)
L'Ecureuil des vignes (Presses de la Cité, 2004)
Av*ec le temps…* (Presses de la Cité, 2004)
Une étrange entreprise (Presses de la Cité, 2005)
Le Temps et la Paille (Presses de la Cité, 2006)
Le Semeur d'alphabets (Presses de la Cité, 2007)
Les Ventres jaunes (Presses de la Cité, 2007)
La Bonne Rosée (Presses de la Cité, 2008)
Un cœur étranger (Presses de la Cité, 2008)
Les Permissions de mai (Presses de la Cité, 2009)
Les Délices d'Alexandrine (Presses de la Cité, 2009)
Le Voleur de coloquintes (Presses de la Cité, 2010)
Des chiens vivants (Presses de la Cité, 2010)
Une vie en rouge et bleu (Calmann-Lévy, 2010)
Les Doigts bleus de la pluie (Presses de la Cité, 2011)
Le Dernier de la paroisse (Calmann-Lévy, 2011)
Un lit d'aubépine (Presses de la Cité, 2011)

Biographies

Hervé Bazin (Gallimard, 1962)
Sidoine Apollinaire (Volcans, 1963)
Pascal l'insoumis (Perrin, 1988)
Les Montgolfier (Perrin, 1990)
Qui t'a fait prince ? (Robert Laffont, 1997)
Aux sources de mes jours (Presses de la Cité, 2002)

Histoire

La Vie quotidienne dans le Massif central au xixe siècle (Hachette, 1971)
Histoire de l'Auvergne (Hachette, 1974)
La Vie quotidienne contemporaine en Italie (Hachette, 1973)
Les Grandes Heures de l'Auvergne (Perrin, 1977)
La Vie quotidienne des immigrés en France, de 1919 à nos jours (Hachette, 1984)
Le Pape ami du diable (Le Rocher, 2002)

Essais

Les Greffeurs d'orties (La Palatine, 1958)
Grands Mystiques (Pierre Waleffe, 1967)
Solarama Auvergne (Solar, 1972)

MIXTE
Issu de sources responsables
FSC® C003309
FSC
www.fsc.org

Composé par Nord Compo Multimédia
7, rue de Fives, 59650 Villeneuve-d'Ascq

Impression réalisée par

CPI
BRODARD & TAUPIN

La Flèche
en mars 2012

Dépôt légal : mars 2012
N° d'impression : 67913
Imprimé en France